保罗·策兰诗全集 | 第三卷 孟明 译

从门槛
到门槛

华东师范大学出版社
·上海·

华东师范大学出版社六点分社　策划

保罗·策兰,1964 年,巴黎(Gisèle Freund 摄)

本书翻译过程中的疑难之处，得到保罗·策兰遗稿编辑执行人、策兰研究会秘书长、巴黎高等师范学校日耳曼语言文学教授 Bertrand Badiou 先生以及策兰之子 Eric Celan 先生的无私帮助；本书中的珍贵图片承蒙 Eric Celan 先生授权使用。谨此，我向他们表达我最诚挚的谢意。

献给吉赛尔

目　录

时间与门槛 ……………1
从门槛到门槛 ……………81

七朵玫瑰更晚了 ……………83
　我听说 ……………87
　晚霞 ……………91
　闪光 ……………93
　一起 ……………95
　弄斧 ……………101
　那沉重 ……………103
　一粒沙 ……………107
　发绺儿 ……………111
　从海里 ……………115
　双重意象 ……………117
　远方 ……………119
　哪里有冰 ……………121
　从黑暗到黑暗 ……………127
　形同一头野猪 ……………129
　布列塔尼海滩 ……………133
　好 ……………137
　双双浮游 ……………139
　访客 ……………141

带上一把可变的钥匙 143

弗朗索瓦的墓志铭 145
眼内嫁接了 147
为我们数时间的人 149
阿西西 151
今晚 155
在一盏烛火前 159
带上一把可变的钥匙 167
这里 171
静物 175
而那种美丽 177
其林蔼蔼 179
词语的黄昏 183
山坡 187
我知道 189
田野 191
回忆 193

到岛上去 197

夜里翘起 199
时间之眸 203
翅夜 205
不管掀起哪块石 209
纪念保罗·艾吕雅 211
示播列 217
我们看见你 223

衣冠塚 225
你也说 227
以时间染红的唇 231
来自寂静的见证 239
葡萄农 245
到岛上去 249

同期遗稿 253

他者 255
返乡 257
用你的瓢 259
镶玻璃的眼睛 263
带着透出死亡之光的 265
这根致命的飞廉草 275
在我们的夜年三月 279
并非总是 283
礁石上 285
啊，裂开的残片 287
这人听到的从耳里溅出 291
码头之歌 293
我们看见手的影子 297
被火光四面围住 301
在远方 305
星或云 307

保罗·策兰著作版本缩写 311
本卷策兰诗德文索引 316

时间与门槛

〔中译本前言〕

1

1955 年 11 月,策兰托在巴黎的德国朋友施维林[1]将一张黑胶唱片捎给家在斯图加特的汉娜和赫尔曼·伦茨[2]。那是一张战后由捷克著名 Ars Rediviva 室内乐团灌录的德国 17 世纪巴洛克作曲家罗森穆勒的《E 小调奏鸣曲》。艺术史科班出身的汉娜收到唱片喜出望外,不单是她对罗森穆勒的作品情有独钟,也因为战前她曾在艺术史家汉斯·扬岑门下主修早期巴洛克艺术史。作为答谢,伦茨夫妇回赠策兰一张同一作曲家的老唱片,这张老唱片在诗人的遗物中今已下落不明,但它来历不凡,与作曲家本人的生平一样曲折,经历了战火,是赫尔曼的一个朋友战争期间从法国带回去的。正所谓"山有木兮木有枝"。正好诗人

---

[1] 克里斯托弗·施维林(Christoph Schwerin,全名 Christoph Andreas Graf von Schwerin von Schwanenfeld,1933—1996),德国翻译家、编辑和出版人。贵族世家出身;其父施维林伯爵(Ulrich-Wilhelm Graf von Schwerin von Schwanenfeld,1902—1944)曾在第三帝国国防部任职,因痛恨纳粹主义而参与策划 1944 年 7 月 20 日刺杀希特勒的行动,事败后被纳粹当局处以绞刑。施维林本人 1950 年代初期任不莱梅电台驻巴黎记者时与策兰结识;后长期担任法兰克福菲舍尔(S. Fischer)出版社审稿人。译有亨利·米肖诗歌及尤内斯库的剧本;其回忆录遗著《往事如烟》(Als sei nichts gewesen. Erinnerungen)1997 年在柏林出版,书中有一章叙述了与策兰夫妇交往的旧事。

[2] 赫尔曼·伦茨(Hermann Lenz,1913—1998),德国小说家、诗人,曾任南德意志作家协会秘书;代表作有长篇小说《俄罗斯彩虹》(Der russische Regenbogen)及自传体小说三部曲《中心地带》(Der innere Bezirk)。妻汉娜·伦茨(Johanna Lenz,本姓 Trautwein,习称 Hanne Lenz,1916—2010),艺术史学者。1941 年在慕尼黑大学受业于德国著名艺术史家汉斯·扬岑(Hans Jantzen,1881—1967)门下;因有一半犹太血统,曾被纳粹当局强制劳动;战后在 Klett-Cotta 出版社担任艺术编审,著有短篇小说集《夜间旋转木马》(Das Nachtkarussell,1946 年,Ulmer Aegis 出版社)。策兰 1952 年在斯图加特朗诵诗歌期间结识伦茨夫妇,此后双方通信往来长达十年。

2 从门槛到门槛

的新著《从门槛到门槛》出版。兴许是托物兴怀吧,这一来一往竟无意中引出一段有关人生"门槛"的话题。

> 我们也想这样,
> 在时间道出门槛之言的地方,
> 年轻的千年从雪中升起,
> 游移的目光
> 憩息于自身的惊异
> 而茅屋与星辰
> 在蓝天中成了近邻,
> 仿佛已然跨越万水千山。

这是策兰的一首岁末赠诗,题在妻子吉赛尔于同年圣诞节寄给伦茨夫妇的一帧铜版画折页背面[1]。从时间上看,我们也可以推测,这首贺岁诗也是诗人对汉娜不久前一封热情洋溢谈论罗森穆勒唱片的长信的回应。诗中言及"门槛之言",显然与刚刚出版的诗集《从门槛到门槛》有关。恐怕也是我们迄今查考到的诗人为数不多涉及书名的只言片语之一;而在同年一封更详细的回信里,诗人谈到了"命定"的事物,称自己从"东方"来到"西方",正经历人生的一道"门槛"。

策兰一生中很少与人提起他个人的生活经历,谈论与自己诗歌写作

---

[1] 详见《保罗·策兰与汉娜和赫尔曼·伦茨通信集》(*Paul Celan/Hanne und Hermann Lenz Briefwechsel*),Barbara Wiedemann 主编,汉娜·伦茨协编,Suhrkamp 出版社,法兰克福,2001 年,第 42—43 页。这首赠诗原无标题,估计作于 1955 年 11 月中至同年圣诞节期间。最初发表于 1957 年《精神光谱》(*Spektrum des Geistes*)文学年历,Langewiesche-Brandt 出版社,Ebenhausen,1956 年 10 月;今作为 1958 年诗集《语之栅》(*Sprachgitter*)同期已刊散作编入《全集》HKA 本第 11 卷《已刊未结集散作/1963 年以前诗歌遗稿》(*Verstreut gedruckte Gedichte. Nachgelassene Gedichte bis 1963*),Suhrkamp 出版社,法兰克福,2006 年,第 1 版,第 45 页。KG 本 2018 年修订版收录此诗并以首句为题(详见该书第 412 页)。

直接相关的事就更不用说了。这些个人生平的二三事，出现在诗人这个时期的诗歌书信中，多少有助于我们窥探诗集的背景。策兰与伦茨夫妇的通信，直到 2001 年才由 Suhrkamp 出版社搜集出版公诸于世。而《门槛》成书的年代，与策兰书信往来最深的恐怕是伦茨夫妇了，其间不乏坦诚的直言、碰撞和争论，尤其策兰方面。现在看来，这些书信弥足珍贵，可作为我们进入这部诗集的一个难得的切入口。

在时间道出门槛之言的地方

什么地方？诗人写下这行诗的时候，已是战争结束第十个年头，也是他离开布加勒斯特经维也纳最终流寓巴黎的第八个年头。这一年，奥地利结束同盟国军事托管宣布永久中立，联邦德国也在《巴黎协定》扶持下重建军队。诗人呢？一路走来，他坦承自己"穿越死亡而学会了飞翔"。这期间，读书，写作，译书卖文谋生，入索邦大学攻读硕士学位（论文选题卡夫卡研究），与女版画家吉赛尔·德·莱特朗奇结识到二人相爱成婚，策兰开始了新的生活。一个人，一个犹太青年诗人，经历战争、苦役集中营和大屠杀，而面对即将落下的新的铁幕，又被迫出走和逃亡，远离故土。

> 星或云
> 使你成年，苍白的
> 手携着薄薄的
> 霜，你许愿给它伤逝：
> 一种迷濛，像在雨中燃烧，
> 束起又松开那呼唤你的一切，要你决定，
> 该听谁的，当沉默
> 把镜子递到他面前
> 一种迷濛

4 从门槛到门槛

> 于是被打发到影子中间,烟雨
> 为我们铺开头顶的帐篷 [1]

诗人将对一些事情做出决定,但这首诗里有一种不知何去何从的迷茫。巴黎,第二故乡,抑或只是人生旅途上的又一落脚点?策兰没有想那么多。"这一切对我已经够了,我整个的生命在这里找到了生存的理由",在一封给妻子的信里他这么写道 [2]。

此时的策兰,似乎体验到了尼采说过的一句话:"*谁人若失/你之所失,无处安身立命。*"尼采是在不惑之年写下这句话的,见于他那首为人传诵的诗篇《自由精神》(*Der Freigeist*) [3]。大意是自由人失其家园,将无以安身立命。人们总是以为诗可以是一条更高的路,其实自由之义就在安身立命之中。策兰知道,即便是携在身上的行囊,那个在精神上养育了他的哈西德教派乡土血脉,随着他踏上流亡路,很多东西也已成为记忆了。"从东方流落,被带进西方"——这个自述生平的诗句,写在若干年后的一首诗里 [4]。"流落","被带进",这些措辞是要表明,诗人是被迫踏上流亡路的——也许命运已经定了,他将毕生成为一个羁旅异乡的流亡者。这一年,在一封给友人的书信里,策兰坦承故乡已无归路,巴黎不过是"我暂且得以安身立命之地" [5] 罢了。

---

1 这是策兰 1950 年代初一篇未完成的手稿,具体写作日期不详,估计是 1952 年前后。稿本中有若干修改未定的异文。这里给出的是译者根据《全集》HKA 本手稿厘定的稿本。原作无标题,今本取首句为题。参看本书卷末《同期遗稿》相关部分。
2 1955 年 1 月 31 日在斯图加特朗诵诗歌期间写给妻子的信。参看《保罗·策兰与吉赛尔·策兰-莱特朗奇通信集》(*Paul Celan/Gisèle Celan-Lestrange Correspondance*) 卷 I, Bertrand Badiou 编, Eric Celn 协编, Seuil 出版社,巴黎, 2001 年,第 71 页。
3 参看《尼采全集》KSA 本第 11 卷, Giorgio Colli 和 Mazzino Montinari 主编, Deutscher Taschenbuch 出版社,慕尼黑, 1988 年,第 329 页。
4 详见 1967 年作品《本是天使的材料》(*Aus Engelsmaterie*),载诗集《棉线太阳》(*Fadensonnen*)。《全集》HKA 本,卷 8/1, Suhrkamp 出版社, 1991,第 94 页。
5 1954 年 4 月 11 日致汉娜和赫尔曼·伦茨。《保罗·策兰与汉娜和赫尔曼·伦茨通信集》, Suhrkamp 出版社,法兰克福, 2001 年,第 41 页。

2

《从门槛到门槛》收录1952年春至1954年秋冬诗作共47首,由斯图加特德意志出版社(DVA)于1955年6月出版。扉页印有"献给吉赛尔"的献词,这也是策兰生前出版的文字中唯一正式题有给妻子献词的一部诗集。在最初交付给出版社的稿本中,献词曾题作 Für Almaviva[给阿尔玛维娅],那是诗人给妻子起的多个昵称之一。"阿尔玛维娅"系由拉丁文 alma[善良的]和 viva[生动的]两词合成的人名,见于欧洲歌剧及文学作品,意为"善良而有生命力的人"[1]。

这是一部门槛之书,也是一部时间之书。但诗的编排没有按时间顺序,而是打乱了,或者按诗人思考问题和感时悟事的方式安排了,因为这本书里涉及的事件很广,而经历一些年代之后,历史浮尘也使那些时间点变得迷茫了。

诗人打算以这种方式道出他流寓西方最初八年的一些事情。因为,无论世事多么纷杂,每一首诗都是时间中的一个站点,或一道门槛。书名已见于1947年那首《阴影中女人歌》(*Chanson einer Dame im Schatten*,载诗集《罂粟与记忆》),亦见于1950年代未竟之作《带着透出死亡之光的》第三稿和第四稿(详见本卷同期遗稿),而书第一部分小辑名"七朵玫瑰更晚了"也是从上一部诗集中《水晶》(*Kristall*)一诗结句取来的。从旧作取一句诗来做书名,这在文章惯例当中并不罕见。所不同的是,策兰似乎对"门槛"这个词有特殊的偏好。

早在1948年春,诗人在维也纳编订其第一部个人诗集时,曾特意将

---

[1] 译按:Almaviva 原为十八至十九世纪欧洲戏剧中一个家喻户晓的人物的姓氏,见于法国戏剧家博马舍(Beaumarchais,1732—1799)的喜剧作品和意大利作曲家罗西尼(Gioachino Rossini,1792—1868)的歌剧。《从门槛到门槛》吉赛尔藏本扉页有策兰亲笔题字,将 Almaviva 这个名字的含义释译为"âme vive"[具有生命力的灵魂],并用它来称呼自己的妻子:《Almaviva, mon âme-qui-vit.》参看《保罗·策兰与吉赛尔·策兰-莱特朗奇通信集》卷 I,Seuil 出版社,巴黎,2001 年,第 59 页。

《梦的门槛》等十七首旧作辑为一辑[1]，置于卷首并冠以《在门前》总题。根据策兰诗歌最早的阐释者之一马莉丝·扬茨的看法，"这组诗的标题大致可依次称作：在第一道门前、在第二道门前、在第三道门前，依此类推。每一首诗依'门前'情境而变化。"[2] 这个见解虽不能完全概括小辑里的所有诗作，倒是对"门槛诗"提出了一个颇有意思的看法。

"一道门回答另一道门"，策兰在大致同年代的一篇格言手稿里也这样写道[3]。估计，打算写一部有关"门"或"门槛"之书的想法由来已久。而"门槛"之谓，无非是人在其生活经历或时序、世事中那些有关环境和际遇的想法，譬如吾人所说的"坎"，也即处境、劫数或命运大限那一类（《易》称"坎有险"），策兰对此似有切身体会。1952年，也就是诗人开始构思他这部"门槛"书时，就曾在一封给吉赛尔的信里说："你知道吗，在我向你走来的时候，仿佛我正在离开一个世界，只见背后门哐当哐当地响，一道道的门；门很多，这个世界的门是由误解、欺凌以及虚假的光明做成的。也许还有其他众多的门在等着我，也许我还未重涉那使人误入迷津的兆象之网所笼罩的整个广大领域……"[4]

---

[1] 这个小辑里的诗以1940年的童话风格作品《那边》开篇，而以1944年结束苦役营岁月的悲怆之作《在最后一道门》收尾，多是作者在故乡布科维纳的早期作品，其中包括《摇篮曲》、《墓畔》和《黑雪花》等脍炙人口的篇章。参看《保罗·策兰全集》HKA手稿考订本，第2/3卷合集，第1分册，第11—27页。亦可参看《保罗·策兰诗全集》中译本第二卷（《罂粟与记忆》，华东师范大学出版社，上海，2017年，第172页以下，以及附于卷末的《1948年维也纳版〈骨灰瓮之沙〉篇目》。

[2] 参看马莉丝·扬茨（Marlies Janz）著《论绝对的诗之介入：保罗·策兰的诗歌与美学》（*Vom Engagement absoluter Poesie: Zur Lyrik und Ästhetik Paul Celans*），德国作家及出版同业公会（Autoren- und Verlagsgesellschaft Syndikat）出版，法兰克福，1976年，第1版，第23页。

[3] 参看《全集》HKA本第16卷《散文卷下：上卷相关资料及散文遗稿》（*Prosa II. Materialien zu Band 15. Prosa im Nachlaß*），Suhrkamp出版社，法兰克福，2017年，第1版，第416页；《细晶石，小石头（保罗·策兰散文遗稿）》（*Paul Celan, »Mikrolithen sinds, Steinchen«, Die Prosa aus dem Nachlaß*），Barbara Wiedemann 和 Bertrand Badiou 合编，Suhrkamp出版社，法兰克福，2005年，第21页。

[4] 1952年1月7日致吉赛尔·德·莱特朗奇。《保罗·策兰与吉赛尔·策兰-莱特朗奇通信集》卷I，Seuil出版社，巴黎，2001年，第16页。

人生坎太多。可以想见这部书是有来头的。那时诗人刚刚"**从东方流落,被带进西方**",身后是历史悲剧的烽烟和不复存在的故土,前面是一道道未知的门。这个世界不仅有杀戮,还有杀戮之后"虚假的光明",包括人心对死者的冷漠。总之,一种劫难,历史劫难,称之"命运"亦无妨,落在一个民族头上,而他自己是这民族的一员,他必须予以回答——以他自己的方式,回答这个被人视为历史宿命的问题。

> 被火光四面围住
> 夜投下影子,而你一人,
> 灵魂高悬,像个曾经寻找狍子的人
> 在人类中间,
> 躺在灌木林的心事里,
> 在家园四弃的山毛榉树干丛中,
> 无声无息
> 王冠尽已跌落,
> 一只被灰烬覆盖的鸟,
> 穿越死亡而学会了飞翔。
>
> 就这样,你想,大地收集
> 天上的死者,
> 将他们从尸体托付给卵子。

这是一篇未竟之作,写作日期不详,夹在稍晚年代的一个日记本里,诗中提到"家园四弃",估计当与我们上面提到的那首《星或云》年代接近。手稿除个别用词斟酌未定,全诗接近完成[1]。

---

[1] 详见本书卷末《同期遗稿》。亦可参看《全集》HKA 本第 11 卷《已刊未结集散作/1963 年以前诗歌遗稿》(*Verstreut gedruckte Gedichte. Nachgelassene Gedichte bis 1963*),Suhrkamp 出版社,法兰克福,2006 年,第 191 页。原作无标题,今本取首句为题。

大地收集天上的死者——这个尾声的想象颇为奇特。与《星或云》言及"成年"一样,诗人"穿越死亡而学会了飞翔";这个诗句几乎就是一段履历,在后来的年月中还多次提起。"大地收死人"这个古老的传说让人想到大地母亲盖亚和大地女神得墨忒耳;而收集,是为了将死者托付给新生。当然,作者在这里不过是借"轮回"那样的古老想象来思考一种未来罢了,这个民族从自古寻找自由之路到20世纪遭遇灭顶之灾,这种漫长的历史叙事已足够诗人去思索了。当舆论语焉不详,当正义者在灾难的规模面前感到负重(譬如阿多诺说"奥斯威辛之后写诗是野蛮的"),那么诗人就更应该站出来,谈谈历史和历史的残酷性。

这部新作,由于出版社对读者的顾虑,策兰最初打算用"到岛上去"或"带上一把可变的钥匙"作书名,后来又一度考虑用"来自寂静的见证"[1],均未获出版社采纳;遗憾之余,干脆直接改用现书名,并专此致信出版社总编辑于根·劳施,陈述自己的看法:

> 至少我相信,并且希望,这里面除了某种并非无关紧要的诗人气质(也就是**开门见山的性格**)之外,还点出诗之物的"永无归宿",从而也是——绝对难以做到——在此领域对一切思想内涵的无限要求。也许还加上,当然是在另一层面,同一个"名词"两次出现在读者眼前(多少有点醒目)。[2]

这个解释已告诉我们书名的全部秘密。也许不止于此。因为作者在

---

[1] 参看《保罗·策兰著作集》(*Paul Celan Werke*)图宾根本TCA/VS卷,Suhrkamp出版社,法兰克福,2002年第1版,第2页。亦可参看《保罗·策兰与吉赛尔·策兰-莱特朗奇通信集》卷I,Seuil出版社,巴黎,2001年,第65页,第72页。
[2] 参看《保罗·策兰著作集》(*Paul Celan Werke*)图宾根本TCA/VS卷,Suhrkamp出版社,法兰克福,2002年,第1版,编者序;亦可参看芭芭拉·魏德曼编《保罗·策兰诗全编》全一卷注释本,Suhrkamp出版社,法兰克福,2018年修订版,第705—706页。

这里也谈到了诗与思之间那些共同的内在特征,这从一个诗人的写作来说是具有决定意义的。诗之物"永无归宿"——这话听来令人震怵,仿佛写诗是一门无着落的职业。可是,谈到精神世界对人本身以及道德和政治社会的那些理想,恐怕没有一门艺术比诗要求更高的了。诗人知道诗的秘密,它就在德语诗歌的传统之中,并且早已由天才诗人荷尔德林道出了:万物流逝——"而诗人创造持存者"[1]。诗不是圣殿之物或无聊之辈借以用精致的谈吐或丰富的情感来打发时间的东西。除了对永恒性提出要求——难以企及,诗自身也是危险的,随时可能夭折的,搞不好对人来说是致命的。"永无归宿"大致是这个意思。

3

时策兰夫妇刚刚迁至巴黎十六区蒙得维的亚街 29 号乙座三楼一间两居室公寓套房。那是妻子娘家临时提供的住所,公寓的隔壁是一座德系哈西德正统派犹太教堂(今称 Ohel Avraham 教堂)。这座 1936 年由犹太人社团将私人公馆改建成的教堂,嵌在有钱人聚居的住宅群里,至今保持着那个年代庄严素朴的 Art déco 风格,刻在正门上方的那柄"大卫盾"似乎一直以来都很显眼。策兰并不适应这种"宗教氛围",每到周末看见那些驾着私家车前来做礼拜的中产阶级的喧闹和排场,更是让他不胜惶恐[2]。这个街区也有清净的时刻。他在给伦茨夫妇的信中写道:

这会儿晌午已过,四下阒静无声;在这清一色铅灰的午后,十一月的天空看上去并不十分高远;每到这个时辰,我们居住的这片街区便显出些许冷清寂寞的格调来,不时听得马路上传来行人笃笃的脚步声,但不

---

[1] 详见荷尔德林著名诗篇《回忆》(*Andenken*),《荷尔德林全集》(*Hölderlin Sämtliche Werke*)第二卷,Friedrich Beißner 主编,斯图加特,1965 年,第 198 页。
[2] 参看《保罗·策兰与吉赛尔·策兰-莱特朗奇通信集》(*Paul Celan/Gisèle Celan-Lestrange Correspandance*),卷 I,Seuil 出版社,巴黎,2001 年,第 79 页。

> 叫人心烦;我脑海里忽地落出一缕松散的思绪,跟在路人的脚步后面时起时伏,飘飘忽忽的,瞬间让我隐约意识到某种命定的东西——不多,倒也算得是荦荦大者了,且似乎跟我的生辰有关,某种很本质的东西——,总之,我坐在那里,说来有点稀奇,也有点可笑,不由地生出一种门槛人生的想法来,一半源于昨日,一半来自今天,多少有点"罗森穆勒的味道",处在丧失了历史的"东方特性"和秋意萧杀的西方之间……1

命定的东西,"一半源于昨日,一半来自今天",这可能是策兰第一次隐晦提及 1947 年他秘密越过罗匈边界辗转抵达"西方"的经历。信中称"跟我的生辰有关"——策兰出生于 1920 年 11 月 23 日。据可资查证的资料,他当年从罗马尼亚出走,是在 11 月接近末尾的某一天,很可能是生日那天,那时他 27 岁。写这封信时,诗人早已步入而立之年。他来到"西方"已整整八个年头了,感觉依然像是一种"门槛人生"。

人在而立之年谈论天命(意识到某种命定的东西),要么是自信,要么是率以为常。在策兰两者都不是,而是*经历*,凭诗人的敏感而道出的直觉。尽管他读过喀巴拉秘笈,喜欢数字和星象,那也不过是诗人性情中的一个爱好。这封信是在生日那天写的,而"门槛"就立在其人生历程的一个时间点——1947 年 11 月 23 日。生辰,事件,根源,这些东西与个人经历纠缠在一起,这就是为什么诗人在与伦茨夫妇通信的那些年,每每道出"大事"都在 11 月 23 日这天。根据诗人若干年后在一首诗中描述,他徒步穿过马奇菲尔德大草原抵达维也纳时,历史气氛已经变了——"空气纱幔,挡在/你绝望的眼前"(《路堤,路基,空地,碎石》)[2]。在维也纳这个他自认与自己生来秉承

---

[1] 1955 年 11 月 23 日致汉娜和赫尔曼·伦茨。《保罗·策兰与汉娜和赫尔曼·伦茨通信集》,Suhrkamp 出版社,法兰克福,2001 年,第 41 页。
[2] 参看策兰 1958 年作品 *Bahndämme*, *Wegränder*, *Ödplätze*, *Schutt*(《路堤,路基,空地,碎石》),载诗集《语之栅》(*Sprachgitter*);《全集》HKA 本,卷 5/1,Suhrkamp 出版社,法兰克福,2002 年,第 1 版,第 58 页。

的根基紧紧系在一起的哈布斯堡王朝故都,他竟像一个不知从哪里钻出来的异乡人,被维也纳的正人君子视为讲一口不纯正德语,朗诵一些不合时宜的诗歌;而在他的记忆里,这地方"无论蒿草还是大草原上干枯的荒草,从前都没有什么敌视的、骇人的或充满秘密的东西"[1]。即便到了巴黎,他依然感到自己这一路上确实有某种"罗森穆勒的味道"——亡命和迁徙。

> 是一道光线
> 冲我折射?
> 还是那根棰杖,
> 当着我们的头顶折断了,
> 如此耀眼?
>
> (《闪光》)

直到历史悲剧过去之后,诗人还有这种大难临头的感觉。信中所言丧失了历史的"东方特性"(Östlichkeiten),并非泛指东欧、喀尔巴阡山或斯拉夫文明,而是那个他称之为"王冠领地"的哈布斯堡王朝旧省布科维纳,他的出生地和他生来就浸润其间的语言文化,以及数百年来在那里深深扎根的哈西德教派传统。由于众所周知的原因——战争,隔离区,集中营,流放,大屠杀以及领土分割和兼并,这片昔日的故土及其文化血脉也失去了自身的历史存在——"沦为历史陈迹"了[2]。但是在西方,策兰也

---

[1] 策兰1958年读俄国基督教哲学家舍斯托夫(Leo Schestow)所著《在约伯的天平上》德译本(*Auf Hiobs Waage*)于该书边页写下的批注。详见《保罗·策兰的哲学书架》(*Paul Celan La Bibliothèque philosophique, Catalogue raisonné des annotations*),亚历山德拉·李希特(Alexandra Richter)、帕特里克·阿拉克(Patrick Alac)、贝特朗·巴迪欧(Bertrand Badiou)合编,乌尔姆街印书馆(Éditions Rue d'Ulm)/巴黎高等师范学校出版社联合出版,2004年,第701页。

[2] 参看策兰1958年1月26日《不来梅文学奖受奖演说》,《全集》HKA本卷15/1《散文卷上:生前已刊散文及讲演稿》(*Prosa I. Zu Lebzeiten publizierte Prosa und Reden*),Suhrkamp出版社,法兰克福,2014年,第1版,第23页。

注意到,这个席勒曾经说过好客和容纳他者的"中心"也呈现萧杀的景象了;尤其在德国,"这个不幸的(意识不到其灾难的)国度,人文风景是如此的令人悲哀"[1]。因为刚刚过去的那场大屠杀,其策源地就在这个"中心"地带,而"死神是来自德国的大师"。

4

"门槛"这个古老的词,指置于门框下方的横木或条石,为入宅之门道,引申为进入某一领域的门槛或条件。"门槛"与人类的生活一样古老,然在西方语言源头,欲就这个词[希腊文 οὐδός]的含义作一番详察,其语源学来源似也今弗可考了。本雅明在上个世纪三十年代根据德文语源为这个词做了一种哲学意义上的新解,将其界说为人类生活在时空中的一种经验,与我们民俗学通常所说的葬礼、婚仪、生日庆典、成年礼等过渡仪式有关,称之为"门槛经验"。即便如此解释,现代人离此源头经验亦已远矣。本雅明指出:"在现代生活里,这类过渡变得越来越难以察觉,故而更难有亲身的体验。我们在门槛经验方面变得十分的贫困;今后留给我们的,恐怕只有睡眠了(当然也有苏醒)。……须将门槛同界限严格区别开来。门槛(Schwelle)是一个坎域。变易、过渡和消长都在 schwellen 这个词里,其语源学含义是不可忽略的。况且,确立这样一种词构的和仪式性的直接关系是必要的,正是这种关系赋予这个词以其自身的释义。"[2] 策兰以另一种方式深思了这个词。根据他在给出版社编辑于根·劳施信中的简短提示,如果我们对永无归宿之物缺乏了解,即便进了门槛,也可能对命运一无所知。坎域虽然只是过渡、消亡和死亡,然一切有限之物在这里皆以其有限性揭示于人,而依命运的最高原则,有限者也能给人以瞬间

---

[1] 参看策兰 1955 年 1 月 31 日从斯图加特写给妻子吉赛尔的信。《保罗·策兰与吉赛尔·策兰-莱特朗奇通信集》卷 I,Seuil 出版社,巴黎,2001 年,第 70 页。
[2] 参看《瓦尔特·本雅明文集》(*Walter Benjamin, Gesammelte Schriften*) 卷 V,Rolf Tiedemann 主编,Suhrkamp 出版社,法兰克福,1982 年,第 617 页。

的无限性。踏入这个以"门槛"命名的诗集,我们或许能够重新领会并获得一种古老的"入门"经验。

既然夜和时辰
这样在门槛命名
进进出出的人

认同了我们所做的一切,
既然不曾有第三者给我们指路,

那些影子不会
单独的来,假若来者
比今天知道的多,

羽翼迟早要啸飞
于你未必比我晚——

可海上有块翻滚的
石头,一直漂在我们身边,
在它拖出的纹路里,
活着的梦正在产卵。

这首诗题为《一起》(*Gemeinsam*),标题一眼看去就有某种难以测度的亲密性。它在诗集中具有举足轻重的地位;以我个人的看法,甚至是全书提纲挈领之篇。诗中提到了"门槛"和"命名"。"夜"和"时辰"这两个词用的是单数,中间加了一个连接词 und,看起来好像是两个并列的概念,句中的动词"命名"(nennt)却用了单数。这个不合语法惯例的写法令许多译者和评论家大为困惑,为之倾注了不少笔墨。诗人似乎是想强调"夜"和"时辰"就是同一个东西——时间。就像接下来那首《弄斧》诗里的"七小时的夜,七年的守灵夜"一样,时辰、年和夜是如此漫长,诗人站在门槛数着"进进出出的人"。如果不是第三节诗里跳出"影子"这个词,我们不会觉得这个"进进出出"的场景有什么特别之处,倒有可能是主人在家中举办一场宾客众多的夜宴。然而时空是某种茫然遮蔽的东西,无论作为古老的历史概念还是哲学意义上的绝对概念,都从未给人的精神生活带来诸如"星云假说"那样的震撼力,康德是个例外。有趣的是,本雅明将"门槛"视为时空的一个界域并称之是"仪式性的",这个表述意味着门槛一旦跨过就不再有可追回的性质,任何回溯都是精神性的(或知识的、文献学的、历史学的)。诚然,本雅明在上个世纪三十年代描述的"门槛经验"是为一种文化史研究勾勒门径,似乎也成了一种历史和社会批评理论的滥觞(譬如在法兰克福学派那里)。这个时空界域具有广阔的性质。进一步追问,也许那就是诗歌和精神领域的"虫洞"理论了。当策兰以"门槛"这个词命名自己的诗集并由此想到了"诗之物的永无归宿",一种古老的经验似乎又回到我们这里,并且具有可追溯和可把握的性质。因为,谈到往昔和对逝去之物的追寻,记忆不仅是一个"奇点",也是一种仪式。

　　这首诗由五节构成。诗的开头由 Da nun[此刻,既然]这个代表语气的词组引出一道门槛,给人以开门见山的印象。头两节诗是如此的从容和镇定,以至于出现在读者面前的那道门槛仿佛是夜景里一座宁静的家宅,只有"命名"打破了寂静,似乎任何打扰在这里都越发加重神秘的气氛。那些"进进出出的人"是些什么样的人?为何要一一辨认并呼其名字,或者给他们一个名字?

　　也许,读诗这事情本身就要求多少有一点"**本事**",带有苛求和期待——透入事物本质的期待。很快,读者就意识到,那是些死去的人。他们似乎受到召唤而来,从他们隐身的黑夜,从一大片尸骨场,回自己的家。他们没有名字,诗人要给他们名字,甚至给他们"双重的名字",这是"命名"的意义——好让他们像完整的人那样回到生活的世界。说实在的，"命名"（nennt，第三人称单数）这个在句中被认为不合语法惯例的用法，不过是诗人把它视为己任罢了。诗的核心部分在第三段落：

> 那些影子不会
> 单独的来，假若来者
> 比今天知道的多

这三行诗，语气平直，一眼看去很难想象当中多重的分量。"来者"是谁？为何说比人们"知道的"要多？我们处在1952年（按此诗的写作年份）。那时，有关奥斯威辛、死亡营、毒气室、焚尸炉以及纽伦堡审判的报告虽然为人所知，但灾难的真相并不像人们想象的那样已为公众了解。《一起》是一阕风雨同舟歌，生者和死者的风雨同舟歌。作为一个幸存者，诗人有放不下的负重，他宁可把自己摆放进亲人的行列，这使得《从门槛到门槛》这部诗集读来就像一部"墓外回忆录"。既然世道冷漠，既然"不曾有第三者给我们指路"，既然历史灾难在人眼里只是一种"宿命"，那就只有期待死者一起走出来。他们将为历史作证。

5

战后，人们歌颂和平及光明年代的到来。策兰坚持认为，还是让诗保留其"晦暗性"为好。

"也许——也许吧！——它会给出一些东西，尤其在今天，当那种过度的明亮把精确的知识带到我们眼前，并且从根本上改变了人的遗产，——也许晦暗的那一面能从根基的根基上给出阴影，人可以从中追索到其作为人的本质。""诗是'晦暗的'，首先在于它的手头状态，在于其对象性和具体性；也就是说，在每一对象本身特有的因而是现象的不透明性意义上，诗是晦暗的；也在这个意义上，诗出自自身，须把它作为一种手头之物来理解。""每一样经词语打上印记的物,都携带着诗人的痕迹;诗人就在他的词语里。""大凡神秘学和秘笈一类学问,这面和那面都有某种诗的晦暗性。再去蔽的诗,再敞开的诗——我相信,今天,尤其在德语里,这样一种诗,哪怕局部或通篇写得通透融畅,或者完全透明——都有其自身的晦暗性,有其作为诗的晦暗性;诗就是这样,诗晦暗地向世界走来。"[1] 策兰甚至用"道成自然"的中国思想来解释这种内在于诗的晦暗性:"与道一样(《道德经》第25章):……诗只拥有自身。"[2]

  以上关于人文遗产、当代知识和诗的"晦暗性"思考,见于作者1950年代至1960年代初断断续续写下的诗学笔记,尤其那部题为《论诗之物的晦暗性》论著的预备性纲要笔记。这些思考不单纯是针对"当代诗"的。在策兰看来,任何时代精确的知识都消除不了诗的晦暗性。诗晦暗地向世界走来,但晦暗本身并非诗的本质和目的;因为,作为面对世界的"手头之物",一首诗在其语言的规定性之中就已包含了对普遍性提出要求。

  大致从这个时候起,诗人给自己订下了一条诗的原则,或者不如说一

---

[1] 以上摘录的几则诗学笔记未注日期,见于策兰1950年代末为一部题为《论诗之物的晦暗性》论文而预备的笔记。这些笔记(共412条)集中在一个蓝皮文件夹里,封面有作者亲笔标注的题目"论诗之物的晦暗性"(*Von der Dunkelheit des Dichterischen*),看起来是为一篇讲演而预备的,似乎也是为日后出版一部诗学论著而预备的。1960年作者撰写《子午线》(毕希纳奖受奖演说)时使用了这些笔记中的部分材料,《保罗·策兰著作集》图宾根本据此将这部笔记与其他相关资料一并辑入《子午线》卷附录。参看图宾根本TCA/Der Meridian,Suhrkamp出版社,法兰克福,1999年,第1版,第84页以下;《全集》HKA本第16卷《散文卷下:上卷相关资料及散文遗稿》,Suhrkamp出版社,法兰克福,2017年,第1版,第40页以下。亦可参看《细晶石,小石头(保罗·策兰散文遗稿)》,Suhrkamp出版社,法兰克福,2005年,第1版,第137页以下。

[2] "Wie das Tao (25) ··· das Gedicht hat nur sich selbe-"这条简短笔记见于策兰1960年为撰写《毕希纳奖受奖演说》而预备的笔记资料,括弧中的数字当指老子书第二十五章。参看《全集》HKA本第16卷《散文卷下:上卷相关资料及散文遗稿》(*Prosa II. Materialien zu Band 15. Prosa im Nachlaß*),Suhrkamp出版社,前揭,第95页。译按:策兰所据老子书法文译本乃妻子吉赛尔所藏 Huang Kia-Tcheng 和 Pierre Leyris 译本(*Lao-Tzeu. La voie et sa vertu*,Seuil 出版社,巴黎,l947年)。《道德经》二十五章,首二节言"有物混成,先天地生。寂兮寥兮,独立而不改,周行而不殆,可以为天下母。"策兰笔记当取此义。

种原则性保留,并且在收于本书的那首著名诗篇《你也说》里特别做了说明——"谁说到影子,谁就说了真话"。我们大致也揣摩到这部诗集独特的"内韵"了。说它是"内韵",其实是一种来自围工事的东西最终在诗这里奠立基础,成为诗的内在韵律。也就是这个集子写作之初作者所强调的:诗难就难在"对一切思想内涵的无限要求"。由此也解释了,为何这个年代起策兰的写作更多地带上了"阴影"的特征。而那些不了解诗人原则的评论家则指作品"晦涩",或者抓住阿多诺把策兰这个原则(多少不当地)描述为"密闭式写作"的说法,夸大为诗人内心的"苦井"。这一点,诗人生前就已反驳过了。"不要责怪我们不够明晰,因为这就是我们的职业!"在发现舍斯托夫著作的年代,他曾引述帕斯卡尔这句话并把它作为一切为诗者应记取的一句名言。

6

诗集《从门槛到门槛》出版后,诗人的挚友赫尔曼·伦茨对此书赞赏有加:"在我看来,这部诗集比《罂粟与记忆》更加完整,尽管我确信——这一点在诗中尤为重要——每一站路程还需要详尽的了解。这些新作显示了对本质之物的专注。《从门槛到门槛》流露着一种有待刨根问底的巨大孤独感。总之这是一部'夜之轻摇者'的精萃之选,由白色的丝线缀到一起。你再也找不到比这更好的书名了。"[1]

在坊间喜好标新取异的今天,这个平实的书名看起来确实不太起眼。赫尔曼·伦茨不愧是一位眼力过人的知音。他从集子的作品里看出了标画诗人未来方向的两大特征:一是巨大的孤独感,二是对本质之物的关注,两者都意味着抒情让位给深层的思考。此外伦茨还注意到,透过一些特定的词语,书中有一条游丝般的"白色"主线,将贯穿

---

[1] 参看《保罗·策兰与汉娜和赫尔曼·伦茨通信集》(*Paul Celan/Hanne und Hermann Lenz Briefwechsel*),Suhrkamp 出版社,法兰克福,2001 年,第 30 页。

在黑暗中的各个侧面(那些"夜之轻摇者"的往事)连结起来。的确,这是一部精萃之选。这期间诗人必深思了一些事情。

大凡一个集子,除了诗艺和内容,能够撑起一部书分量的东西,大概就是它的内在特征了,也就是作者向出版社总编辑于根·劳施解释书名时强调的"对一切思想内涵的无限要求"。开卷之作《我听说》就是这样一篇具有内在特征的作品。这首叙事风格的诗趋向旷淡,看似浅易,实则邃深,与集子中另一些篇章如《远方》、《示播列》、《你也说》等脉路相承,可以说形成诗人这个时期写作的一根轴线。

> 我听说,水里
> 有块石头和一个圆
> 而水上有个词,
> 它用圆将石围起。
>
> 我看见我的白杨朝水里走去,
> 我看见,她的臂怎样伸到水底,
> 我看见她的根对着天空祈求夜晚。
>
> 我没有去追赶她,
> 我只是拾起地上那点碎末,
> 它有着你眼睛的形状和高贵,
> 我解下你颈上的箴言项链
> 用它给桌子镶边,碎末就放在桌上。
>
> 再也看不见我的白杨。

这篇作品以投石击水起笔,令人想到玛琳娜·茨维塔耶娃早年的一首诗:"没有手臂就搂不住你!/去吧,非实存的灵魂/多么神奇!/我看不见——太光滑,/我听不见——聋了:/不,你不曾存在。//水面上的圆圈。/为耳和眼睛投下的——/石。/若非在此——那就不在任何地方。/沉没于空间,如同落入/陶罐。"茨维塔耶娃这首诗作于1923年,取材于圣经叙事,题为《多马的学问》[1]。

多马是耶稣十二门徒之一,在福音书中被描述为一个怀疑论者,因对主复活持"非见不信"的态度,人称"多疑的多马"[2]。茨维塔耶娃似乎想借这个人物故事来表达,人无真理之忧就不可能找到真理。

策兰用意不同。《我听说》不是讨论信仰问题的,尽管作者熟悉《约书亚记》所叙"从约旦河中取十二块石头"的叙事。这首诗只是讲一个死去的姐妹的故事,她有着高贵的眼睛,但如今留给叙事者的也只是碎片般的记忆了。尽管如此,两诗还是有异曲同工之处:词就像是为眼睛和耳投下的石,看不见的和听不见的并非纯然空无。词"用圆将石围起",这个"圆"在此当作何讲?兴许是一次生命轮回。若干年后诗人在一篇零散笔记里确实写下这样一句格言:"**诗绘出圆——生命之圆。**"[3] 看起来像是为这首诗留下的一个补注。当然也可以认为,此格言讲的是诗绘出"生命之圆满"。无论"轮回"还是"圆满",在

---

[1] 茨维塔耶娃1923年作品《多马的学问》(*Наука Фомы*)。全诗共4节,此引第1和第2节。译者所据版本为《茨维塔耶娃诗全集》(*Marina Tsvetaeva Poésie Lyrique*, 1912—1941)俄法双语版,第二卷,Éditions des Syrtes,日内瓦,2015年,第448页。
[2] 参看圣经《约翰福音》(20:24—29):"那十二门徒中,有称为低土马的多马,耶稣来的时候,他没有和他们同在。那些门徒就对他说:'我们已经看见主了。'多马却说:'我非看见他手上的钉痕,用指头探入那钉痕,又用手探入他的肋旁,我总不信。'过了八日,门徒又在屋里。多马也和他们同在。门都关了。耶稣来站在当中说:'愿你们平安!'就对多马说:'伸过你的指头来,摸我的手;伸出你的手来,探入我的肋旁。不要疑惑,总要信。'多马说:'我的主,我的神!'耶稣对他说:'你因看见了我才信;那没有看见就信的有福了。'"(按:本书凡引圣经,皆据联合圣经公会和合本)。
[3] 参看策兰1960年《毕希纳奖受奖演说》笔记稿。《全集》HKA本第16卷《散文卷下:上卷相关资料及散文遗稿》(*Prosa II. Materialien zu Band 15. Prosa im Nachlaß*),Suhrkamp出版社,法兰克福,2017年,第202页。

思的经验里,譬在如尼采那里,皆属生存之义,同一者之永恒轮回。然依我们常人的经验,以石击水,石沉,水面的涟漪也就消失了。一切怀疑的根由就在这种看似无可追究的茫然无据中。可是,涟漪消失了吗?诗人似乎告诉我们,一切关乎信仰之事,击水之声永不消失。人因其能思,故能回忆;而回忆,不就是借助"回声"将思系于不可追回之物么?

似乎在诗人这里信仰又多出一义:信仰即冒险。因为信仰之达致并非取来即成,而是建构。在这点上,各个时代那些强调基础和信仰的古老成见并没有过时,譬如"修辞以立诚"(诚:有据者,真)。此乃居业之本。故诗本质上是忧;如同信仰,我思故我忧。一个人只有达致信仰,他才敢说:"若非在此——那就不在任何地方。"所以诗人大致赞同诗本就是"此在之谋划",又言"诗:一桩深渊的事情"[1]。换句通俗的话来讲,就是生死攸关。试想"沉没于空间,如同落入/陶罐"——茨维塔耶娃的这只"罐子"如果不是盛放真理的钵,那就是骨壶了。

《我听说》排在全书篇首,却与列在第二小辑接近末尾的《我知道》和《田野》两诗有着天然的联系,堪称一折绝妙的三联画。首联写杨树看不见了;二联写被免除了白昼的"夜轻摇"之若隐若现;三联写杨树不会消失,她永远就在"思想的边缘",为吐丝的目光所缠绕;而诗人最后也点出了,他思念的杨树就是"沉沦姊妹"。

很少有人能以平静的语气,在短小的篇幅里把逝去的事物写得这么动人。这折三联画跨越了大半部书,几乎可以肯定,从《我听说》到《我知道》,既是诗的步履,又是思的路程。通过一种穿越时空的方式,诗人不仅掌握了透过梦幻的和易碎的东西深入到事物本质的方法,似乎对自己的

---

[1] Daseinsentwürfe[此在之筹划]。这个词语显然来自海德格尔的哲学著作。在策兰1950代的读书笔记里,尤其在题为《论诗之物的晦暗性》的写作计划里,可以看到海氏那些极其风格化的词语带来的诸多思考。参看《全集》HKA 本第 16 卷《散文卷下:上卷相关资料及散文遗稿》,Suhrkamp 出版社,前揭,第 34 页,第 112 页。

手艺也建立了信心。它以回忆为基调,而以时间中的站点和足迹组成全书线索,似乎由此也给读者提供了一条阅读的路径。

7

读过策兰几乎每一部手稿的妻子曾经深情地对丈夫说:"保罗,这何止是一块残碎之物,我们曾经只想'为碎片'生活和创作。"[1] 作为策兰的一位译者和读者,我常常震撼于策兰轻易就能将德语中性形容词转化为具有人格指向的万有指物词的魄力,这不是诗艺所能引导的,这是一种无物能取代的情感。在它特定的目标里,词直逼天地万物。

列于诗集第三篇的《闪光》一诗,"星光下的人"是由一个首字母大写的复合形容词 Übersternte(在此作名词)呈现出轮廓来的。

Schweigenden Leibes
liegst du im Sand neben mir,
Übersternte.

肉身沉寂
你挨着我躺在沙地,
星光下的人。

这是诗的开头三行。按德文词法,Übersternte 是个阴性词,标示出与"我"躺在沙地的是个女子。一个死去的姐妹。我们也可以说,她躺在那里,在天空下,几乎化成星光。总之,如果换成常规的形容词 übersternte,那就随你怎么说都可以——"在星光下","披着星光","沐浴着星光"。

---

[1] 参看《保罗·策兰与吉赛尔·策兰-莱特朗奇通信集》(*Paul Celan/Gisèle Celan-Lestrange Correspandance*)卷 I,Seuil 出版社,巴黎,2001 年,第 494 页。

可是,赫然跃入我们眼帘的是这个 Übersternte ——"*肉身沉寂*"。生命物化了,仿佛语言的晦暗性就是死亡的晦暗性。一个死去的姐妹,埋骨沙丘,暴露在沙地里。即使在自然的意义上,人的地点也不纯然是万物中的一个处所,只有大地的混沌将其显现为自然。

　　词语在这里不仅托出一个人,而且把她推入万有之中。在接下来那行漫长的省略号里,时间变得无限了——关于"我们"如何死去,如何躺在这里,以及一切的一切,都在时间中了。但是,这个漫长省略号之后由两个问号推出五行诗,瞬间把我们(读者)从时间中拉了回来。这两个问号犹如两声惊呼,打破了时间的静寂。因为尾声那个"折杖断罪"的历史隐喻是如此的"耀眼",仿佛杀戮的强光又要来临。的确,在他写下这几行诗的时候,1954 年,鉴于一种能感觉到的气氛,譬如"高尔事件"以及他在德国遭遇的敌视和冷遇,策兰担心死者又要遭到第二次屠杀。

静　物

烛中烛,烨中烨,幻影中的幻影。

而这个,在下面:一只眼,
不成对,闭着,
却让晚来者拥有睫毛,露出头脸,
没有变成夜色。

前面这生番,你是他的客人:
无光的飞廉草,
黑暗将它送给它的家人,
自远方,
好让它不被遗忘。

还有这个,在聋聩中下落不明的:
嘴,
化成石头还在石里强忍,
而海千呼万唤,
年年岁岁把它的冰打上来。

　　这首题为《静物》的诗,作者将它编入书中第二小辑,排在《这里》和《而那种美丽》之间,风格上可谓编排得当。德文标题"Stilleben"字面义为"寂静的生命"。较之汉语,这个美术名称在德文中似乎更切近作者所要描绘的事物,尽管"**静物**"这个汉语词的古老释义("没有生命的东西")更早地划定了一个范畴,但在现代美术用语中,这个汉语词已经脱离自身源头,甚至不是雅各布·德·巴尔巴里意义上的视觉概念了。此诗名为《静物》,然全篇只有作为"物件"的起首句称得上是"美术"意义上的写意:烛,烨,影。仿佛一盏烛光幻化为千盏烛光,诗人在这烛光下全神贯注,思考他所关心的事情。这是一幅画吗?说实在的,即使烛、烨、影在这里提供了一种完全可以组成观照对象的物,接下来的三节诗怎么看都不能说是一幅静物画。这不是画,而是一个场景,甚至多个场景,或者一组特写镜头,有一个"你"在其中走动。这个"你"是谁,姑且不议(或许就是诗人笔法中那个著名的"你和我"之间的角色转换,一个在时空上既远又近的永无确定性的称谓:你,我,我们,读者)。

　　就对象而言,此诗题为《静物》,实为写人。写人,然从头到尾并无人的全貌。甚至诗中那个访客和接待访客的"**生番**",他们的身份也不是人,而只是一些抽象代名词:das Späte, das Fremde。在初稿校样中,作者曾经打算把 das Fremde 这个指物词改为指人的 der Fremde[陌生人],最后放弃了。为何?策兰相信,隐喻并非语言的疣赘,但在诗歌上是大忌。因为,只要诗人拿隐喻去碰现实,立刻在现实面前被戳破。历史悲剧之后,同代人当中就不乏这类被戳破者:拒绝苦难升华的正人君子遁入清谈,犬儒主义诗人则借隐喻把苦难神秘化。这种例子至今仍然很多。策兰建议人们甩掉修辞这座既沉重又平稳的十字架。正如我们在他的许多作品里看到的那样，词不再是描述和综合，而毋宁是回忆和裂变，它们的不对称关系透过差异性最终又回到同一性的本质。

诚如德文标题字面所示，这是一种寂静的生命，甚至不是生命，只是一些局部的、破碎的、残留的特征：一只眼，一根睫毛，聋聩的耳，石化的嘴，如此等等。一句话，残骸！它们在夜色里骚动和强忍着。还有比这更直击视觉的"静物"吗？这种场景只能让人想到非人和异化。但策兰讲的是历史中的场景，而不是哲学意义上的异化，更不是艺术表现。这是活生生的碎片。人的碎片。残骸。人＝物，物＝人。只有一种历史机制才能如此把人降低为死亡的自然物。"海千呼万唤"，打上来的是"冰"（那只石沉大海的嘴吐出的千年的冰！）此诗笔调浓重，但不是万物俱寂。如果读者留意诗开头出现的"晚来者"和第三节中提到的"家人"，就会得到一个信息，这首《静物》诗原是一阕追思曲。诗人提醒他的同代人，保持历史记忆是一种责任，因为在责任面前我们都是晚来者。如此细读之后，我们无需费力再去追索这首诗的来源了。人们可以到历史档案中去寻找它残酷的真实性。好在作者告诉我们，那些历史事件中的失踪者并没有完全"变成夜色"，今天人们还可以在回忆中想起他们。

8

在策兰看来，不管人们怎样评断历史，奥斯维辛之后世界只有灰烬和碎片。那是一道语言难以描述的风景。

如果语言在现实面前无能为力，那就意味着世界可能颠倒，不是人的头脑照亮黑夜，而是黑夜支配人的头脑。今天人们把作家的困境归咎于语言的贫困化，——的确，语言的贫困化是一个时代精神衰落的特征；但我们时代的这种贫困只是现代本质的一个漫长命运。策兰所处的战后年代，甚至后来更长的一个时期，时代的气候远不止语言的贫困，更普遍的状况是语言这块精神基石随着黑暗时代的结束，它自身也从内部崩解了，由此而来的后果是语言甩开责任不再承担任何东西。策兰不仅看到了时代的这种困境，而且在写作中衡量了这种困境。这就是为什么他不同时期的作品更多地属于回忆，而不是"描述"。因为"描述"在人们所依据的客观性那里不是对苦难的升华，就是流于对责任的遗忘。回忆不同，回忆是直面发生过的事，同时让人清醒地看清发生过的事。正是在这种"回忆"的基调里，语言重新组织起它的承受力并负担起它的责任。上面提到的那首《静物》诗，第八行出现的那个小词"家人"（die seinen）之所以令人难忘，是因为它唤起一种责任：在一个难以描述的"残骸"的世界里，如同命运指派，诗人（诗中他谦卑地自命是一根寒碜的"飞廉草"）前来探望死去的亲人。这种回忆不就是一种负么？"承受"不是被动的承受，而是负担起。在这个意义上我可以毫不夸张地说，谁能感受到策兰词语的承受力，谁就读懂了策兰的诗。

与人们喜好谈论的宏大叙事不同，策兰的作品不是容器的揣摩，而是语义建构（常常是重构，包含其直观的和隐秘的部分），力图使每一词语最大限度地锲入本质方面从而穿透观察到的事物。所以诗人常常讲诗的轨迹是大地的一条环线，而不是笔直地射入虚空。这种把握语言和把握事物的能力，不仅体现在他的长诗（譬如《密接和应》和未竟之作《瓦莱哀歌》）那种长调式写作，甚至体现在他不同年代的短小作品如"风景诗"里。两种调式都具有同等的概括力和表现力。干脆，与其我们在这里啰嗦议论，不如将策兰的风景诗把来一读，看看诗人如何把握他的时代，而时代又是如何进入他的作品。

与历史上很多大诗人一样，策兰也写风景诗，有的直接冠以"风景"标题，有的则取草木或地理名称为题。这个集子里就有一首，叫《布列塔尼海滩》。在我们尝试读这首诗之前，简要谈谈什么叫风景诗以及风景如何进入这位诗人的视野，似乎不属多此一举。

按题材划分，人们会把"风景诗"划归属于自然情感的纯诗。实际上是一种谬见。即便竹林七子,也未写过纯诗。阮籍那首《首阳山赋》就不能说是纯诗,歌德那首《在群山之巅》也不能说是纯粹意义上的风景诗。如此说来,风景诗并不存在。但人们依旧称之为"风景诗",这是文艺学圆规下给出的名称。其实,"风景诗"的真正故乡在亚洲,譬如中国的山水诗和日本俳句,那是从自然之思生发出来的。但是,我们的时代是没有纯诗的时代。也许,等到哪一天人把自然的平和作为尺度来思人的居住的时候,那时,或许能够期待从这种古老的东亚想象物(山水诗和俳句)的精神中产生一种真正的纯诗。

这不是没有可能的。譬如策兰就曾设想,在"诗歌汉语"(Poesie-Chinesisch)这个题目下思考诗的各种可能性[1]。但这种前景不在我们眼下讨论的范围。策兰的风景诗处在历史的视野里。

1938年,策兰遵父命从家乡动身,取道克拉科夫前往法国的图尔医学院读预科班。途中,他在列车上作了一首《风景》诗[2]。这是他第一首以"风景"命名的诗,带有少作的稚嫩,但透出一种早熟的性格和捕捉时代气息的敏感。这首诗从列车进入德国境内望见的一棵树写起,那是一棵白桦树,巴尔干和整个中欧风景中随处可见——美丽的白桦林,它们灰白的树干似乎天然地凝结了那地方的人文特点,也即人性中坚守的苦难的唯美之光,但这棵树弯了。接下来的几节诗写大地、原野和"一闪而过的村庄"。诗人似乎颇有兴致于"两座磨坊,一种风中游戏"这种切换句式——他早年驾轻就熟的超现实笔法。然而直到诗的结尾,大地并没有让这位年轻人感悟到多少东西,除了"夜,和一望无际的原野"。是什么使这片土地失去它寒凝中那耀眼的色彩呢?人们会想,一首风景诗无非就是即兴。可是诗人有不祥的预感。这首诗追问正在来临的事情:"一泓

---

[1] 参看《细晶石,小石头(保罗·策兰散文遗稿)》(*Paul Celan, »Mikrolithen sinds, Steinchen«, Die Prosa aus dem Nachlaß°*),Suhrkamp 出版社,前揭,第 120 页。
[2] 参看《策兰早期作品》(*Paul Celan, Das Frühwerk*),Suhrkamp 出版社,芭芭拉·魏德曼编,法兰克福,1998 年第 2 版,第 10 页。

池水,变黯了……家园呢?灯光呢?"也许青年策兰不曾想到,就在他写下一首旅途诗的时候,世界的事情已经决定了一个人的命运:他不会成为医生,但会成为诗人。确实,一年后,战争爆发,他被迫缀学了。一个历史瞬间足以改变一个人对世间事的想法,包括职业。就在这趟旅途中,途经柏林安哈尔特火车站转车时,青年策兰从站台目击了历史最黑暗的一幕:"水晶之夜"。

此诗最初标题叫做《旅行途中》。据诗人的传记作者沙尔芬说,诗中回响着诗人故乡传唱的一支唤起犹太民族命运的"意第绪歌谣",多少解释了诗的沉郁调子[1];而此诗的"传记"成分亦多为注家引述,似也成了人们了解策兰那些一时一地之作不可少的资料参照。确实,那时历史悲剧不止呈露端倪,而是气氛很浓了。诗人在列车上所想,正是这个事情,安哈尔特车站的那一幕证实了他的预感。就在这次旅途中,策兰给家乡女友艾迪特写了一封信,提到了他的忧虑和路上所见:"此刻我乘坐的列车正经过德国的一片白桦林。你知道的,艾迪特,我曾经多么地想看看这片风景;可是,当我看到树顶上浓烟滚滚,就不由地一阵颤栗。我在想,是不是犹太教堂在起火,甚至,烧的是人。"[2]

风 景

高高的白杨啊——这大地的人类!
你们这些幸福的黑池塘——把它投照于死亡!

我看见你了,姐姐,站在那光芒中。

---

[1] 参看沙尔芬(Israel Chalfen)著《保罗·策兰青年时代传记》(*Paul Celan, Eine Biographie seiner Jugend*),Insel 出版社,法兰克福,1979 年;Suhrkamp 出版社袖珍版,法兰克福,1983年,第 78 页以下。
[2] 参看艾迪特·希伯尔曼(Edith Silbermann)《与保罗·策兰相遇》(*Begegnung mit Paul Celan*),Rimbaud 出版社,Aachen,1995 年,第 60 页。

这首同样题作"风景"的三行诗,作于1951年,收在诗集《罂粟与记忆》。熟悉策兰语境的读者,不能不为这三行诗所震动。与1938年的《风景》不同,这首诗的视野不再是具有凄美品格的"白桦林",而是苍劲的"白杨"了。策兰早年写到杨树的作品很多,但杨树作为一个特定内涵似乎是从1945年那首悼母诗凝聚而来的:"杨树,你叶子白亮闪入黑暗。/我母亲的头发永不变白"(《杨树》)。在现代德语里,杨树写作Pappel;我们可以追溯它在语言中的所有古老形态——古高地德语作papulâ,拉丁文作populus,意大利文作popolo;一切语词都有它的来源。在古拉丁文的历史流变中"杨树"和"人民"这两个语源学上并不同源的词最终融汇成同一个词形,而诗人也巧妙地把它们综合到一起。奇特的是,只有在德语里这个词天然地保持着它的阴性形态:民族——母亲。这个语源学上的联想,你可以说它是象征,但绝不是某种生硬的转喻。

如果说1938年的《风景》还只是灾难的兆象,1951年这首《风景》则是连闪入黑暗的"杨树"也不存在了,就像在特雷布林卡、娘子谷、布痕瓦尔德、达豪、奥斯威辛以及布格河畔那些没有纪念碑的尸骨场一样。谁在这首诗里只看到风景,而没有看到一个世界的灰烬和碎片,那就是没搞懂,为什么策兰这片陷落的杨树风景里始终站着一个姐妹。

田 野

永远那一棵,白杨
在思想的边缘。
永远那根手指,立在
田埂边。

之前保留原来
犁沟就已在黄昏中徘徊。
但见白云:

飘过。

永远这只眼。
永远这只眼,看见
沉沦姊妹的身影
你就抬起它的眼睑。
永远这只眼。

永远这只眼,目光丝丝
把那白杨,那一棵,缠住。

这些跨越不同年代的诗作,即使不掐在历史与事件的时间点上,单从思路着眼,它们也有具有无可置疑的连贯性。沉落的风景线一直延伸到这部"门槛之书"。它作为一部新作的导语出现在卷首篇《我听说》的结尾:"*再也看不见我的白杨*"。在这部新作里,诗人重新上路并且将他的思系在他的"那一棵"白杨之上了。我们前面说过,《我听说》是这个集子中一折美妙三联画的首联。虽然如此,"我听说"作为标题放在卷首多少还是让人疑惑不安,似乎诗人对他的工作没有足够的信心。直到今天,我们还未能很好的衡量出这些"风景诗"内在化了的底蕴,以及它们每一个词语残片凝聚起来的历史维度,或许我们根本就不该把它看作"风景诗"。也许,等到语言最终归还给语言,那时我们读诗将能得到一种宽慰。这个集子里有一首很独特的《远方》,一种对"远方"的沉思,似乎允许我们做这种推想。毕竟诗人说过,诗之物是永无归宿的。

其实诗人已经告诉我们,他的迟疑不是没有把握,而是需要思索和探问,面对时代的滞重和沉默。理由就在书中标题不大显眼的那首十四行诗里——"既然夜和时辰/这样在门槛命名","既然不曾有第三者给我们指路……假若来者/比今天知道的多"(《一起》)。诗人用了几个"既然"

和"假若"。他要以理服人。确实,在他写下这些作品的年代,人们并不确信刚刚过去的历史灾难是一个民族的灭顶之灾。这就是为什么《罂粟与记忆》中那些从地平线沉落的"风景"到了这里(这部"门槛之书"里)成了一整个规模巨大的"死亡沉积物"。而这个集子,以"门槛"的形式展开——门槛很多,场址很多,地点很多,湮没在事件过后人们已经不很在意的历史灰烬里。诗人穿越一道道门槛,谁又知这些门槛不是人为设置的呢?那时,直至战后很长一段时间,谁愿意承认并拆掉那些门和障碍呢?"黑暗之物,最黑暗的(因此常常属于精心策划),只能经过黑暗本身,经过最高的黑暗之物,才能消除。"[1] 可以想象这件工作令人难以置信的难度。门槛意味着闯入,寻找,搜证。所以读者不必惊异于这个集子里诗人笔触的多样化:他时而是个弄斧的守夜人,时而形同一头拱栗子的野猪,时而是个探入深海的渔夫,时而是个"静界的卜水者"。

布列塔尼海滩

我们见过的,聚在一起,
以便同你我道声永别:
海,已替我们把夜打上陆地,
沙,和我们一起飞过长夜,
高处那锈红的石楠花,
花中世界已为我们铸成。

让我们跟随这首诗回到 1954 年的"布列塔尼海滩"。这是策兰一首广为传诵的六行诗。手稿未标日期,当是这年入秋时节诗人偕妻子游历布列塔尼半岛期间作于旅次。据吉赛尔日记,那次布列塔尼之行路过图

---

[1] 策兰 1954 年 4 月 11 日致致汉娜和赫尔曼·伦茨。详见《保罗·策兰与汉娜和赫尔曼·伦茨通信集》,Suhrkamp 出版社,法兰克福,2001 年,第 14 页。

林盖岬湾,是 1954 年 9 月 1 日。初稿曾题作《图林盖海滩》。

图林盖(Toulinguet)是布列塔尼半岛突出海面的一个岬角,岬湾有一片宽阔海滩,古称澎哈特滩(Pen-Hat),今称图林盖滩(布列塔尼语意为"鸽洞湾",据说得名于海中央有一块鸽鸟啄洞做窝的礁石)。这里常年风高浪大,即使晴天也给人以灰茫茫的廓落之感。海滩高处的悬崖和坡岸上生长着大片的石楠,每到夏秋季节,满山遍野耀眼的紫红色石楠花便在海风的吹拂下起伏摇荡,给游人增添苍凉的历史感。直到今天,这片海滩依旧保持着它昔日的面貌。策兰这首诗,无论画面和风格都令人想到布丹(Eugène Boudin)的风景画。不同的是,诗人的视野不是落向海面,而是朝海风吹拂的方向对着悬崖。正是这种方向感道出了诗的内容。此诗一气呵成,语调庄重,但不严峻,惟音韵中有一种绝唱式的悲壮,像是告别往事。仔细读来,又像是一首回望故乡的诗。

确实,诗人上来就讲,那些见过的事情,历历在目,现在也过来同我们道别了。"见过"(sahen)这个词在德语中也指"经历过"。一个"聚"字,道出很多事情。但诗人不是讲他个人的经历,而是"我们"的经历。Wir sind es noch immer,"我们还是我们"——策兰几乎大半生都在讲这句话,尤其在他生活和写作最艰难的时刻[1]。诗人一生都在写"我们"经历的事:大地、故乡、人、历史事件。这个集子里,我们知道的就不少。Wir,在策兰的诗里总是意味着一个整体,一个民族,"大地上的人类"。所以,《布列塔尼海滩》不是一个人在海边排遣愁肠或打发往事。整首诗的关键不在这里,而在"高处那锈红的石楠花"。我曾去过图林盖海滩观看那片风景。不仅图林盖,整个布列塔尼海岸线,沿岸的悬崖和山坡上都生长着

---

[1] 此著名诗句见于策兰 1959 年诗作《走向深处之言》(*Das Wort von Zur-Tiefe-Gehn*),载诗集《无人的玫瑰》(*Die Niemandsrose*),《全集》HKA 版,卷 6/1,Suhrkamp 出版社,法兰克福,2001 年,第 1 版,第 14 页。按,策兰不仅在他后来的作品中直接移用或再度阐发这个诗句(如 1965 年作品《佩繸,心繸》*Schaufäden, Sinnfäden*),在书信中也多次将这句诗抄寄妻子。参看《保罗·策兰与吉赛尔·策兰-莱特朗奇通信集》卷 I,Seuil 出版社,巴黎,2001 年,第 173 页,第 229 页,第 232 页。

这种满枝头缀着细碎钟形小花的灌木，石楠，其实是个通称。布列塔尼的石楠经常是帚石楠(Calluna)和与之相近的同科植物欧石楠(Erica)的混生，人常将两者混淆而统称石楠。石楠美，但石楠又是典型的荒原植物，生于贫瘠的山地、沙丘和荒野，德文名称 Heidekraut 直译"荒野草"，又称"扫帚木"(Besenheide)。哈代在小说《还乡》里就极写这种植物的荒寒之美，开花时节漫山遍野犹如轻缦的淡紫色山雾。策兰熟悉这种花，不仅布列塔尼，故乡的喀尔巴阡山麓和奥地利都能见到，再往北走，越过沃尔夫斯堡直达德国北方腹地，人们熟悉的吕讷堡草原，位于不来梅和汉堡之间广阔的三角地带，就是欧洲有名的石楠之乡了。

> 高处那锈红的石楠花，
> 花中世界已为我们铸成。

依我们今天对这片风景的印象，讲一个世界铸成在石楠花中毕竟是讨人喜欢的，至少是个优美的诗句，多少唤起我们苦尽甘来的那种美好想象。如果是这样，那就与策兰这首诗的旨趣相去太远了。我们始终逃脱不了诗中"锈红"那个"锈"(Rost)字。毕竟，那是一种钢铁之物，它意味着铁锈斑斑的现实和一部血与火的历史。如果我们对"锈红"这个词语有所领悟，那么诗的结束句就应读作：荒凉中世界已为我们铸成。告别苦难的往事，面对的还是荒凉。诗人想告诉我们的就这些吗？结尾那个"铸成"不是另有一番意味吗？说到世界历史的发生，geschehen 这个古老的德文词不是让人联想到一种权威的解释——世界的铸成是一个居有事件吗？确实，"花中世界已为我们铸成"这个结束句余音未了，似乎还有什么东西让我们掩卷之际心存遗憾。诗人必有所言。

果然，此诗完成后不久，策兰在给一位德国友人信中谈到了他的这次旅行："自我上封'教皇通谕'式的短信后，其间，我去了布列塔尼，这回竟像个游客在石楠花和染料木下留连忘返。自然，我还是吃力地拖带着我那点本来就渺茫的希望,凭印象、各种古怪念头和内心的崩溃到处乱跑"[1]。诗人言及"希望"。他的希望只是些古怪念头吗?石楠花,染料木,海,海中的石头,金枪鱼的银,深海的人类之光,额头漂流……够多的了,在这个集子里!如果我们知道策兰的许多作品里深渊的死者永远面朝陆地,我们就会明白,这首诗中为何海浪和飞沙总是朝着悬崖的方向——仿佛破碎之物重新聚集,朝着一个地点掷打,总有一天冲到"高处",为了一种可能的希望。这是多么沉重的希望啊!

在作者同年代一篇未竟之作《礁石上》的手稿里,我们读到几行小诗。他曾经想象自己能够"变轻并且飞起来——/因为,高处也是大地/就像在这里"[2]。这几行小诗是那样的耐人寻味;如果我们只是以为作者在谈论诗艺或某种精神境界,那就太浅了。人们可以把现世生活想象得很高,甚至苟活者脚蹭在地上就以为过着踏实的人生,这种把大地颠倒过来的人不是很多吗?我们面对的其实是一种忧思,它的海拔几乎使我们眩晕,但很具体,诗人没有把"更高"想象成天堂,但可以肯定,那将是一个比人世高得多的大地。上面那首风景诗——诗人在布列塔尼海岸的悬想,我们还能说什么呢?答案都在这里。

> 高处也是大地,
> 就像在这里。

其实诗人若干年前就已在一首诗里说过:"我们从未在世,所以我们

---

1 参看《保罗·策兰与莱茵友人通信集》(*Paul Celan, Briefwechsel mit den rheinischen Freunden*),Suhrkamp 出版社,柏林,2011 年,第 1 版,第 61 页。按,策兰这封写给德国作家罗尔夫·施罗尔斯(Rolf Schroers)的信未寄出,仅见一页残稿,草在《今晚》一诗手稿背面,未署日期,估计 1954 年 10 月中旬写于拉西奥塔。
2 详见本书卷末《同期遗稿》及相关注释中的手稿异文。亦可参看全集 HKA 本第 11 卷《已刊未结集散作/1963 年以前诗歌遗稿》(*Verstreut gedruckte Gedichte. Nachgelassene Gedichte bis 1963*),Suhrkamp 出版社,法兰克福,2006 年,第 177—179 页。

在花里。"¹世界铸成了。如此聚集起来的"世界"是大地上的栖止吗？大地常在，石楠盛开。可诗人所说的"高处"——那个"花中世界"在何处？如果人不在他应生活的地方，那就是在另一种生活里了。"高处也是大地，就像在这里"——因为，人凭记忆可以建造更高的家园。策兰告诉我们，这个世界永远对着深渊。历史只是铸成这样一个现实：死者的世界建在荒凉和遗忘中。给死者一座墓园，让它在人的尺度里保持它没有被历史消磨掉的大地之平和。这首诗多少让我们想起鲁道夫·克格尔那首早已被人遗忘了的《无祖国的人的祖国》²，后者在近一个世纪以前，以他对福音的信仰，也写到了海边的一座石楠墓园。

9

赫尔曼·伦茨最早注意到，策兰这部"门槛之书"里有一种"巨大的孤独感"。大概是书信直陈其事，伦茨不便追问这巨大的孤独感从何而来。其实他应该揣测得出，那是因为诗人面对历史和现状感到孤独无助。1954年"门槛"集行将截稿之际，策兰在给伦茨信中坦承"惟时下写作下笔艰难，思和词语之间又敞开一道难以逾越的鸿沟"³。

---

1 参看策兰1950年作品《最白的鸽子》(*Der Tauben weißeste*)，载诗集《罂粟与记忆》。详见《全集》HKA本第2—3卷合集，第1分册，Suhrkamp出版社，法兰克福，2003年，第1版，第121页；亦可参看保罗·策兰诗全集中译本第二卷《罂粟与记忆》，华东师范大学出版社，上海，2017年，第129页。
2 鲁道夫·克格尔(Rudolf Kögel, 1829—1896)，德国新教福音派牧师，神学家，诗人。曾任柏林大教堂和普鲁士宫廷布道师。这首《无祖国的人的祖国》(*Heimat für Heimatlose*)见于他生前出版的《诗歌集》(*Gedichte*, 1891年，不来梅)。全诗分五节共40行；兹录起首第一节供参阅：So nah dem Strand ein stiller Raum, / Ein eingehegter Garten: / Will man bei Sturm und Wogenschaum/Hier noch der Blumen warten? /Ich trete ein. Zwei Gräberreih'n/In Heidekraut und Moose. /Es sagt der Schrift erloschner Schein: /"Heimat für Heimatlose!"［海滩附近有块清净之地，/一个用篱笆围起的憩园：/难道会有人冒着风雨和浪花/ 到这里来等待花吗？/我踏进园内。/两排坟茔，在石楠和青苔中间。/光泽已暗的碑文写着："此地是无祖国的人的祖国！"］
3 1954年11月16日致汉娜和赫尔曼·伦茨。详见《保罗·策兰与汉娜和赫尔曼·伦茨通信集》，Suhrkamp出版社，法兰克福，2001年，第19页。

这是一个在词语旁慢走的词，
一个以寂静为图像的词，
簇拥着常绿和忧伤。

(《发绺儿》)

这几行诗透出一个带着伤悲远离时代氛围的诗人形象。那时，不仅诗人揭露"大屠杀"罪行的诗章遭到冷遇和攻讦，公众舆论也在草草打发历史和记忆。仿佛历史又一次验证了托克维尔的那句名言："当往昔不再照亮未来，精神就只能在黑暗中游荡了。"[1] 在战后年代人们迫切需要恢复生活常态的一切努力里，策兰注意到，不仅思想界试图用"光明"去"图解一切"，一些与时俱进的文人也在历史的尘埃中撇清身前身后的污迹，连诗歌也露出一副"精于世道的面孔"。每当时代生活需要某种精神活动来为其灾难性后果卸压时，跑在最前面的不是历史终结论就是道德上的犬儒主义。诗人不得不表明自己的态度："我们生活在这样一个时代，人人装出一副合法的样子，无须为自己的行为作出说明。在这种情况下，诗只能按它今天的方式给自己保留'非法者'的晦暗性了；所以，诗的出现既无参照也无引号。"[2] 策兰以他最激进的方式——非法者的方式，表明了他对时代的态度。"非法者"——也许瓦尔特·本雅明在定义人穿越时空"门槛"的经验时，心里所想的也是这样一个"非法者"。毕竟，在一个仍需凭"示播列"通行的时代——本雅明本人1940年在逃亡途中宁可自己结束生命也不愿落入纳粹之手，就是一个时代最具悲剧性的证明——做一个正直的诗人比做一个"艺术圣徒"要难得多。在这样的时代，如果你想要保持精神上的独立，那就随时可能面临"非法化"的胁迫。我们离资

---

[1] 参看托克维尔《论美国的民主》(*De la démocratie en Amérique*)，Gallimard 出版社，巴黎，1968 年，第 365 页。
[2] 参看策兰《论诗之物的晦暗性》写作计划预备笔记。《全集》HKA 本第 16 卷《散文卷下：上卷相关资料及散文遗稿》，Suhrkamp 出版社，前揭，第 43 页，第 46 页。

本主义时代的抒情诗已经很远了,离本雅明熟悉的都市"闲逛者"的时代也很远了。谈到"同时代人"的角色,策兰深知诗人以"非法的"方式成为同时代人之代价。"当我嘴唇为语言流血"——这个诗句出现在诗集里不是偶然的,历史始终把它最严酷的趣味留给诗歌。随后而来的年代,策兰在一篇讲演稿的笔记里写道:"诗人付出他的人格;今天,他要付出双倍的人格。"[1]

1945 年以后,尤其在短暂的 Entnazifizierung["去纳粹化"]之后,历史被划分为"之前"和"之后",人们可以相安无事了。时代与事件的关系,要么让位给更紧迫的形势,譬如"冷战";要么如部分舆论所言,一切留待时间去评判和消化。世界历史复归原样,一边是死者的"白垩和石灰",另一边则是重新显露出"那看上去褐色的,/披着思想的色彩并荒蛮地/丛生着词语"(《翅夜》)。战后年代,哪个诗人敢在历史思考中把"思想"这个词语同死亡的风景摆在一起?

诚如诗人的挚友埃德蒙·雅贝斯所言:"奥斯威辛不仅仅是登峰造极的残暴,也意味着我们在文化上的破产。"[2] 不仅文化,还有诗,似乎也破产了。这门曾经被认为纯粹的语言艺术,最高的艺术,荷尔德林的遗产,德意志精神中一件足以锻造命运的利器,不仅在事件爆发之时无能为力,事件过后也无能为力。策兰感到身心交瘁,笔头沉重。

> 这是一个在词语旁慢走的词,
> 一个以寂静为图像的词

诗人为今后的写作定下基调。这种"寂静"调式,策兰有时候把它

---

[1] 参看策兰 1960 年《毕希纳奖受奖演说》手稿。《全集》HKA 本第 16 卷《散文卷下:上卷相关资料及散文遗稿》,Suhrkamp 出版社,前揭,第 200 页。
[2] 详见《埃德蒙·雅贝斯与〈世界报〉记者的谈话》(Edmond Jabès, *Entretiens avec Le Monde*), La découverte 出版社/《世界报》联合出版,巴黎,1984 年。

称作"无声调式"(Stimmlos-stimmhafte)[1],它意味着德语诗歌中高昂的音调(荷尔德林把诗视为"歌唱"的时代)结束了。这个伟大的传统就像荷尔德林本人那个"雪打晚钟"的比喻一样,"如同覆雪而失音走调"了。海林格拉特编辑的六卷本《荷尔德林全集》出版之后不到四分之一世纪,德意志最伟大的诗歌传统又因我们时代的灾难而成为"失去庙宇的神龛"[2]。诗从神坛跌下来,走进了语言崩溃的绝境,至少在策兰那一代杰出诗人看来是如此。奥斯威辛之后不再有颂歌。从布科维纳抒情诗到后来的极端个人化写作,策兰诗歌语言的转折点处在哪一阶段,论家众说纷纭,图便利的研究者干脆把它放到《换气集》(Atemwende)之后。其实开端就在这部"门槛之书"。至少,眼下这个集子,就其主要特征而言,我们已经感受到一种来自语言内部的变化。相较于日后语言形式的"裂变",这种缓变更具"基础"性质:"静界"、"词语的黄昏"、"寂灭之物"、"化为寂静的词",当然还有一把打开神龛的"钥匙"——本书诸多思考已为日后的诗歌倾向搭起构架。这就是为什么《从门槛到门槛》发表若干年后,当诗人觉得有必要就诗歌主张做些说明时,如此细致地反复修改他那篇著名讲稿中涉及语言的一个段落,以图将它表达清楚:

---

1 详见策兰 1960 年《毕希纳奖受奖演说》手稿。《全集》HKA 本第 16 卷《散文卷下:上卷相关资料及散文遗稿》,Suhrkamp 出版社,前揭,第 106 页。
2 策兰在 1954 年的一则笔记里写道:"曲终:诗歌:'一个失去庙宇的神龛'(海德格尔:荷尔德林)"。参看《全集》HKA 本第 16 卷《散文卷下:上卷相关资料及散文遗稿》,Suhrkamp 出版社,前揭,第 482 页。按:"失去庙宇的神龛"一语出自海德格尔。海氏在其《荷尔德林诗阐释》第二版前言(1951 年)中称,在"无诗意的语言"到处喧嚣的今日,荷尔德林的诗歌"就像一个失去庙宇的神龛,诗道出的东西就保藏在里面"。海氏并引荷尔德林《哥伦布》诗草稿(Entwurf zu Kolomb)中的著名片段来说明时代不利给诗歌造成的影响:Von wegen geringer Dinge/Verstimmt wie vom Schnee war/Die Glocke, womit/Man läutet zum Abendessen[为了些许事情/如同覆雪而失音走调/钟之振鸣/在晚餐时分敲响]。海氏同时借荷尔德林这个"雪覆晚钟"的比喻来表示,任何诗歌阐释都可能得不偿失;阐释虽有必要,但对诗之物来说最终是多余的。参看《荷尔德林诗阐释》(Erläuterungen zu Hölderlins Dichtung),海德格尔《全集》第四卷,Vittorio Klostermann 出版社,法兰克福,1981 年,第 7—8 页。

诗,我相信,不会与语言的失落同归于尽,而是在最高的意义上与语言同在,故诗显露出朝向静默之物的显而易见的倾向;经验和阅历把我引向这样一种极端的表达方式——诗从此坚守在它自己的边缘。诗在其自我扬弃中,终于看到它的时机——也许是唯一的机会了:为了能够挺住,它呼唤并且不断地把自己从"已经不再"请回到"依然如故"中来。而诗的基础,就是在这样一个变得松动的空隙之间,在其自行架设和自由飘逸之间打下的。无地基状态反而促成了诗的自行建基(让它自己落定在基础上)。谁要是倒过来用头走路,天空就在他脚下变成万丈深渊。[1]

诗人并不认为自己有权利为时代起草文学宣言。在 1960 年前后,这篇讲稿的措辞显然是回敬那些认为奥斯威辛之后作为世界和世界观的西方语言依然完好无损屹立在思想史上的人。整个五十年代,策兰在与德国作家朋友的通信中注意到,一些涉及语言和历史事件的正本清源话题也在战后的德国知识界悄悄展开。据海因里希·伯尔回忆,那时德语作家的首要任务是"找回语言;也就是清理被长达十二年的法西斯主义扭曲而败坏的德国语言……我记得很清楚,那个时候用德语写作是多么的困难,那时我们几乎已经没有语言来做正常的表达了"[2]。

语言,历史,文化——人们不会怀疑,德国人在古典学创建年代以"近邻"名义承袭了希腊的思想,由此而来的辉煌时期——康德、费希特、谢

---

[1] 这段经过多次修改的文稿,最终以一个简要的版本收进 1960 年的《毕希纳奖受奖演说》。关于这段文字的多个稿本,参看《全集》HKA 本第 16 卷《散文卷下:上卷相关资料及散文遗稿》,Suhrkamp 出版社,前揭,页 117,页 151,页 174。
[2] 参看海因里希·伯尔(Heinrich Böll,1917—1985)1976 年与法国记者、文学批评家托瓦尔尼基(Frédéric de Towarnicki)的访谈,载法国《读书》月刊(*Lire*)1976 年 10 月号(总第 13 期);亦可参看《〈读书〉杂志作家访谈专集(1975 年 10 月—2000 年 1 月)》[*Les grands entretiens de Lire (octobre 1975-janvier 2000)*],Pierre Assouline 编,Omnibus 出版社,巴黎,2000 年,第 107 页以下。

林、黑格尔奠定的德国古典哲学,至今仍然是西方哲学的最高阶段。似乎直到今天,也没有多少质疑的声音能够改变出自二十世纪一位哲人之口的这个论断:希腊语言"(从思的可能性上来看)是与德国语言并立为最强有力同时又最富于精神的语言"[1]。也许这就是海德格尔在《荷尔德林诗阐释》一书中所说的"德国人的时代";而且,按这位哲人的解释,那是一个历史性民族不失时机与"天命"赴约的结果[2]。自那以来,世界秩序和语言一直处在"德意志精神"最富于创见的中心。尤其语言,按西方思想自其源头就有的明断,——从亚里士多德到荷尔德林和尼采,语言允诺了世界的在场,因而也允诺了人对家园的居有。

策兰没有泛泛谈论思想史。他谈论的是"语言"——Sprache,这个词意指一切语言——德语、法语、意第绪语、汉语、东亚语言,等等;在宽泛的意义上也包括自然语言、思想语言、技术语言。但在诗歌里,他更习惯于使用 Wort 这个不被语言史限定的"词"。因为,一切语言本质上是思。战后德国人在历史与文化反思中要求复归语言的纯洁性时,一个急迫的想法就是把语言还给语言。策兰不认为事情如此简单。既然人们认为语言承载了世界并成其为世界,事实上人们也这么做,那么"我们要打上引号的就不止是一种(苦涩的)基础,还有我们周围那些堂而皇之的既成事实以及名声昭著的一切;而诗所在之处,全然不是满足于某种假定的源始性,而是要承担起这个重负,期待它又一次作为*词语找到自己的位置*"[3]。这个解释相当清楚了,语言和诗歌不能再满足于它以往的基础。从今以后,诗不再是某种"神性"的代言人或启示学,也不再是一个历史性民族的

---

[1] 参看海德格尔《形而上学导论》(*Einführung in die Metaphysik*),《海德格尔全集》第四十卷,Vittorio Klostermann 出版社,法兰克福,1983 年,第 61 页。
[2] 参看海德格尔《荷尔德林诗阐释》(*Erläuterungen zu Hölderlins Dichtung*),《海德格尔全集》第四卷,Vittorio Klostermann 出版社,法兰克福,1981 年,第 88 页。
[3] 策兰 1950 年代为《论诗之物的晦暗性》写作计划预备的笔记。参看《全集》HKA 本第 16 卷《散文卷下:上卷相关资料及散文遗稿》,Suhrkamp 出版社,前揭,第 43 页。

自我标画，而是语言自身及其命运。神龛跌落后，不是眼下修复一间庙宇就足矣，须在长远中筑造一个新的基础。从神性回到词语，一条并不轻于民族自我标画的语言之路，也许是一条更其艰难的道路。

关键在于厘清方向。在战后年代人们为"找回语言"展开的讨论中，一个信念在策兰头脑里成熟："诗携我走向他者和异乡。"[1] 如果说奥斯威辛之后不再有诗歌，如此谈论诗人天职大抵也冒犯一些思想界的神明了。诗走向他者，别无他途。此乃宽容之义；宽容之义并不应合一种根深柢固的世界观。所以，在那个年代谈起写作，诗人总是强调"**命运性**"以及"**词语选择**"的难度。尽管如此，我们还是揣摩得到，策兰的作品里，无论特定语境还是饶有趣味的多义语境，Wort 在表象和经验中都具有指向一种语言的向度，因为诗总是经由每一个词而聚集起整个的语言。譬如《词语的黄昏》中那个复数的"Worte"指的就是一种崩溃的语言。策兰没有低估德语作家"找回语言"的努力，尤其当人们一早醒来发现语言之危就在语言之中，这是战后许多作家不肯面对的。毕竟那是母语，它带来的情感就像是一场恶劣天气之后水土不服。

> 决裂，愿意吗？我们可曾明智而正确地做出判断？
> 为何，我们一旦去做，这举动竟像谋杀那样令人惊骇？
> 啊！我们对自己所知不多，
> 因为我们身上有个神明在统治。

荷尔德林这几行诗[2]，用在战后大多数德语作家和同代人身上并没有什么不妥。人们可以反思事件，但难以接受语言和"德意志精神"的赎

---

[1] 参看策兰 1960 年诗学笔记。《全集》HKA 本第 16 卷《散文卷下：上卷相关资料及散文遗稿》，Suhrkamp 出版社，法兰克福，2017 年，第 1 版，第 186 页。
[2] 荷尔德林颂歌《告别》(*Der Abschied*)。参看《荷尔德林全集》斯图加特版（六卷本）第二卷，拜斯奈 (Friedrich Beißner) 编，1965 年，第 24 页。

罪,就像荷尔德林在同一首诗里说的那样,如果"用血去偿还,/就会触痛恋人的心"。大致同一年代,策兰在给莱茵友人施罗尔斯的一封信中坦承,他对"找回语言"不抱乐观的看法:

> 您谈到痛苦的语言,沉重的语言,必须用手去抓,为了生命及其言说,必须一如既往,保存它,携带它,直到最后一息。我说不出比这更恰当的话了,但我心里明白,这是多么的微不足道;我甚至知道,有些事情几乎是不可逆转的了。[1]

不可逆转。因为"诗将会一再书写它的'一月二十日'。"[2] 策兰这个断言在他人看来几乎是一句命运箴语。任何灾难可以绕过去,你绕不过这个"一月二十日"。鉴于这样的原因,诗的表达也只能"重起炉灶"并且按"最异在的"方式去尝试新的路子了。策兰的决绝由此可见。语言成了命运,可"最异在的"是什么? 当然是指人们以"神圣性"和"纯洁性"的名义并通过一套制度话语加以排斥的东西。今后,诗唯有走向他者,才能在更高的意义上继绝扶倾。几乎同一年代,策兰在给另一位作家朋友的信中指出:面对世界和历史,一般化绝不是诗人的事情。

> 亲爱的赫尔曼,世界就是……世界。它就这样,在这点上我们老早就清楚了,这个世界既不完全是你的,也不完全是我的。(我绝不

---

1 1953 年 11 月 30 日致罗尔夫·施罗尔斯。详见《保罗·策兰与莱茵友人通信集》(*Paul Celan, Briefwechsel mit den rheinischen Freunden*),Barbara Wiedemann 主编,Suhrkamp 出版社,柏林,2011 年,第 44 页。
2 参看策兰 1960 年《毕希纳奖受奖演说》手稿。《全集》HKA 本第 16 卷《散文卷下:上卷相关资料及散文遗稿》,Suhrkamp 出版社,前揭,第 152 页。文中"一月二十日"指:纳粹德国秘密警察等十四个部门高级官员 1942 年 1 月 20 日在柏林近郊万湖附近的马利埃别墅(又称"万湖别墅")召开的会议(史称"万湖会议")。按史学界的意见,纳粹德国在这个会议上制定了系统杀害犹太人的"最后方案"。

会说,你以你的方式,我以我的方式,与这个世界保持着关系。)有些东西,我们老早就听出来了,也许就在我们写作的时候,它正驾驭着我们的笔头;而且我相信,就在真相似乎"自动"显露的地方,还不准我们揣测我们的出发点。

历史,亲爱的赫尔曼:为什么我们那些从事写作的同代人,生活安逸,思想空虚,却如此热衷于给历史打上烙印,而且是打上巨大的"命运"烙印;一般化不是我们的事情。

这两段文字,见于策兰 1959 年 11 月 23 日写给赫尔曼·伦茨的信[1]。真是鬼使神差,写这封信又是生日那天!一连几年,诗人在"11 月 23 日"写下他个人对命运、同代人、历史和写作的看法,而这些看法又是如此的切中时代的特征。诗人若非信"命",断然不会将身边事与命运划上等号。当然,这是私人之间的信函,诗人畅所欲言。当人们谈论公意、代议制和存在者整体时,世界始终是在整体的意义上前进吗?"一般化不是我们的事情"——不能按思想史的规则去浮浅地推论世界方向,而是在历史的进程中看清本质的东西。与人们的估计不同,直到战后十年,策兰还听见奥斯威辛的黑夜在那里"隆隆坍塌"。有些东西——不仅没有过去,甚至还在无形地驾驭着历史和人的头脑。

啊,裂开的残片
——像面包又像石头——
今如稀世之花
把你密封的名字推出
绽入一片蓝。

---

[1] 详见《保罗·策兰与汉娜和赫尔曼·伦茨通信集》(*Paul Celan/Hanne und Hermann Lenz Briefwechsel*),Suhrkamp 出版社,法兰克福,2001 年,第 129 页。

> 啊,我盲瞽的手,
> ——你头顶上的扇叶,名字——:
> 埃及的,
> 变成了棕榈树。
>
> 啊,这太阳,
> 鲜红地从血管升起,
> 而夜还在那里
> 隆隆坍塌。
>
> (《啊,裂开的残片》)

与那些"私人信件"一样,这篇作品似乎也可视为1950年代作者参与德国作家展开的那场关于战后德国历史、语言、文化讨论留下的一份"诗歌文件"。虽然是一篇遗作,但已经相当完整,唯稿本中存有若干异文,属未定之作。这里迻录的是根据HKA手稿本整理的第二稿[1]。

这是一首颇有荷尔德林风格的诗。但与早先那位诗人执念于德意志蓝天的格调不同,它谈论的是诗人自己的这个时代,并且提供了对那时人们关切的事情的一种独特眼光。令人惊讶的是,诗人之笔不仅切中时弊,而且时常跳回他的语言传统,仿佛只要下笔,他便置身在两个天空之下。在割裂的语言里,究竟哪一片天空更能让诗人安然呼吸?

> 我们看见手的影子
> 在岩壁上

---

[1] 这首未定之作今存手稿和打字修改稿共两份。写作年代不详,估计作于1950年代中期。原作无标题,今本取首句为题。详见本书卷末《同期遗稿》。另参看《全集》HKA本第11卷《已刊未结集散作/1963年以前诗歌遗稿》(*Verstreut gedruckte Gedichte. Nachgelassene Gedichte bis 1963*),Suhrkamp出版社,法兰克福,2006年,页181—182。

一次次迁徙
我们看见，岩石如何退入海中。

我们看见，空气嗡嗡作响
于是我们翻滚过去
在那里呼吸。

这首调式奇特的七行诗[1]，似乎回答了我们提出的问题。手的影子在壁上迁徙，无非是说写作和思考的那些犹豫时刻。诗人，在割裂的两个天空下已经做出了选择。"残片"——像面包又像石头——让我们想起本书开篇之作《我听说》描述的事情：关于死去的姐妹。那是已经逝去的音容笑貌，即使想起，也宛若来自彼岸的"稀世之花"。但母语天空的那片"蓝"依然是值得回味的。那是荷尔德林的蓝——"*可爱的蔚蓝中绽出教堂的/金属尖顶……*"策兰熟悉这些诗句，它就在海林格拉特编辑的《荷尔德林全集》第六卷中，并且经由哲学的阐释而作为德意志精神的家园载入思想史了[2]。仿佛无论经历了何种劫难，大地始终以这种感人的面貌呈现于人的栖居。太阳照样升起，一切都可以指望。

诗人估计高了。就在这个先期思想的摇篮，一场前所未有的灾难之后"*夜还在那里/隆隆坍塌*"。在那场讨论中，与同行们的想象不同，策兰看到很多东西并没有过去。这两行诗是修改后的尾声。第一稿行文有所不同，结尾两句对时代的判断更有针对性："*蚌贝眷恋的人世之海/还在迟疑*"。人世之海，指的是战后浑浑噩噩的时代和人。

---

[1] 此诗作于1954年，未竟之作。这里给出的是第二稿。详见本书卷末《同期遗稿》；另参看《全集》HKA本第11卷《已刊未结集散作/1963年以前诗歌遗稿》(*Verstreut gedruckte Gedichte. Nachgelassene Gedichte bis 1963*)，Suhrkamp出版社，法兰克福，2006年，第187页；KG本(2018年修订版)，前揭，第407页。

[2] 参看《荷尔德林诗阐释》(*Erläuterungen zu Hölderlins Dichtung*)，《海德格尔全集》第四卷，Vittorio Klostermann出版社，法兰克福，1981年，第42页以下。

10

相对于事件，一个历史时代的悬置既不引人入胜，也提不起历史学的兴趣。1913年胡塞尔对希腊概念έποχή进行现象学改造时，将它诠释为"悬置"（Epoche）。他绝不会想到，三十年后一种类似"历史括号法"的程序被应用于历史，成为现象学悬置在现代国家里转变为政治实践的先例，即把历史放入括弧搁置不论，以使现实中任何诘难和推论都无法动摇国家的基础。至少在阿登纳时代，此种现象学悬置导致缺乏相应的政策设置而淡化了大屠杀在国家记忆中的位置。结果是，在历史的滞重性之下，最激进的倾向也伴随着政治和文化保全的内聚力。只有策兰和勒内·夏尔这样的诗人由于对时代气候的敏感而去触碰这种"悬置"竖起的高墙。他们在战后对同代人的批评，至今仍不大为人理解。

其实诗人有难言之苦。人们战胜了魔鬼，却拒绝看清它的面目。和平年代唤起巨大的热情，人们更乐于用新生活的主张去抵偿一切的苦难和不义。然而拒绝面对往事，这种抵偿换来的是遗忘。策兰感觉到，正义是胜利了，思想的"抗战"没有结束。这就是为何在"门槛之书"的年代，他与德国作家朋友通信总是强调，即使按着时钟的方向，也要追问世界向何处去。分歧有时甚至就发生在私人友谊之间。关于历史与文化，策兰与伦茨夫妇有过一场争论，见于五十年代末六十年代初三人之间的书信往来。这场争论虽然只限于文学、诗歌、语言和犹太民族等范围内的事情，多少也触及当代社会中德国精神传统对"世界图象"的理解，包括在赫尔曼身上，自觉的或不自觉的。策兰言辞激烈，这场争论的延续最终伤害到友谊，导致数年后双方通信中止。

当"时间变得人迹荒芜"，诗人只有分享万物的"静谧和沉默"[1]。很长一段时间里，策兰沉浸于一些被人遗忘的往事，想从中找回那些值得人们记

---

[1] 1954年4月11日致汉娜和赫尔曼·伦茨。详见《保罗·策兰与汉娜和赫尔曼·伦茨通信集》，Suhrkamp出版社，法兰克福，2001年，第14页。

取的不为生活而妥协的印记。1954年10月,他把刚完成的两首诗《以时间染红的唇》和《示播列》寄给在巴黎的罗马尼亚朋友伊萨克·席瓦。并于信中附言:"两首'时间颜色'的诗,假如可以这样说的话,更恰当地讲是'时间染红的'诗,我咀嚼了很久,才嚼出苦味来。我很想知道您对这两首诗的看法,尤其那首我称做'示播列'的(这是个来源于希伯来文的词,见于《圣经》旧约,用德文来讲大致就是'Erkennungszeichen'——暗号);您看得出来,我在其中揉入了维也纳工人起义和马德里革命起义的回忆。相当奇怪的是那只独角兽,它想让人把它带到埃斯特雷马都拉的山羊那儿去:我们在您家中听过一首弗拉门戈舞曲,那朦胧的记忆,在这里得到了更新。"[1]

> 笛子,
>
> 夜的双音笛:
>
> 想想那黑暗的
>
> 孪生之红
>
> 在维也纳和马德里。

信中提到的"弗拉门戈舞曲",指的是热爱洛尔迦的法国女歌唱家热尔曼妮·蒙泰罗战后演唱的一首西班牙民歌[2]。而诗和信中提到的"独角兽",似乎是诗人青年时代的一段回忆。西班牙内战爆发时,策兰(那时他

---

[1] 1954年10月3日致伊萨克·席瓦。参看《"某种完全个人的东西":保罗·策兰书信集(1934—1970)》(Paul Celan »etwas ganz und gar Persönliches«: Briefe 1934—1970),芭芭拉·魏德曼主编,Suhrkamp出版社,柏林,2019年,第171页。按:伊萨克·席瓦(Isac Chiva, 1925—2012),法籍罗马尼亚裔人类学家。
[2] 热尔曼妮·蒙泰罗(Germaine Montero, 1909—2000):法国歌唱家,电影和戏剧演员。以演唱诗人洛尔迦(Federico Garcia Lorca)、雅克·普列维尔(Jacques Prévert)和布莱希特(Bertolt Brecht)的作品闻名于歌坛,被称作"诗人的歌手"。按:策兰在此提到的"弗拉门戈"风格西班牙民歌,应是热尔曼妮·蒙泰罗1952年演唱的《牧羊人上路了》(Ya se van los pastores)。歌中唱道:Ya se van los pastores a la Extremadura. [牧羊人上路了,他们要去埃斯特雷马都拉。]西班牙内战期间,这首民歌曾为共和军战士传唱。

十六岁)曾在家乡切尔诺维茨参加反法西斯青年组织为西班牙共和军募捐的地下活动。"独角兽:/你知道石头,/你知道流水"。虽然诗人曾在别处解释《示播列》中的独角兽"指的也是诗歌",但这句诗还是让人猜测,这个年轻的"独角兽"不是别人,就是诗人自己,当年他也曾想到埃斯特雷马都拉去参加战斗。《示播列》是用回忆的"双音笛"奏出的一支逝去的时代曲,它的理想曾经激励为自由而战的一代人。诗人从中嚼出"苦味",是因为它的声音还未从时代的气息中消逝就被人忘记了。从《示播列》的一个较早稿本我们还知道,作者曾经打算把它题献给参加 1934 年维也纳反法西斯起义的奥地利诗人古登布伦纳[1]。直到多年后,策兰还在一首题为《在一里》的诗中提到一位随西班牙共和军战士流亡到法国的老牧羊人阿巴狄亚斯[2]。这位曾经为自由而战的牧羊人,现葬于诺曼底的一处乡村公墓。

时间的颜色——也许有一种"慰藉",来自时间催熟的事物,始终在时间中空转,但不会消失。一种无时效之物,与人们力图在历史中贯彻的原则不同,却一直以来在"示播列"被作为原则的时代说着另一种共同的话语。《示播列》中那句"祖国的异乡"听起来确实怪异。如果我们不去追问何为"异乡",就不可能理解诗人的"祖国"。似乎在荷尔德林的时代,德意志的诗人们曾经思考过没有异乡之行就不可能达于真正的还乡。诗人熟悉的意第绪语也是一种"祖国的异乡"。这个倒转过来的"祖国"让我们联想到罗森穆

---

[1] 古登布伦纳(Michael Guttenbrunner, 1919—2004),奥地利作家,诗人。著有诗集《黑枝》(*Schwarze Ruten*)、《祭木》(*Opferholz*)、《无韵集》(*Ungereimte Gedichte*)等,1954 年获特拉克尔诗歌奖;另有文集《权力禁猎地》(*Im Machtgehege*)八卷。战前加入奥地利社会民主党,参加过 1934 年的维也纳反法西斯起义。
[2] "他,阿巴狄亚斯,/从韦斯卡来的老人,带着狗/走过田野,流亡中/飘动的一朵/人类高贵的白云"(参看策兰 1962 年作品《在一里》,载诗集《无人的玫瑰》)。另参看同年 6 月 23 日策兰致埃里希·艾因霍恩:"我们花了两天时间,驱车漫游诺曼底的一个小地方(Moisville),它位于诺南库尔和丹维尔之间,那地方清静、单调,生活着一些真正的人,其中有个从韦斯卡来的老牧羊人,是与共和军流亡者一起流落到诺曼底来的西班牙人。"《保罗·策兰与埃里希·艾因霍恩通信集》(*Paul Celan-Erich Einhorn, du weißt um die Steine. Briefwechsel*),Friedenauer Presse 出版社,柏林,1999 年,第 6 页。

勒。三百年前,那也是一种德意志精神,却是一种抵达异乡的德意志精神。罗森穆勒早年写过一组后人辑为《德意志精神协奏曲》的宗教乐章,他后半生的大部分作品则是流亡期间用拉丁文完成的,包括那支《E小调奏鸣曲》,融合了意大利的北方情调——南欧和地中海特有的清亮、唯美及苦难的情调,与德国传统相去甚远。罗森穆勒的作品也许不是历史事件的直接见证,但在17世纪神圣罗马帝国那场最残酷、最漫长的"三十年战争"期间,他的作品曾经从亚平宁半岛传回哀鸿遍野的日耳曼,给战火中的人们带来一线和平之光。谈到策兰赠送的那张黑胶唱片,汉娜在信中感慨地说:"罗森穆勒的音乐,我们永远都会一再地演奏,在我们这个战乱与毁灭的年代,它又获得了某种更加没有时效的东西,或者说合乎时代的东西。"[1]

确实,个体的人难以抵御那种吞没一切的历史潮流,经历时间留存下来的东西不多。"诗人是孤独的最后守护者"[2]。孤独,守护,我不敢肯定策兰对一种"合乎时代"的艺术有切身的体会;涉及什么是精神遗产,我相信,诗人感同身受的是走向他者和包容他者的东西。无论如何,这个集子里的部分作品如《布列塔尼海滩》、《双双浮游》、《而那种美丽》、《到岛上去》等,还保持着那种唯美和苦难的歌调,它不是巴罗克式的,而是某种完全波西米亚化的东西——"祖国的异乡",经由哈西德教派历史渊源的熏陶而成形:布科维纳的德语诗歌和乡土民谣。

11

如同一切贫困时代,诗人除了写作,其余都在日常中流逝。在战后那些显得灰冷和单调的年头,策兰生活中有两件事值得一提:一是与诗人勒内·夏尔的交往,二是有系统地阅读海德格尔的著作。两件事都在这部

---

[1] 参看《保罗·策兰与汉娜和赫尔曼·伦茨通信集》(*Paul Celan/Hanne und Hermann Briefwechsel*),Suhrkamp出版社,前揭,第40页。
[2] 策兰1954年诗学笔记。参看《全集》HKA本第16卷《散文卷下:上卷相关资料及散文遗稿》,Suhrkamp出版社,法兰克福,2017年,第1版,第486页。

"门槛之书"留下了痕迹。这种"痕迹"在何种程度上构成诗的内容,不在本文讨论的范围。也许那是些萦绕在诗句周围的弦外之音,而一切文本研究要求严谨的依据。但这个时期又是诗人对"思与言"思考最为集中且富有创见的阶段,见于他1950年代写下的大量读书笔记,尤其那部题为《论诗之物的晦暗性》的规模不小的写作计划,需要一本专门著作才能加以厘清。我们在此仅就两篇相关的作品做些探讨。

Waldig, von Hirschen georgelt
其林蔼蔼,有鹿叫春

这个来源不详的古怪诗句,见于策兰1953年9月在一本海德格尔著作《论真理的本质》封底衬页留下的铅笔手迹。查阅这本今藏于马尔巴赫德意志文学档案馆的策兰生前藏书,这个诗句似乎是他读海氏这部哲学著作留下的唯一笔记,后来成了收在本书的一首诗的题意来源。

毋庸赘言,这个来路不明的诗句颇有传奇色彩,不仅让读者一头雾水,也给作品带来了神秘的音调。此诗句是否有出处,是否有所指涉,譬如关于哲人的思考或影射,今弗可考。也许来源就在作者本人。他一生读书,习惯把掠过脑海的诗句随手写在书页上。若非此一情形,我们就只好把它归入诗人那些词语来源不明的诗歌轶事了。几乎所有策兰全集的编辑者都把它作为"注脚"辑入书中,甚至《保罗·策兰的哲学书架》也将它作为"读书笔记"收录于诗人读过的海德格尔著作名下。

有论家据此以为"其林蔼蔼"这个词语指的就是位于德国西南部的黑森林(Schwarzwald),海德格尔"哲人木屋"所在的托特瑙山[1]。

---

[1] 参看克里斯托弗·柯尼希(Christoph König)教授《重新注入语义是诗的一个前提吗?1960年前后的保罗·策兰与彼得·吕姆科尔夫》(*Ist die Resemantisierung eine Prämisse der Poesie? Paul Celan und Peter Rühmkorf um 1960*)一文,载《彼得·吕姆科尔夫的诗歌》(*Peter Rühmkorfs Lyrik*)论文集,Hans-Edwin Friedrich/Barbara Potthast主编,V & R unipress GmbH出版,哥廷根,2015年,第95—97页。

其实，这个诗句除了出现在海氏一部著作封底衬页外，并没有什么能够证明诗中 Waldig 这个词指的是黑森林。倒是尾声出现的那条"林中路"多少让人想到海氏一部著作的书名，但诗人讲的似乎是一条林业工作者在林中辟出的窄长林间小道（Schneise），又称 Durchhau［用刀斧砍出的林中通道］，而非海德格尔那种叫人晕头转向的 Holzwege。当然，我们不排除对一首诗做延伸解读的可能，但在诗的领域，越是可延伸的事物，越要求避免过度阐释。可以确定的是，最迟从 1951 年起，海德格尔就已出现在策兰的视野里了，并且成为他半生读书的一个持久兴趣。

1955 年夏，几乎不出门的弗赖堡哲人海德格尔突然访问法国，打破了莱茵河两岸哲学界老死不相往来的局面。二十世纪最具影响力的存在论大师首次访法，两国思想界都密切关注这一事件。海氏是应法国哲学家波弗勒（Jean Beaufret）邀请前来做学术访问并为一个小范围内的哲学讲演做准备的。据说夏尔是海氏点名要见的诗人。八月中旬，夏尔在巴黎会见了马丁·海德格尔。在这次被称作"栗树下的对话"[1] 之后数日，夏尔写信告诉策兰："上个星期，我非常高兴能与路过巴黎的海德格尔做了一次长谈……他非常看重您的诗，而且他完全熟悉您的作品。跟您说这些也许不是什么大不了的事，但我还是应该告诉您。"策兰沉默了好长时间，没有回覆夏尔这封信。

其实，早在一年前，策兰就已起草了一封给海德格尔的信，信中委婉地称这是"来自一个诗人的敬意，借此表达出于共鸣而期待神能天涯共邻之意。"[2]。此

---

[1] 这场会面由波弗勒安排，在波氏位于巴黎20区司汤达道（Passage Stendhl）九号的私人住宅内举行。波氏后来根据这次会面的情况撰成一文，以《栗树下的对话》（L'entretien sous le marronnier）为题发表于法国大型人文季刊《弓》（L'Arc）1963 年夏季号（总第 22 期）。

[2] 书信手稿见于策兰 1950 年代的一个工作笔记本（Arbeitsheft II. 12），今藏马尔巴赫德意志文学档案馆。这封信未寄出，似乎印证了策兰从一开始就对与海德格尔见面持既期待又抵触的态度。参看法朗士-拉诺尔（Hadrien France-Lanord）著《保罗·策兰与马丁·海德格尔：一种对话的意义》（Paul Celan et Martin Heidegger, le sens d'un dialogue），Fayard 出版社，巴黎，2004 年，第 72—73 页，以及第 294 页的手稿复制件。亦可参看罗贝尔·安德烈（Robert André）著《从文本到文本的对话：策兰-海德格尔-荷尔德林》（Gespräche von Text zu Text. Celan-Heidegger-Hölderlin），Meiner 出版社，汉堡，2001 年，第 224 页。

信写于 1954 年秋。其时,策兰正好应法国托派作家葛汉(Daniel Guérin)之邀到马赛附近拉西奥塔艺术村做为期六周的驻馆诗人,在那里完成了诗集《从门槛到门槛》最后一组诗稿。信是在拉西奥塔起草的,不知何故拟好后并未寄出,而是随手夹入了身边携带的文件夹。这个文件夹里除了诗稿,还有一份长达 30 多页的海德格尔《形而上学导论》一书阅读笔记。诚然,信中所言"共鸣"当指海氏著作引起的共鸣;说明起草此信是经过深思熟虑的。另据海氏再传弟子波格勒回忆,当时他将策兰的身世(父母死于纳粹集中营)告诉海德格尔,海氏从那时起就希望同策兰见面,并打算给这位德语诗人在联邦德国高校谋求一份教职[1]。波格勒是五十年代就开始研究策兰作品的重要学者,显然他愿意为诗人和哲学家见面充当牵线人。仿佛"思与诗"的关系不仅仅是哲学的事情,在现实生活中也有某种亲和力,就像西莱修斯的诗和罗森穆勒的音乐,有一种超越人事的玄响之音。"策兰与海德格尔"至今仍然是法德两国学界争论不休的话题。据我所知,除了波格勒和波拉克的笔战,——两位当事人均已去世,近年至少有两部尝试勾理线索的新著出版。但这个"*其林蔼蔼,有鹿叫春*"我们依然所知不多。

读者上来会有这样的印象,此诗最奇特之处就在这个起笔之句,仿佛涳濛之中一声长叹,却又让人不得其解,尤其那句"有鹿叫春"。

为何说起笔是一声叹喟,而非有感于山色葳蕤之美?说实在的,除了这两个颇为突兀的副词短语构成的"世界"景象外,整首诗并无多少抒情的东西要传达给读者。如果我们只是去领略山林之美而不理会词语的急转直下,那就可能驻足在门槛外面了。"*世界围上来逼迫这个词*",此诗句已告诉我们这个"*其林蔼蔼*"的世界是暗藏杀机的。作者不愧是把捉副词短语的工匠,副词句与主句的关联在这里制造了表象和实质的强烈反差。

---

[1] 参看波格勒(Otto Pöggeler)著《眼睛后面的石头》(*Der Stein hinterm Aug. Studien zu Celans Gedichten*),Wilhelm Fink 出版社,慕尼黑,2000 年,第 161 页。

笔者无意在此解释何以将诗起首词译成"其林蔼蔼"的那些理由。不妨作为一种经验和权宜之计。因为语言的"摆渡"总是一条险途，任何充足理由最终都可能显出无助于通达彼岸。诚如策兰所言，"在诗里，词语只是部分地凭作者的经验占有而已；另一部分则要凭诗的经验去获得；还有一部分始终空着，就是说保留着它的可得性。"[1] 翻译不也如此么？在我们这个语言失去其神秘性的时代，词的即时性消费往往被视为一种有效的时尚（譬如将之归类为某种文学的时代类型——"现代的"，"后现代的"，等等）。然词永远是词；在那些从未拿词语当做标签的人那里，词总是带着词根走路的，并且远离一切文学史。此种古老的根性使词语不是像空气那样膨胀，而毋宁是凝缩，这是需要认真倾听的。因为只有在倾听中，词不仅锲入当下，而且给人以其音也远之感。所以诗人讲"那种回忆的、本质性的美就在无声和有声之间的一刹那"[2]。

但是"有鹿叫春"（von Hirschen georgelt）这个诗句却与我们汉语的传统有很大的距离。句中动词 orgeln 本义指演奏管风琴（多指蹩脚的演奏），转义指自然界或人的声音大而沉闷；至于此词用来形容母鹿叫春，则是狩猎行业由来已久的习用语了。鹿鸣声洪。足见在西人那里母鹿叫春并非一味地哀婉，有时还是管风琴般地轰鸣哩！无奈这个词汉译难以两得。我们赢得了词语的弹性，却失去了它的音调。好在我们有手稿参照。《其林蔼蔼》在风格上没有投合现代人的趣味，倒是有一种十分质朴的东西。

定稿中删去了多个修改片段。这些片段或许有助于我们把握诗的难度。第二节出现的核心用词 hinwegheben［移除，夺走］在定稿前的四个稿

---

[1] 策兰1954年诗学笔记。详见《全集》HKA 本第16卷《散文卷下：上卷相关资料及散文遗稿》，Suhrkamp 出版社，法兰克福，2017年，第1版，第488页。
[2] 参看策兰1960年诗学笔记。参看《全集》HKA 本第16卷《散文卷下：上卷相关资料及散文遗稿》，Suhrkamp 出版社，前揭，第246页。图宾根本 TCA/Der Meridian 卷，Suhrkamp 出版社，法兰克福，1999年，第1版，第128页。

本中均作 hinwegrufen；这个可分离动词今天听来已相当陈旧，要回到歌德的时代才能回味其日常而又富于戏剧性的味道。这里指出一点就够了，此词释义"喝令走开"，"逐客"，"赶走"，"抹杀"等，似乎要比定稿中那个"勾消"生动得多。起首二节，初稿拟作：

> 翠鸟啼鸣，在人世附近：
> 人世又郁郁葱葱走来，
> 带着叫春的母鹿，
> 把你的嘴唇
> 打成不明不白的声音，
> 喝令你唇上的迷惘
> 滚到声调更高
> 欲灭还燃的黑暗里——

随后的新一稿又作：

> 翠鸟啼鸣，在人世附近，
> 你把流水和镜子递到人世面前，
> 当你那漂泊之魂
> 从中跳出，在鳊鱼与河鲈之间，
> 反驳〈世间给出的〉暗示——[1]

这些诗句之忍辱负重，犹如一个试图理解世界的人最终没有找到他的归宿。看来是一首屯坎之作，与诗人这一年的经历有关。诗手稿未标

---

[1] 参看《全集》HKA 考订本，卷 4/2《从门槛到门槛》(*Von Schwelle zu Schwelle*, Apparat 分册)，Suhrkamp 出版社，法兰克福，2004 年，第 1 版，页 147 以下。

年代,估计作于 1953 年秋。那时高尔遗孀向整个德语世界(作家、出版人和文学编辑部)寄发了无数匿名信,挑起指控诗人剽窃其亡夫的第一波围攻浪潮。母鹿发情,管风琴的蹩脚弹奏,整个世界围上来逼迫一个"词",这些描述是对那个事件的影射?按作者删去的几节手稿,我们不难揣测某种"背景",但把诗的题旨纯然看作逆境中的嗟叹,那就背离作者的初衷了。此诗定稿前的一份誊写稿,曾打算把诗中那句"乌有之巢"作为标题。这个斟酌未定的标题似乎点出了题旨之所在。除了诗人之言,我们还能找到更好的提示吗?若不是一阵值得信赖的风,诗中的"你"恐怕守不住他的"石楠"了。这首诗反驳了一种关于世界光明昌盛的流俗见解,同时表达了诗人坚守自己家园的信念。在缺乏更多资料佐证的情况下,我们对诗的解释似乎也只能到此为止。

这里顺便说一下。1955 年海德格尔来法,没有被法国正统学术界安排到索邦大学,而是跑到了距巴黎两百公里以外的一个诺曼底小镇。那时,以笛卡尔哲学和黑格尔历史主义占主导地位的法国学术圣殿对海氏不感兴趣。在夏尔向策兰报告他与海德格尔的会面之后,弗赖堡哲人便前往诺曼底小镇色雷西(Cerisy)去了,在小镇的会厅做了一场题为《什么是哲学?》的专题讲演,并出席主办者为他这场讲演而召集的小范围座谈会。出席座谈会的有让·斯塔罗宾斯基、德勒兹、加布里埃尔·马塞尔、吕西安·戈德曼、德·冈狄亚克和保罗·利科。法国人印象最深的是,讲演结束之际海德格尔断言:"这场思索哲学的讨论必然导向对思与诗的关系之探讨。"并说:"思与诗有隐秘的亲缘关系,因为两者都效力于语言。但它们之间也有一道鸿沟,分别'居住在遥遥相隔的两座山上'。"[1] 海氏这篇著名讲演于翌年在普富林根出版单行本。另据这次活动召集人波弗勒事后转述,海德格尔在讲演期

---

[1] 参看海德格尔《什么是哲学?》(*Was ist das-die Philosophie?*),Günther Neske 出版社,普富林根(Pfullingen),1956 年,第 30 页。

间的某个场合说了一句令在场者大为震惊的话:"在存在的高原上,最高的山峰是'忘山'。"[1] 似乎从这个时候起,海氏把他过去强调的"存在之遗忘"上升到人类历史最大的遗忘来思索了。不久,这篇讲演也被译成法文,在巴黎出版(加利马出版社,1957年)。

这场伟大讲演,由于场所和波弗勒有意缩小听众范围,搞得有点诡秘和狼狈。不仅如此,这一年海德格尔出现在法国最早一群"海派"学子和诗人中间,在巴黎学界圈内人的听闻里就好像是诗与哲学的一场三角恋。在夏尔眼里,海德格尔不仅发现了诗与思的家园,而且比任何人都更好地解释了这个家园。策兰保持沉默,暗地里却在读海德格尔的著作。整个五六十年代,策兰几乎通读了直到那时海氏业已公开出版的全部著作,包括《存在与时间》、《形而上学导论》、《荷尔德林诗阐释》、《林中路》、《论真理的本质》等,并且写下大量读书笔记;直到去世前不久,还在读海氏赠送的那本《什么叫做思?》。如此漫长的阅读,究其原因,除了诗人对思与诗问题的兴趣以及这位哲人的魅力之外,更主要的是他想通过阅读海氏著作来搞清德意志精神中一些晦暗的东西。留下的大量读书笔记,其中就有不少针对海德格尔的批评,尤其涉及"本源"说(Ursprünglichkeit)和"无蔽"说($\alpha\lambda\eta\vartheta\varepsilon\iota\alpha$)。对于策兰,海德格尔就像阴影下的哲学魅力,永远成为他内心的一口苦井。

12

策兰在巴黎十六区的寓所,离夏尔居住的托克维尔公馆不远,仅隔着流经市区的塞纳河湾。两人第一次见面是在海德格尔来访前一年,那时夏尔早已是作为"抵抗运动战士"备受尊敬的大诗人了。对于当过纳粹德国大学校长的海德格尔前来会见"抵抗运动战士"夏尔,不管当时哲人用意如何,在很多人眼里不啻若历史和人格的一场误会。而对于经历了纳

---

[1] 参看让·波弗勒《存在的遗忘》(*L'Oubli de l'être*)一文,载波氏文集《与海德格尔对话》第四卷,Minuit 出版社,Arguments 文丛,巴黎,1985年,第14页。

粹苦役营的策兰,"抵抗运动战士"这个称号比什么都亲切。诗人为自由而战。像夏尔这样在历史关头拿起武器战斗的诗人不多。

> 由炮声划出,
> ——生存,无边的界线——
> 森林里的家亮起了灯光:
> 雷鸣,溪水,磨房。
>
> (《多纳巴赫磨房》[1])

夏尔这些诗句今天读来依然令人肃然起敬。策兰是由德国学者施维林引荐结识夏尔的,当时他手上已揣着翻译好的夏尔组诗《为蛇的健康干杯》,期待译文得到作者的首肯。第一次书信往来,夏尔即回覆:"您是我想见面的极少数几个诗人之一。"[2] 策兰亦有相见恨晚之感;甚至对妻子说,这世上要是"只看到夏尔这样的人"就好了[3]。二人于 1954 年 7 月间首次见面,此后保持通信和往来,直到策兰去世。

友谊是一种美德,也是自古为人嗟叹的一种生活理想。亚里士多德有句名言,是对他的朋友说的:"吾友啊,世上无友!"[4] 策兰与夏尔交往

---

[1] 勒内·夏尔这首《多纳巴赫磨房》作于 1939 年冬。诗题 Donnerbach Mühle 为法国北孚日山区阿尔萨斯境内一德文地名(意为"雷鸣溪磨房"),坐落在一处林木茂密的山谷深处,谷内有一湖,名 Donnerbach 湖(一说 Donnenbach 湖)。战争初期,被征入炮兵部队的夏尔曾随军到那里执行任务,此诗当是军旅期间写下。作者似取地名意蕴为诗题,全诗由五节散文诗构成叙事主干,最后以一节四行诗收尾。这里给出的是尾声的四行诗。详见夏尔诗集《骚动与神秘》(*Fureur et Mystère*), Gallimard 出版社,巴黎,1962 年修订版,第 181—182 页。
[2] 1954 年 7 月 23 日致保罗·策兰。参看《保罗·策兰与勒内·夏尔通信集》(*Paul Celan/René Char, Correspondance 1954—1968*),Bertrand Badiou 编, Gallimard 出版社,巴黎,2015 年,第 54 页。
[3] 1954 年 12 月致妻子吉赛尔信。参看《保罗·策兰与吉赛尔·策兰-莱特朗奇通信集》卷 I,Seuil 出版社,前揭,第 65 页。
[4] "ὦ φίλοι, οὐδεὶς φίλος." 参看第欧根尼《名哲言行录》(*Diogenes Laertius, Lives of the Eminent Philosophers*,5.21),Loeb 本,卷 I,哈佛大学出版社,1959 年,第 464 页。

长达十五年，期间不乏思想的纠葛乃至恩怨，友情始终保持在真心深处。最后一事足以说明友情烛照天地：1970 年 5 月得悉策兰投河自尽，夏尔在给诗人妻子吉赛尔信中引了梵高的一句话："伤悲将持续一生。"并说："没有一个诗人比他更伟大。只要他的作品在那边（按：指德国）有人读，恶就偿还了善——而且会比恶人当道的时间要长久。"[1] 策兰与夏尔的通信由巴黎高师贝特朗·巴迪欧教授搜集成书，于 2015 年在巴黎付梓出版。这些书信见证了两位伟大诗人交往的过程。

> 戴着锁链
> 在金子和遗忘之间：
> 夜。
> 两者都来拉她。
> 两者她都请便。

这是《来自寂静的见证》的起首段落。此诗具体写作年代不详，估计初稿作于 1954 年初，同年秋在拉西奥塔艺术村任驻馆诗人期间写定。策兰最早将它与自己翻译的夏尔组诗《为蛇的健康干杯》一同发表于翌年在达姆施塔特发刊的人文杂志《文本与符号》创刊号。作为一首"应和之作"，其内容和调式在诗人的全部作品中别具一格，但解读困难重重。诗题原文为拉丁文 Argumentum e silentio；此语在拉丁文献和罗马法学家那里指"默证"，即所谓"证谬"之一种，通常用来驳持论未举证者为不实。然持论者未举证据，并不意味所论之事不是事实。当然，这首诗首先是为回应夏尔而作，题意来源似可参看夏尔《毁碎的诗》卷首篇《论据》："诗，诞生于生成的呼唤和迪厄的焦虑，自其污泥和星辰之井升上来，几乎

---

[1] 1970 年 5 月 9 日和 10 日致吉赛尔·策兰-莱特朗奇。参看《保罗·策兰与勒内·夏尔通信集》附编，Gallimard 出版社，巴黎，2015 年，第 222 页。

寂静地见证着：在这个充满矛盾，既反叛又孤独的世界上，诗自身没有任何东西不曾原本地存在于他处。"[1]

从这段话可推知，策兰诗的标题是从这里来的。很多研究者已指出这一点。我们建议再引同一年代策兰翻译成德文的夏尔一首格言诗，它似乎比标题的来源更有助于了解诗人的思路。这首格言诗见于夏尔在战争期间写成、出版时题献给阿尔贝·加缪的笔记体诗集《修普诺斯散页》（第5篇）："我们不属于任何人，除了一盏豆点般的金色灯火，这灯不为我们所知，亦非我们所能企及，却能让勇气和沉默保持清醒。"其实夏尔这首格言诗有一个年代更早的版本，收在1945年诗集《唯一留存的》一篇题为《起褶》的散文诗里。这个早期版本提供了一些具体的东西："我们因荒凉的忍耐而茫然失措；有一盏灯，不为我们所知，亦非我们所能企及，在世界的顶端，曾经让勇气和沉默保持清醒。"[2]

这微弱的灯光是什么？夏尔没有告诉我们。不过他指出了方位：这盏灯位于世界的顶端，是人不能企及的。夏尔又在《修普诺斯散页》卷首题句中暗示，有一种火光来自黑夜本身："修普诺斯攫住冬天，给它披上花岗岩外衣。冬天于是成了休眠，而修普诺斯变成了火。其余的就是人的事情了。"此语大意是，人的事情只能由人来解决，而且事关人的命运和存亡。在古希腊神话里，修普诺斯是黑夜女神倪克斯（Nύξ）之子，人格化死亡之神塔纳托斯（θάνατος）的孪生兄弟，他的魔力能使人和神都沉入睡眠。夏尔这部《散页》诗草是抗战年代在战火中随手写下的。那是血与火的黑夜时代，诗人借一盏至高的灯和人在历史悲剧时刻的奋起来表达诗歌和抵抗运动。而策兰这首应和之作有所不同，历史语境隐去了（或者说只隐

---

[1]《毁碎的诗》(*Le poème pulvérisé*)单行本，Fontaine书局，巴黎，1947年，第1页；今本参看《骚动与神秘》，Gallimard出版社，1962年修订版，第175页以下。
[2]《修普诺斯散页》(*Feuillets d'Hypnos*)5；Gallimard出版社，巴黎，1946年；《起褶》(*Plissement*)，载1945诗集《唯一留存的》(*Seuls demeurent*)。详见夏尔诗集《骚动与神秘》1962年修订版，前揭，第49页，第91页。

含地出现在第三节和第六节触及时代特征的关联叙事里),故我们一上来便有一种面对黑夜茫然无着的感觉。那盏至高的灯以"金子"的名义出现在沉沉黑夜,与"遗忘"相对,宛若一座无形山峰的两面。也许这就是夏尔《散页》中提到的"囚山"[1]吧——山囚在阴暗里,但不是里尔克的"原苦"之山,而是作为西方思想奠基性概念的"存在"之山,自古以来诗人就借一把七弦琴叙说这两座"囚山"的事。策兰在诗第六节末尾也提到,"金子"和"遗忘"历来就是黑夜的"姊妹"。即使我们这样旁征博引,关于《来自寂静的见证》开篇引出的天命——一个疏而不失,似乎无所不包却又对吾人生存之义不给出答案的永恒之夜,我们仍然一无所知。那末,这个被锁链缚在金子和遗忘之间摇摆不定的"夜"究竟是什么呢?

接下来六节诗,除了尾声提到"黎明之地"和"泪河流域",其余五节都是谈论"词语"的——"星星飞越的词","海水泼打的词","各有其词","各有各的唱词","化为寂静的词","与屠夫的耳朵淫狎"的词,"终将出来作证"的词,等等。这些词,带着各自的色彩,彷若浑然杂呈之物散落于夜空。而诗中,让人着迷又极度错愕的也是这个夜空。它时而呈现为"两可",时而又像是"寂静之物"的庇护者。奇特的是,星空并不璀璨,但词与物都拟人化了。尤其第四和第五节两度在句首出现的那个人称代词 ihr(第三人称单数第三格,阴性),不仅使夜那骇人的苍然突兀变得平和,似乎也人格化了。仿佛这是一个混沌的母体。

那么,这个被锁链锁住的夜是指矇昧时代和人自身的黑夜吗?按人们对思想史的通俗见解,那不是哲学早已克服的东西吗?要么,这里指的是海德格尔所说的"世界黑夜时代"的黑夜?在哲人看来,这种黑夜是任何时代都可能发生的;它作为一个世界时代并非特别地发生在没落的世道,相反,越是在人们认为技术与文明高度发达的时代,世界黑夜反而越

---

[1] Lyre pour des monts internés. 参看勒内·夏尔《修普诺斯散页》182;载诗集《骚动与神秘》,Gallimard 出版社,巴黎,1962 年修订版,第 139 页。

加深沉滞重,因为存在的本质在此种历史进程的必然趋势中往往不是为计算和通用价值所淹没,就是被逼入最彻底的贫困[1]。诗人在同一年代的读书笔记里着实思考过与此相关的问题[2]。但这首诗讲的就是这种最终显现为人自身贫困的世界黑夜吗?抑或另有所思?譬如他的时代,历史悲剧与当下困境,某种黑夜之后的黑夜?如此说来,诗人讲的是历史事件的黑夜?然而人们对此种客观事实似乎早有定论:历史的恶从未终结。作者本人在同一集子的另一首诗里也隐隐提到,庞然大物的黑暗如同"翅夜"飞回来重新绷紧在世界之上。二十世纪的事件证明了这一点。历史循环论并非一种宿命,只不过是古老的或然性(probabilitas)在小心翼翼的历史哲学那里被放大了罢了。事件之后,灾难更其深重的是人类的精神生活,那种"褐色的东西"依然被人捧为"思想"。如果说语言是"存在的圣殿",那种远甚于文明衰落时代的骇人的制度性修辞所导致的语言之被摧毁,则是二十世纪文化危机最为显著的特征了。

---

[1] 参看海德格尔《诗人何为?》一文,载《林中路》(*Holzwege*),《海德格尔全集》第五卷,Vittorio Klostermann 出版社,法兰克福,1994 年,第 313 以下。
[2] "诗并非那么紧密地与时间发生关系,而毋宁是与一个世界时代发生关系。"这则思考见于 1954 年秋策兰在拉西奥塔艺术村任驻馆诗人期间读海德格尔著作《形而上学导论》和《什么叫做思?》写下的笔记。这些笔记由作者本人亲自夹入《从门槛到门槛》手稿的同一个文件夹,当中另有一封用法文起草的书信,信文无抬头,但似乎是写给勒内·夏尔的,言及诗歌和译事,并称"我想我应该选择这种节奏来还原您的诗的音调,也即诗人追问事物暗藏本质(Être)的调式和音色"云云。详见《保罗·策兰的哲学书架》,亚历山德拉·李希特等合编,乌尔姆街印书馆/巴黎高等师范学校出版社联合出版,2004 年,第 351 页;策兰《全集》HKA 本第 16 卷《散文卷下:上卷相关资料及散文遗稿》,前揭,第 482—485 页;亦可参看《细晶石,小石头(保罗·策兰散文遗稿)》(*Paul Celan,» Mikrolithen sinds, Steinchen«, Die Prosa aus dem Nachlaß*),Barbara Wiedemann 和 Bertrand Badiou 合编,Suhrkamp 出版社,前揭,第 98 页以及第 503—504 页相关注释。另据施维林回忆,1950 年代中期他与策兰初次见面时,"海德格尔的思想就已对策兰产生极大吸引力。第一次谈话策兰就从夏尔的诗谈到了这位弗赖堡哲人"。参看克里斯托弗·施维林《内心的苦井。回忆保罗·策兰》(*Bitterer Brunnen des Herzens. Erinnerungen an Paul Celan*)一文,载柏林人文《月刊》(*Der Monat*)1981 年(April/Juni),总第 279 期,第 78—79 页。施维林的回忆间接印证了《来自寂静的见证》一诗不仅是策兰与夏尔的诗歌对话,同时也是策兰想通过此一案例窥探那时海氏思想对诗人的影响。

我们在此多多少少触及了这首诗所要道出的事情。可是,诗人开篇却向我们讲述一个在"金子"和"遗忘"之间无可奈何地听其自然的"夜"——没有西方的逻各斯,没有明辨,没有真理的去蔽,没有存在的领悟和决断,似乎一只无形的钟摆在那里摆动,将同样无形的命运之物摆向一方或另一方。难道诗人是想通过这种方式告诉我们,他那个时代的精神生活导向中,居主导地位的仍然是古老的或然性法则?设若事情如此,则时代随波逐流,诗人也大可不必去追问谁以及靠什么来见证我们时代的事情了。当然,黑夜时代总有摘埴冥行的人。看来作者另有他指。如果我们循这首诗的行文方式往下读,我们会发现所指的事情就在首尾之间的五节诗里。

这五节诗循序渐进举证了所要讲述的事情:语言的命运。黑夜处在"金子"和"遗忘"之间,这个讲法并不新鲜。按西方自古以来就有的思想法则,存在的领域只有一个先期高耸地显现于人的坡面,它作为人出生就面临的世界状态,自形而上学发端就已被揭示出来——这面坡叫做"遗忘";另一面隐藏在山阴面的暗影里,惟当人真正地直面它,才显现为急迫,这面坡就是"回忆"(Mnemosyne)。根据柏拉图的意见,世界的起源和人类的一切知识皆源出这古老的回忆。海德格尔只是在描述现代意义上什么是思的问题时将它置回"回忆"之源,并称此乃缪斯所授之艺的"诗的根源"[1]。因为,唯有诗(作为语言和世界本源的诗)——它在圣经时代被描述为"太初有言",能够从急迫中并且以"回忆"的名义去回答"遗忘"。人面对存在之迫求助于回忆,而遗忘是对存在的遗忘。山阳之坡永远是显见的,然显见者并非总是为人所见。故海德格尔说:"在存在的高原上,最高的山峰是'忘山'。"

这些源头叙事多少有助于我们思考策兰这首《见证》处于哪一个坡

---

[1] 参看海德格尔《什么叫做思?》(*Was heißt Denken?*),Max Niemeyer 出版社,图宾根,1954年,第7页。

面。这首诗讲的不是西方自古以来就有的思想常识,也不是海德格尔所说的"遥遥相隔的两座山",甚至不是夏尔的"囚山"和那盏位于山巅之上人不能企及的至高的灯。**戴着锁链/在金子和遗忘之间:/夜**。这句诗的重音放在"夜"上。这个带着枷锁听任命运支配的夜若非指涉语言的晦暗性,又是什么? 其实,在同一年代稍早的另一首《词语的黄昏》里,诗人就已经道出他的时代正在经历的事情:Wortnacht[词语黑夜]。这后一首诗不是讲某个晚宴席间的一场夜话;标题中的 Abend 一词当作 Dämmerung 解,指的是语言衰落的时代。在这里,这个复合词似乎是对构词法的挑战,怎么读都是一种同义反复:词即是夜,夜即是词。或者说,词纯然落入黑暗而同于黑暗。一切以黑暗君临世界的东西首先都显现为意志和言说。Wortnacht,如果我们按习以为常的语言逻辑把这个词转译为"词语之夜"则是太轻巧了,它磨去了世界黑夜时代到来时那种作为"时代"历史力量的暴烈特征。在这同一首诗里,诗人写道:

> 时间的伤口
> 裂开了
> 将大地浸入血泊——
> 词语黑夜的猛犬,那些猛犬
> 现在发出狂叫
> 在你胸腔:
> 它们要庆贺更狂暴的欲望,
> 更野性的饥饿……

根据这位卜水者的经验,时间中撕开的伤口是一件更其暴烈的事情,其后续力并不比事件发生当初要轻。这节诗第五行中那个时间副词 nun[**现在**]标出了年代。《词语的黄昏》和《来自寂静的见证》作为历史事件之后将近十年,一些似曾相识的声音——"猛犬","狂暴的欲望","恶犬从背后扑来",在1945年那篇划时代的见证之作《死亡赋格》里就已描述过了。不妨想想,那骇人的集中营之夜,一个住在屋里"玩蛇写字"的人往德国写信和那个唤来狼狗命令犹太人掘墓的声音,这同一种语言的音调,曾以不同的方式在玛加蕾特的金发和苏拉米的灰发之间飘荡;如今在战后和平年代,它又以似曾相识的方式,不仅"与屠夫的耳朵淫狎",而且还要以诗的声誉"爬上时间和纪年"的巅峰!

同一年代,夏尔在一篇题为《古老的印象》的散文里也揭露,战后的空气不仅残留着法西斯的毒素,那种集权主义的制度性话语也在人的潜意识中继续起作用:"1945年的时候我们以为,随着纳粹主义及其恐怖政策、地下室毒气以及最后的焚尸炉的垮台,集权制度的精神已经失败了。可是它的渣滓还埋藏在人富有发酵力的潜意识深处。但凡涉及承认他人及其生动的表达,便有一种巨大的漠然跟我们平行,并且告诉我们,没有普遍的原则和世代传承的伦理了。"[1] 语言和语言中制度化的幽灵,对他者的排斥,夏尔与策兰一样,都抓到了时代的特征。

《来自寂静的见证》是一首语言哀歌。在它与夏尔的先期对话中,我们可以把它视为关乎一切语言命运的哀歌,在此意义上允许一种宽泛的解读,譬如两位诗人对时代的看法基本一致:一方面人人希望"诗歌符合自己生活的形象",另一方面却不自觉地表现出"在同类相残的致命操虑中堂而皇之地行动是更加顺理成章的事情"[2]。这些关联是无可置疑的,但从此诗言说的具体方式——如果我们尊重作者在第三节以下所讲的

---

[1] 勒内·夏尔《古老的印象》(*Impressions anciennes*),单行本,GLM出版社,巴黎,1964年。按:这篇文字原是夏尔1950年代未完成的一篇思想性散文。1964年夏尔将它完成后题献给马丁·海德格尔,并于海氏75岁寿辰之际在法国电台朗诵了这首散文诗。后由作者编入散文集《山脚与巅峰的探查》(*Recherche de la base et du sommet*)1965年第二版。夏尔在为这篇散文诗撰写的诗序中说明,此文乃是"对海德格尔基本著作和一种日常人生修练持之以恒的交叉阅读"之结果。今本参看《勒内·夏尔全集》(*René Char Œuvres complètes*),Gallimard出版社,巴黎,1983年,第743页。
[2] 此处引文出自夏尔《毁碎的诗》卷首篇《论据》(*Argument*),详见夏尔诗集《骚动与神秘》(*Fureur et Mystère*),Gallimard出版社,巴黎,1962年修订版,第175页。

"各有其词",那么,我们还是有理由把它摆放回它特定的语境中去:这是一首德语哀歌,一首德意志语言的哀歌。此外,不无意味,它采用的调式也不是别的,而恰恰是德语诗歌中最具德意志精神的荷尔德林哀歌传统。这些都决定了这首诗的风格和调式。

> 或有一个真诚的人,愿把目光也探入黑夜……
> （荷尔德林《面包与酒》）

策兰熟悉这个传统,尽管他在此用意完全不同。他要探入的是来自根源的东西。我在此冒险提出上述看法,基于以下两个理由:

1）这首诗是谈论语言的,不是随便哪一种语言,而是"化为寂静的词"。这种具体性见于全诗中间整整五节诗的细节叙述,尤其第三节和第六节,首尾两节只是"引子"和"尾声"。2）有必要将此诗放回它产生的年代——1950年代,正好是诗人以书信形式或其他机会与德国作家朋友广泛讨论战后德语命运的年代,策兰曾有机会对此发表看法,我们在前面的章节中也已引述了这些讨论的部分内容。那时,德语作家们集中讨论的问题是:如何在历史灾难之后重新"找回语言"。

"找回语言"——是的。可为什么要以似乎"成问题"的荷尔德林诗的传统来写这样一首德意志语言命运的哀歌呢？外行人听起来不是很像一种嘲讽吗？其实不然。诗人的挚友雅贝斯谈到策兰的写作时说过这样一句话:"语言,似乎只真正地属于那些热爱它,将它置于高于一切,并且深深地感觉自己已经永远被捆在语言上的人。"[1] 若不是心系母语的故乡之子,断然不会忧思和谈论母语的命运。由是观之,诗开篇所言套在锁链上的夜,难道不是已暗示了诗人的命运就缚系在其母语的命运之上？而

---

[1] 参看埃德蒙·雅贝斯《词语的记忆——我怎样阅读保罗·策兰》(*La Mémoire des mots. Comment je lis Paul Celan*), fourbis 出版社,巴黎,1990年,第16页。

这个德意志母语，荷尔德林以来一代代德语诗人的精神家园，就其在刚刚过去的那场前所未有的灾难中遭到破坏的规模和程度，谁又能轻巧地说朝夕可以找回，靠什么来找回？——母语命运未卜焉。

戴着锁链
在金子和遗忘之间：
夜。

世界之夜也久远。夜从其纯粹的自然逻辑中抽离而作为历史本质对立面的象征自古有之；虽然是修辞上的表达，"夜"作为被经验为深渊的历史现象，其广袤黑暗的深渊特性始终是这种历史现象的本质，因为这种历史现象中突起的世界状态始终有一种晦暗之物在伴随着历史。不妨假定，我们在此打交道的"夜"乃指自源头以来并非一劳永逸解决了的东西，它就在语言里并且始终作为一块不可动摇的基石起作用。

我们在上文已经说过，1950年代那场作家之间关于历史与语言的讨论中，策兰不仅认为以往的参照已经失效，甚至反驳那种关于源始性的假设："诗不能满足于某种假定的源始性。"（此语显然针对海德格尔。）"假定的"一词并非质疑"源始性"的存在，更不是否定"源始性"之说，而是意指自那时以来"晦暗不明"。Jedem das Wort [各有其词] 这个特立独行的诗句不过是针对奥斯威辛之后那些仍然主张语言"纯粹性"的作家表示怀疑罢了。不管科学把语言描述为人的器官活动还是精神活动，在思想史的意义上，语言的历史就是世界史。作者举出"恶犬从背后扑来"，"毒牙刺穿了音节"以及那些"与屠夫的耳朵淫狎"的人这些例证，绝不是关于语言的泛泛议论。1958年策兰在巴黎接受战后最活跃的法德作家交流中心弗林克书店书面采访时指出，"由于记忆中最黑暗的东西，也即它四周最可疑的东西，不管人们怎样激活它所立足的传统，德语诗歌今后不可能再讲那种似乎只还有几只惬意的耳朵爱听的语

言了"[1]。可是,既然要"找回语言",诗人为何又说:

> 放下吧,
> 现在你也把它放到那里去,这些
> 欲与白日同辉的东西:
> 词,星星飞越的,
> 海水泼打的。

欲与日月同辉的东西,不是自古以来诗人执执于心的境界吗?为何放下,丢给黑夜去支配?这个"你"是谁?是对夏尔的劝诫么?以这首"应和诗"独特而委婉的音调,不至于扮演一个高高在上教训朋友的角色吧。这个"你"当指所有的人,包括诗人自己在内。诗人奉劝所有人把那种歌颂光明的东西放回到"黑夜"里去,尤其那种"唱完了就僵死麻木"的东西。僵化乃是苟且和垂死。毋庸说历史悲剧时期,即使在正常年代,这种语言之物若非为虎作伥,大抵也是粉饰太平的了。把歌颂光明的东西放回黑夜里去——我们在此大致窥见这首诗作为"引子"导出的那个令人迷惑不安的"夜"了。那是一座巨大的天平,或者说黑夜里有一座自古以来就在西方思想源头筑起的天平——存在的天平。在这种黑夜里,作为语言言说的诗之物(在荷尔德林那里称之为"歌唱")要么经历锻打而成为真金,要么崩溃而落入遗忘。语言,看起来是可失落的。可是依我们的实际经验,语言不是始终上手的东西么?为何同样的语言,同样为人使用,在不同的时代,却具有不同的命运?

人们似乎对语言的命运视而不见,要么仅仅将人及其制度强加给语

---

[1] 参看策兰 1958 年《答弗林克书店问卷》(*Antwort auf eine Umfrage der Librairie Flinker*),详见《全集》HKA 本卷 15/1《散文卷上:生前已刊散文及讲演稿》(*Prosa I. Zu Lebzeiten publizierte Prosa und Reden*),Suhrkamp 出版社,法兰克福,2014 年,第 77 页。

言的特征视为时代印记,当这种印记变成文学史,连打下印记的赤裸裸的魔爪也看不见了。门槛之书出版后不久,策兰在《不来梅文学奖受奖演说》中谈了这样一个问题:人类的"一切损失里有一样东西永不会失去,并且一直就在手边,那就是语言";"但现在,它必须穿过自身的无答案,穿过可怕的失语,穿过无数带来死亡的言说之黑暗。"语言没有失去,但语言变味了。语言甚至带来死亡和黑暗。这是因为,语言作为人永不失去的财富,这种"永在手边"的性质也规定了人永远要拿语言做存在的冒险,故语言最可怖的命运就在于它在某个时刻落入两可乃至带来死亡,结果是语言不仅从人这里抽身而去,甚至成为"凶手"。

语言不会失去,但语言的损失是人最大的损失。自古以来,这种损失足以成为一种文明滞后乃至覆灭的根源。1950年代是欧洲劫后重生的年代,但时代的复兴未能克服黑夜带来的"两可",那时德语世界的作家们正试图从废墟中"找回语言"。虽然事情岌岌可危,但很少有人像策兰那样一语道破症结之所在:"语言从语言中衰落的方式,乃是专制意志的结果……要从词法、句法、语义等范畴那些不易察觉但极其严重的偏差才能看清楚",且不说"纳粹腔比纳粹语汇活得还要长"[1]。身处母语的这种困境,策兰曾经向德国公众坦率地解释他何以在写作上忧虑重重:"在那些日子以及随后而来的年月,我试着用这种语言写诗:为了说话,为了辨明方向,为了探清自己身在何方以及向何处去,为了给自己投射出真实。"[2]语言之危,就是精神之危。正是在此意义上,我们说《来自寂静的见证》是一曲德意志语言的哀歌。这首诗触及了一个时代的命运。如果读者也想了解整部诗集写作时作者头脑里的那些计划和想法,可以说都在这段自

---

[1] 参看策兰1960年为《毕希纳奖受奖演说》预备的笔记稿。《全集》HKA本第16卷《散文卷下:上卷相关资料及散文遗稿》,Suhrkamp出版社,前揭,第183页。
[2] 参看策兰1958年《不来梅文学奖受奖演说》,《全集》HKA本卷15/1《散文卷上:生前已刊散文及讲演稿》(*Prosa I: Zu Lebzeiten publizierte Prosa und Reden*),Suhrkamp出版社,法兰克福,2014年,第1版,第24页。

述里了。惟有诗的尾声以更缈远的音色让读者揣摩到"向何处去"并在此诗结束之处感到内心释然——

> 因为那地方
> 黎明之地,你说呢,不就在她身边吗,
> 她不就在她的泪河流域
> 让沉落的太阳看到种子
> 一次又一次?

这个由五行诗构成的尾声是个反问句,似乎回答了夏尔《我栖居在一种痛苦中》那个家园失落的问题。夏尔在诗里痛苦地追问:如果诗人的一切努力"只是增加了夜的重量",那么"想想那个你将永远看不到它升起的完美家园。何时才是深渊的收获季?"[1]——夏尔这一问,几乎是给诗人预设了一个终极的世界!这一问,问的不也是诗人们的事情吗?似乎在德国浪漫主义的时代人们对此有过共识:诗人能够把目光探入黑夜。但历来也有这样一种看法,决定诗的方向和命运的并不是时代的主流学说,而毋宁是远离"时代精神"的东西。策兰的一生中,每在决定命运的时刻,能够帮助他做出抉择的不是哪一种行之有效的政治救世主义,而是克鲁泡特金和布伯的思想;而在夏尔那里,真正给诗人带来持久创造力的是古代的赫拉克利特残篇和一百多年以前的荷尔德林。

我们生活在现实的世界里,如若深渊只是黑暗、寂静、矛盾和死亡,还有什么关涉家园的世界意义在人这里得到揭示?诗追问的事情是如此遥不可及,却总是以最切近的方式在历史进程中抢先一步。难道诗人对终极的信念和手中的诗艺失去信心了?即便在抵抗运动的年头,夏尔不是

---

[1] 勒内·夏尔《我栖居在一种痛苦中》(*J'habite une douleur*),载诗集《骚动与神秘》,Gallimard 出版社,巴黎,1962 年修订版,第 185—186 页。

在枪林弹雨中写下这样的诗句吗:"治愈面包。让酒上座。"[1]这可是荷尔德林的伟大传统啊!战火没有让诗人忘记荷尔德林,反而在战后和平时期夏尔却感到一个理想逝去并写下《我栖居在一种痛苦中》这个著名诗篇。从这个标题我们不难想到荷尔德林那个伟大诗句:人诗意地栖居在大地上;而这个伟大诗句又回应了它更早的一个源头 ποιεῖν:人诗意地劳作。这是否意味着一个传统和一种历史的终结?

也许,我们在此触及的正是《来自寂静的见证》这首诗所要探查的事情。"属她,这化为寂静的词"——这个在诗中单独列为第五节的诗句,听起来就好像一种将要消亡的东西屹立在黑夜里。这个诗句显露了某种险象,毕竟化为寂静的东西总是意味着逼入险境。诗人不是有言在先吗:"化为寂静的东西,/血不会因此凝固,即使毒牙/刺穿了音节"。看来,茫茫黑夜里的见证者不是别的什么,既不是哲学,也不是笼而统之作为存在之家的语言,而是向来被人仅仅视为最高名称的诗本身。在世界大战之中被击碎和败坏的是语言,而被历史真正逼入险境的是存在之家。因为,在迄今为止一切深层的世界经验里,包括被组织成政治社会的深层经验里,似乎存在还没有折射出那种平和栖居的古老含义。现代世界的世界经验甚至以正当名义将它弃到黑夜里,以至于在通向自由的道路上,连那种被称作"正义"的东西也变得难以道说了。

这首诗里没有什么宗教式的"寂静哲学",尽管这位"静界的卜水者"在那个世事多舛的年头为其言说寻找依据时也援引了一句来自希伯来文的古者之言:et nox illuminatio mea[而黑夜将成为我的光明][2]。我们不妨

---

[1] 勒内·夏尔《修普诺斯散页》184;载诗集《骚动与神秘》(*Fureur et Mystère*),Gallimard 出版社,巴黎,1962 年修订本,第 140 页。
[2] 参看策兰《论诗之物的晦暗性》写作计划预备笔记。《全集》HKA 本第 16 卷《散文卷下:上卷相关资料及散文遗稿》,Suhrkamp 出版社,法兰克福,2017 年,第 1 版,第 55 页。策兰所引版本不详,他在文下另给出希伯来文,当出自希伯来圣经。此语见于今通行本圣经旧约《诗篇》(139:12):"黑暗也不能遮蔽我使你不见,/黑夜却如白昼发亮。/黑暗和光明,在你看都是一样。"(联合圣经公会和合本)。

把这句古谚视为此诗的又一来源。由此我们或能更切近地理解,为何诗的尾声中黎明与黑夜离得那么近。黎明与黑夜,说到底"存在之山"不就在两者之间么?历史无天平;天平自古架立在存在之山,由正义或补偿来决断。至此,我们大致明白了,作者何以在此诗结束语中没有依人们用滥的常识将正义揭示为光明,而只是说让"沉落的太阳"在"泪河"的流域看到播下的种子。人世也许不缺光明,然光明未必就是人世。因为"泪河"曾经就在阳光下流淌。不过《圣经》有言:"流泪播种的,必欢呼收割"(《诗篇》126:5)。此语就在诗的尾声里。深渊既已播下种子,总会有收获的一天。夏尔的嗟叹还能是彻底无望的沮丧吗?历史并非一切,泪河不会万古永劫。人终归要思向一个可栖居的家园的建基,一次又一次,每次都是一次,而一次就是一种希望。诗尾声的这个 aber und abermals 调式是如此的特别——自由之路没有尽头,我们是否最终在这首诗结束之际获得一种希望并由衷地感到如释重负?

13

按哲学家波格勒的意见,《从门槛到门槛》这部诗集的"中心"位于书的第二辑,围绕《弗朗索瓦的墓志铭》、《在一盏烛火前》和《回忆》三首诗展开;这三首诗的题旨分别为"悼子、悼母和忆父",而总的主题是"爱又一次自主地向死亡敞开"[1]。暂且撇开主题不说,波格勒的眼光是锐利的。他捕捉到了这部书里最人性的东西——人丧失亲人的那种痛苦;它在诗集中显然占有相当大的比重,并且承托着诗人所要表达的东西。至于波氏把《回忆》(Andenken)一诗视为"忆父"之作,固然不失为一个文本解读的尝试,然至目前为止并无可靠资料提供佐证。倒是《在一盏烛火前》的"三者"可能暗藏着一个父亲的形象,一个曾命其子修习希伯来文

---

[1] 参看奥托·波格勒(Otto Pöggeler)著《词语之迹》(*Spur des Worts. Zur Lyrik Paul Celans*),Karl Alber 出版社,弗赖堡/慕尼黑,1986 年,第 360 页。

的严厉父亲的形象,一个曾经在命运面前"失声大叫"的父亲形象。这个父亲形象,在策兰生前发表的作品里很少看到,直到诗人去世前两年,才清晰的出现在一首九行短诗里。

在我被击碎的膝盖里
站着我的父亲,

跨过
死亡他高大地站在
那里,

米哈依洛夫卡和
樱桃园就在他的四周,

我知道,事情
会这样到来,他说。

据诗人青年时代传记的作者沙尔芬说,策兰少时对父亲的管教多有违拗和反抗[1]。但从这首诗可以想象得出,在其日后的生活里,尤其那些艰难时刻,这个在死神面前保持威严的父亲形象一直是诗人精神上的一根支柱。这篇遗作回忆了父亲之死[2]。诗中并没有那种泛泛的抒情;相反,字里行间出现一些相当酷烈的词语:"被击碎的膝盖","死亡","米哈

---

[1] 参看沙尔芬(Israel Chalfen)著《保罗·策兰青年时代传记》(*Paul Celan*, *Eine Biographie seiner Jugend*),Insel 出版社,1979 年;Suhrkamp 出版社袖珍版,1983 年,第 36 页以下。
[2] 详见《全集》HKA 本第 13 卷《1963 至 1968 年诗歌遗稿》(*Nachgelaßene Gedichte* 1963 bis 1968),Suhrkamp 出版社,柏林,2011 年,第一版,第 119 页。此诗作于 1968 年 2 月 7 日。原作无标题,初稿写在一个记事本里。今勘定本以首句为题。

依洛夫卡"集中营——那是诗人父母被杀害的地方,也许死的时候衣襟下还掖着他莱奥·安切尔生前喜欢的契诃夫作品《樱桃园》。

波格勒是在其论著中借用策兰一首诗的标题"整个的一生"那一章讨论这个话题的[1],其论说中也提到了 Vernichtungslager[种族灭绝集中营]这个特定词语所标示的特定语境,但将策兰这部诗集的中心置于"爱与死"的永恒母题之下,怎么说都是成问题的。

追忆父母之死,如同揭开难以抚平的伤疤。对策兰而言,这种追忆不惟是个人的伤痛,更是民族记忆之伤。死者之于幸存的人,记忆彷佛是一笔说不完的债务。《词语的黄昏》中的"卜水者"虽是诗人自比,但这个"卜水者"形象似乎来自父亲。此诗手稿未标日期,估计作于1953年底或1954年春。诗人第一次公开朗诵它,是1954年3月28日,在法兰克福美术馆。根据芭芭拉·魏德曼提供的资讯,诗中的"卜水者"或来源于让·凯罗尔1954年出版的那部描写父子关系的小说《一夜之间》。我们无法确定这种来源,但策兰在同年代翻译了凯罗尔这部小说。小说里有一段关于父子情的叙事:"父亲把他那笔古老的恐惧债务留给了我;父亲是个毕生为查找恐惧之源而卜水的人。"[2] 从这个神秘的"卜水者"形象,我们或可推测《词语的黄昏》也是一篇忆父之作?

诗人绝无意于在一部苦难之书里谈论里尔克式的"爱与死"永恒母题。这个母题,如果说作者早年曾经偏爱并且留下个别印记的话,1954年以后则是完全处在他关心的视野以外了。摆在我们眼前的这部"门槛之书"哪里还看到那种永恒母题的影子呢?如果需要划定一个"中心内容"

---

[1] 奥托·波格勒《词语之迹》(*Spur des Worts. Zur Lyrik Paul Celans*),Karl Alber 出版社,弗赖堡/慕尼黑,1986年,第356页以下。
[2] 策兰1954年6月开始翻译法国作家让·凯罗尔(Jean Cayrol,1910—2005)刚出版的小说《一夜之间》(*L'Espace d'une nuit*);这段引文见于策兰的德译本(*Im Bereich einer Nacht*)第27页。转引自《保罗·策兰诗全编》全一卷注释本,芭芭拉·魏德曼编,Suhrkamp 出版社,法兰克福,2018年修订版,第721页相关注释。

或找出一个可概括全书的简要表达的话,我想,它毋宁就在《阿西西》这首诗结尾那个简短诗句里:"死者——还在乞讨"。

> 翁布里亚的夜。
> 翁布里亚的夜有寺钟和橄榄叶的银色。
> 翁布里亚的夜有你带来的石头。
> 翁布里亚的夜有石头。

1953 年 11 月,新近丧子的诗人偕妻子前往意大利旅行,路过翁布里亚地区历史名城阿西西。同名诗作《阿西西》写葬子之哀,当是旅次感怀而作。旅行归来,策兰在一封致德国作家施罗尔斯的信里谈到一些事情,似与《弗朗索瓦的墓志铭》和《阿西西》两诗背景有关:

> 在我妻子临产前的最后几周,《整个的一生》这首诗的尾声在我脑海里挥之不去:"死亡的太阳苍白得像我们孩子的头发。/他曾经从潮水里浮上来,当你在沙丘架起帐篷。/他冲着我们拔出那把目光熄灭的幸福刀。"说来真不知该做何感想。如今生命复来,那也是一种幸存的东西,并且在索取它自己的那一份……[1]

这是诗人罕见地谈及自己私生活的一段文字。"生命复来"指的是劫后余生。这里面不单止是个人的命运,"幸存的东西"指的也是一个民族。在劫后余生的人面前讲生命复来已经是奢侈,若对死者侈谈"完整的人生"那就是残酷了!策兰这番话是与施罗尔斯谈到诗歌写作和

---

[1] 1953 年 11 月 30 日致罗尔夫·施罗尔斯。详见《保罗·策兰与莱茵友人通信集》,Barbara Wiedemann 主编,Suhrkamp 出版社,柏林,2011 年,第 44—45 页。信中提及的《整个的一生》(*Das ganze Leben*)一诗,载诗集《罂粟与记忆》;详见《全集》HKA 本,卷 2—3 合集,第 1 分册,Suhrkamp 出版社,法兰克福,2003 年,第 94 页。

个人命运时说的。施罗尔斯在前一封信里谈到了他对德国语言的担忧,策兰告诉他语言之外还有人的忧虑,存在的忧虑。尤其在诗人这里,诗与命运仿佛总是有一种忐忑不安的东西牵扯在其间——心灵的责任。如果你相信诗出自灵与肉,那就把语言还给心灵。因为心灵之物是如此的内在,因而也担得起语言的责任。只有在日常言谈中"心灵"才会变成鼓噪或者浅薄地当作人之常情,从而丧失这个词的高贵品质。似乎诗人早年的生活里有一个相近的小词过早地带上了悲剧的色彩,这个小词就是"亲情"。在塔巴雷斯蒂苦役集中营的年代,在一首颇有里尔克早期风格的诗里,他就已将"亲情"(Traute)作为死亡赋予他的一份不可推诿的职责了。Traute 是个古老的德语词,派生自动词 trauen[信赖,缔亲],在今天的用法中它已失去原有的音色。诗人在那个悲剧年代选择了这个词;从那时起,这个词进入他的作品不仅重获它的含义,似乎也先期地成了心灵意义上"诗"的代名词。

> 你觉察到了吗,芸香丛中除了风吹别无动静?
> 纵然洒热血我也是个忠诚的路人,神秘的亲者。
> (《一个战士》[1])

《阿西西》看上去是一篇旅行记事,实乃寓意深远之作。这首诗由六节构成。首节写翁布里亚宁静的夜色,它的寺钟、橄榄树和石头衬托出的厚重历史感。第二节写生命的骨灰装入骨壶,已让读者预感到主题的沉重;而整首诗的宏大叙事,直到结尾呼出"弗兰茨"这个名字才全盘托出。这是妙笔所在,通过一个名字,诗人找到了语言的神奇色彩,使得全诗在它结束的地方顿然奏出巨大的命运交响曲。令人吃惊的是结尾那句"死

---

[1] 此诗(*Ein Krieger*)作于 1943 年。见于诗人在苦役集中营期间的"塔巴雷斯蒂笔记本",后由作者编入 1948 年维也纳版《骨灰瓮之沙》(*Der Sand aus den Urnen*)。

者——还在乞讨"。这是一个奠定全书分量的诗句,它把我们从方济各修士的联想中拉回到现实中来。六节诗以错落的方式展开,夹叙夹议的结构把叙事打乱了,缅怀古事的线索也把时空拉远,读者须透过一些词语才能理顺时间与人的次序。当然,复调结构给阅读带来了难度。不过我们可以慢慢倾听这首诗的音色,诗行以四二间奏的方式奏出三重线索:这是诗人身份的三重奏——石匠、陶工和灰兽;也是名字的三重奏:方济各(Francesco)、弗兰茨(Franz)、弗朗索瓦(Fran?ois)。这些人名在拉丁化的迁变中带上了不同的词尾和发音,它们其实是同一个名字。读者不难想象《阿西西》与《弗朗索瓦的墓志铭》之间的紧密关系:前者写葬子,后者写墓志铭,而"弗兰茨"是诗人第一个生下就夭折的孩子弗朗索瓦的德文名字。词语在这里扮演了场所转换的角色。的确,在诗人的工作里,如果需要给他一个特殊的身份,那就是"神秘的亲者"。今之读者或有所不知,二战期间阿西西的修道院曾经是许多犹太人的藏身之地。我们人人都是路人,只有那份"神秘的亲情"能让你走向素昧平生的他者。

  诗人讲幸存的东西还在"索取自己的那一份"。是的,索取,那也不过是一份微薄之物。读一读诗结尾那句"死者——还在乞讨,弗兰茨",我们对此会有铭心刻骨的感受。这是一句告祭之语。诗人借过阿西西的机会,告知昔日为修复寺庙四处乞讨砖瓦的方济各修士,那些他曾为之解脱苦难的人直到今天还在乞讨。当然,按诗人在此采用的复调——似乎更切近我们对这首诗的把握,把结束语理解为一句"示儿诗"似乎也没有什么不妥:一位父亲告诉他死去的孩子,遭到屠戮的亲人至今还在黑夜里乞讨。死者"乞讨"不是求情,而是讨回正义;或者说讨回他们应有的那一份生命的权利——姑且用作者这部诗集中另一些篇章的说法,至少是"名与灰烬"存在的权利,沙和骨壶的权利。

  除了这个沉重的主题,我们还能再去归纳什么"中心内容"呢,尽管这个集子里那么多的作品展示了叙事和思考的广度。《从门槛到门槛》是一部记忆碎片。在历史复归平静之后的和平时期,这种人世的"碎片"更显出酷烈的特征。词语在这里超出了它的正常承受力。我们不妨回头读读前面那首《静物》诗——das Menschenliche，人身，人性，人之物；在奥斯威辛之后，这一切只能用 das Späte, das Fremde 这类指物词来指代了。任何修辞都不可能触及这种戕戮和悲伤物的本质。

关于主题，也许我们还可以加上排在诗集第三小辑篇首的《夜里翘起了》一诗的核心诗句，那就再清楚不过了："一个词：一具尸体"。

这是一首黑夜的挽歌，也是策兰生前在公众场合朗诵次数最多的作品之一。最初发表于法兰克福《新评论》，收进集子题有"给汉娜和赫尔曼·伦茨"的题辞，诗人并且郑重地按犹太人姓名习惯将汉娜的名字 Hanne 写成 Hannah。这也是一首"时间颜色"的诗，不是绯红那种，也不是代表死亡的淡紫色，而是白色。白色之物也能歌唱——

夜里翘起
片片花唇

每一首诗都有它的往事和当下。据赫尔曼·伦茨说，起首句写的是唇形花在夜里绽放了。诗第一节给人以冰雪消融的喜悦，似乎万物带来春天的消息。但很快，风景和笔触便黯淡下去了。诗人知道，无论人们怎样纪念死者，他们早已生活在"下面"——"下面黑暗的东西也很黑"(《镶玻璃的眼睛》)，更何况没有人愿意去重新揭开历史的棺盖。当然，这首诗也见证了一段友谊。伦茨夫妇与策兰通信往来长达十年，其间共同探讨历史、语言和文化，互赠书籍诗稿、罗森穆勒唱片以及吉赛尔的铜版画，在三人的脑海里留下美好的记忆，尽管思想的冲突最终导致友谊破裂。当策兰被朋友指责其写作过于强调"犹太化"时，他按捺不住了。"汉娜，我是个犹太人；我并不觉得自己有权充当犹太世界的代言人。在这个人们只知道一味地，轻而易举地，把犹太身份当作对象（随便怎样都可以操纵的对象）加以丑化的时代，生为犹太人，虽然只是个主观上和存在上的看法,但很沉重,而且……只要你是犹太就够了:是人就够了。"[1] 这是策兰最后一封给伦茨夫妇的信留下的话。那是1961年圣诞节,岁月如梭,转眼距他们第一次相识,已经过去了十年。

策兰去世多年后,赫尔曼·伦茨在一篇纪念文字里追忆了1952年夏天诗人第一次到家中做客的情形:"我们三人一起去了费尔巴哈山谷,那里山岗平缓。他熟悉山谷里的一花一草;还采了一束小米草给我的妻子,一种又小又白的唇形花。那是一个云淡天青的春日。返回家中[……]他给我们朗诵了《夜里翘起了》这首诗。"[2] 费尔巴哈山谷位于斯图加特西北郊外,山谷风景旖旎。伦茨文中所称"小米草"(Augentrost)并非唇形科植物,而是玄参科植物,但亦开唇形花,开花时花瓣翘起如同两片嘴唇,诗人故乡布科维纳的山坡上随处可见。早在塔巴雷斯蒂苦役营的年代,他就写下了这样的诗句:"惊恐地/乌云拽着桦树叶/落进悲叹者的手推车。//年的砾石/划破疾走弟兄的脚掌。//这边和那边/容貌和紫菀都暗下来了。/睫毛和眼睑还惦记那小米草。"[3] 如今,谁还记得呢,在费尔巴哈山谷,这野花也曾经向人们叙说苦难的事情?

　　　　　他们还债,与生俱来的灵魂债,
　　　　　他们向一个词还债,
　　　　　这词毫无道理,就像夏天。

---

[1] 1961年12月26日致汉娜和赫尔曼·伦茨。详见《保罗·策兰与汉娜和赫尔曼·伦茨通信集》,Suhrkamp出版社,前揭,第150—151页。
[2] 参看赫尔曼·伦茨时隔三十六年后1988年发表的纪念文章《回忆保罗·策兰》,载汉马赫(Werner Hamacher)和曼宁豪斯(Winfried Menninghaus)编《保罗·策兰纪念集》(Paul Celan),Suhrkamp出版社,法兰克福,1988年,页315以下。
[3] 这是策兰在苦役集中营期间写给女友露特·克拉夫特(Luth Kraft)的一首诗,标题《秋》(Herbst),写苦难年代情人之间不知音信而心中牵挂。全诗四节,此录前三节。参看《保罗·策兰1938—1944诗稿》(Paul Celan, Gedichte 1938—1944),露特·克拉夫特供稿并序,Suhrkamp出版社,法兰克福,1986年,第38页。

词,灵魂债。细心的读者会注意到,这部诗集里"Wort"这个德文词已不是单纯语文学意义上的"词"了。它已经被提升到存在的层面,甚至注入了肉身的内容。诗成为直面死亡的言说,再也不能单纯视为用"语言材料"构筑的语言艺术造物了。用策兰的话来说,如果我们要谈论我们这个时代的诗歌,那么,请不要谈什么"现代诗"或相关的美学趣味,而是谈一谈"诗的晦暗性=死亡的晦暗性"[1]。根据诗人这句话,我们可以这样讲,这部诗集的中心就在"一个词:一具尸体"这个诗句上。

14

一个集子可以是诗人的一时之选,也可以是穿越时空、岩石和道路的漫长结晶,带着粗粝而质朴的痕迹。

我们不难揣测这部作品的坚砺程度。按其成书的年代,读者可以想见它在诗人诗歌生涯中的特殊地位,而就此书触及历史和时代生活的那种目光和笔力,——尤其语言在其中占据了一个独特的视角,它的重要性恐不低于作者后来看重的《换气集》和《光明之迫》。

谈到一个时代的过渡期征候,没有什么比本雅明所说的那种"门槛经验"更具决定性意义的了。"诗之物永无归宿"——策兰谈及书名时道出的这句话,足以成为一切为诗之人在诗的道路上必思考的事情。诗,似乎是一条没有地面的路,这条路上任何里程碑都是无足轻重的;但诗就是这样一条路,一条人间的路,因此也应该由人来为其标示一个方向。关于这一点,我们还可以补充如下。在大致同年代的一则笔记里诗人曾经指出:"诗被视为智力剧场,譬如在《年轻的命运女神》那里[2],或者将其当作精

---

[1] 参看策兰1950年代《论诗之物的晦暗性》写作计划预备笔记。《全集》HKA本第16卷《散文卷下:上卷相关资料及散文遗稿》(*Prosa II. Materialien zu Band 15/Prosa im Nachlaß*),Suhrkamp出版社,法兰克福,2017年,第35页;图宾根本TCA/Der Meridian卷,Suhrkamp出版社,法兰克福,1999年,第1版,第89页。
[2] 此指法国诗人瓦雷里(Paul Valéry)1917年发表的长诗 *La Jeune Parque*(《年轻的命运女神》),此诗被认为是象征主义和"智力写作"的代表。

神表演的舞台,——这种时代已经一去不返了。思想,语言……首先是眼界,而且始终作为一种精神眼界。[1]"如果说诗无归宿,那么精神呢,人的眼界也没有可及之处么,抑或只是哲学上所指的"迷离惶惑"(Unheimliche)或中国人所说的"无常"?眼界是有高低的。按策兰的看法,世界的尽头,——如果有一个尽头的话,那末,这个"尽头就是他者和异乡"。这个见解并不新奇,它出现在作者这一时期的笔记里;而在战后那代人当中,策兰(还有勒内·夏尔)是最早作出这一历史预见的人之一。对于历史的进步,我们不能说时间没有带来什么。正义和补偿始终在行使它的法权。即便如此,在法和正义之下,不是么——时至今日,因为拒绝他者,人们也能心安理得生活在拖着一条鬼蹄的美好社会。

"更高的时间",这个诗句作为结语出现在同年代一篇大致写定的手稿[2]。作者没有将它编入诗集,但从音调上看,它与书中那篇提纲挈领之作《一起》思路相近,显示诗人对历史前景有所思考。"空气也曾经是蓝的,而雀鹰都已死去"——这句缅怀家山的诗句相当感人。此书出版多年后,某种来自"门槛经验"的东西始终在那里纠缠诗人的视野和记忆,他称之为一张"闪闪发光的通行证[3]",我们时代的"示播列"——Schutzbrief。对策兰而言,这个德文词,在刚刚过去的那个特定历史年代里,指的是善良的人们为协助犹太人逃离纳粹占领区而伪造的假护照和通行证。它出现在一篇手稿里,多少令我们想到瓦尔特·本雅明的悲剧,诗中也特别提到"那是一个志士(正义者)在词语丛林里烧掉的"。可见这部诗集成书

---

[1] 参看《细晶石,小石头(保罗·策兰散文遗稿)》(*Paul Celan*, »*Mikrolithen sinds, Steinchen*«, *Die Prosa aus dem Nachlaß*),Barbara Wiedemann 和 Bertrand Badiou 合编,Suhrkamp 出版社,法兰克福,2005 年,第 133 页。
[2] 参看《镶玻璃的眼睛》(*Verglasten Auges*)一诗手稿,《全集》HKA 本第 11 卷《已刊未结集散作/1963 以前诗歌遗稿》(*Verstreut gedruckte Gedichte. Nachgelassene Gedichtebis 1963*),前揭,第 163 页以下。亦可参看本书附于书末的《同期遗稿》。
[3] 参看 1966 年未完成诗稿《夜之断章》(Nachtstück)手稿之一《被施舍的骨头》(第三稿),载《全集》HKA 本第 13 卷《1963—1968 年诗歌遗稿》。

之年,作者不仅提到历史的一种可能的前景,并且不无期待地说"你可以等待"[1]。这个更高的时代到来了吗?

最后,我谨以诗人说过的一句话来作为这篇序文的结束语:"我们生活在阴暗的天空下,而且——人烟稀少。因此之故,诗也实在太少。我依然拥有的希望,不大;我尝试为自己保存那剩下的。[2]"

孟　明

2019 年秋,巴黎

---

[1] "你可以等待,/直到一粒沙在所有的眼睛当中为你闪烁"(《一粒沙》)。参看《全集》HKA 本卷 4/1;KG 本 2018 年修订版,第 69 页;本书第 105 页以下。
[2] 1960 年 5 月 18 日致汉斯·本德尔。详见《全集》HKA 本卷 15/1《散文卷上:生前已刊散文及讲演稿》,Suhrkamp 出版社,法兰克福,2014 年,第 1 版,第 80 页。

从门槛到门槛
VON SCHWELLE ZU SCHWELLE
〔1955〕

保罗·策兰，1956年在巴黎郊区"磨坊"农庄。© Eric Celan

七朵玫瑰更晚了
SIEBEN ROSEN SPÄTER

吉赛尔·策兰 – 莱特朗奇铜版画《以时间的形象》（1956 年）。

A l'image du temps © Eric Celan

ICH HÖRTE SAGEN

Ich hörte sagen, es sei
im Wasser ein Stein und ein Kreis
und über dem Wasser ein Wort,
das den Kreis um den Stein legt.

Ich sah meine Pappel hinabgehn zum Wasser,
ich sah, wie ihr Arm hinuntergriff in die Tiefe,
ich sah ihre Wurzeln gen Himmel um Nacht flehn.

Ich eilt ihr nicht nach,
ich las nur vom Boden auf jene Krume,

我听说

我听说，水里
有块石头和一个圆
而水上有个词¹，
它用圆将石围起。

我看见我的白杨朝水里走去，
我看见，她的臂怎样伸到水底，
我看见她的根对着天空祈求夜晚。

我没有去追赶她，
我只是拾起地上那点碎末²，

---

* 此诗写作年代不详。今存手稿、抄件及打字稿多份，见于英格褒·巴赫曼（Ingeborg Bachmann）、赫尔曼·伦茨（Hermann Lenz）和耶内氏（Edgar Jené und Erica Jené-Lillegg／今 John Felstiner）等私人藏稿，均未标注日期。1952年秋，策兰曾将此诗一份打字稿寄给未婚妻吉赛尔·德·莱特朗奇；此稿与刊本同，笺纸背面附有为帮助吉赛尔理解原作而提供的法文译释。1954年首次发表于斯图加特《年轮》（*Jahresring*）杂志。关于此诗的核心意象（第7行），参看策兰读犹太学者舒勒姆（Gershom Scholem）《论神性的神秘形态》（*Von der mystischen Gestalt der Gottheit*）一书所作边页批语（第35页）："有一棵树，从高处向下生长；有一个图景，从众多神话而来，为我们所知。"转引自魏德曼（Barbara Wiedemann）编《保罗·策兰诗全编》全一卷注释本（*Paul Celan Die Gedichte, Kommentierte Gesamtausgabe in einem Band*），Suhrkamp出版社，2003年版，第622页；2018年修订版，第707页，第948页。
1 1952年策兰寄给吉赛尔的打字稿，句中 ein Wort［一个词］译成法文 une Parole［一种话语］。策兰的翻译显然为这个诗句提供了一种更宽泛、更富于启示的解读。参看《保罗·策兰与吉赛尔·策兰 - 莱特朗奇通信集》（*Paul Celan / Gisèle Celan-Lestrange Correspandance*，简称 PC/GCL 通信集）卷I，Seuil 出版社，2001年，第39–40页。
2 碎末：Krume，此词在德文中多指"面包屑"，亦泛指"残屑"或"寒碜之物"。策兰诗歌中的常用意象之一。吉赛尔1966年谈及二人诗画合集《呼吸的结晶》（*Atemkriestall*，内有吉赛尔八幅铜版画插图）时说："一幅让人喜欢的（转下页注）

die deines Auges Gestalt hat und Adel,
ich nahm dir die Kette der Sprüche vom Hals
und säumte mit ihr den Tisch, wo die Krume nun lag.

Und sah meine Pappel nicht mehr.

它有着你眼睛的形状和高贵,
我解下你颈上的箴言项链
用它给桌子镶边,碎末就放在桌上。

再也看不见我的白杨。

(接上页注)铜版画,多少会催人思考,或者让人担忧,总想识破其中的奥秘。这已经很了不起。保罗,这不止是一块残碎之物,而我们曾经只想'为碎片'生活和创作。"参看 *PC/GCL* 通信集,卷 I,Seuil 出版社,前揭,第 494 页。下句"它有着你眼睛的形状和高贵",十多年后,策兰曾引这句诗赞美妻子的坚强性格:"我在深夜里思念你,我的爱人。/我看见你。/我看见你的眼睛:你眼睛的形状和高贵 [Deiner Augen Gestalt und Adel]。/我也看见你的头发;你的白发最近以来增多了。带着吧,亲爱的,在这个虚伪的时代,骄傲地带着它:白发使我的爱变得年轻。而我的爱也会使你年轻。"(1965 年 7 月 29 日致妻子信。*PC/GCL* 通信集,前揭,第 273 页)。

IM SPÄTROT

Im Spätrot schlafen die Namen:
einen
weckt deine Nacht
und führt ihn, mit weißen Stäben entlang-
tastend am Südwall des Herzens,
unter die Pinien:
eine, von menschlichem Wuchs,
schreitet zur Töpferstadt hin,
wo der Regen einkehrt als Freund
einer Meeresstunde.
Im Blau
spricht sie ein schattenverheißendes Baumwort,
und deiner Liebe Namen
zählt seine Silben hinzu.

晚霞

晚霞¹里长眠着那些名字：
有一个
被你的夜唤醒
并牵着它，拄着白色手杖一路
摸索在心的南墙，
石松林下：
有一棵，长得和人类一样，
正往陶匠城去，
碰巧雨也进城来歇脚，如同
一小时的海洋朋友。
在这片蔚蓝中
它说了一句许诺阴影的树语，
还把每个音节
数进你爱人的名字。

---

* 策兰 1950 年代作品。今存打字稿及副本多份，见于耶内氏（Jené/Slg. Felstiner）和巴赫曼（IB-BÖN）等私人藏稿。策兰在其《从门槛到门槛》（1960 年第二版）手头用书中追记："1953 年作于瓦罗里斯"。译按：瓦罗里斯（Vallauris），位于法国南部蓝色海岸的一座城市。1952 年岁末至 1953 年 1 月上旬，策兰偕新婚妻子吉赛尔前往普罗旺斯度蜜月，途径阿维尼翁、圣雷米等地；瓦罗里斯是行程最后一站。

1 晚霞：原文 Spätrot，此词见于《格林氏德语大词典》（*Deutsches Wörterbuch von Jacob und Wilhelm Grimm*, Leipizig, S.Hirzel, 1854-1960），多用于诗歌，指晚霞或夕阳映照出的绯红天色，与 Abendrot 同义。此复合名词在策兰的诗歌词彙表里有多重含义。"晚"与"红"，犹言事物成熟或经历了时间的考验。参看其 1950 年作品《水晶》（*Kristall*）第四行和第六行："七个夜晚更高了红漫向红"，"七朵玫瑰更晚了泉水汩汩"（载诗集《罂粟与记忆》）。后句"七朵玫瑰更晚了"更移作本书第一小辑的总题；而收于书中的《以时间染红的唇》（*Mit zeitroten Lippen*）一诗，亦以时间和红色为题意。

LEUCHTEN

Schweigenden Leibes
liegst du im Sand neben mir,
Übersternte.

......

Brach sich ein Strahl
herüber zu mir?
Oder war es der Stab,
den man brach über uns,
der so leuchtet?

闪光

肉身沉寂
你挨着我躺在沙地，
星光下的人。

………

是一道光线
冲我折射？
还是那根棰杖¹，
当着我们的头顶折断了，
如此的耀眼？

---

* 策兰前期作品中较难解读的诗作之一。作于1954年5月25日。今存手稿、打字稿和副本多份，藏马尔巴赫德意志文学档案馆。
1 **棰杖**：此语似有多重含义。德文 Stab 是个多义词，拉丁文释义 baculum，通指棒，棍，杖；亦指象征权力的权杖（与 Zepter 同义）；近代又用指某一套机构的权力。译按：德文习语 über jmdn. den Stab brechen 旧指对犯人判以重罪或死罪，源于欧洲中古刑法程序，由法官当庭折断手中的杖子（Stab 在此作法杖 Gerichtsstab 解），意味对犯人定罪，交与行刑官执行。参见《加洛林法典》（*Carolina*）第96条。歌德长诗《浮士德》第一部"牢狱"篇对此有描述（详见 *Faust*，第4590行以下）。

GEMEINSAM

Da nun die Nacht und die Stunde,
so auf den Schwellen nennt,
die eingehn und ausgehn,

guthieß, was wir getan,
da uns kein Drittes den Weg wies,

werden die Schatten nicht
einzeln kommen, wenn mehr
sein soll als heute sich kundtat,

werden die Fittiche nicht
später dir rauschen als mir –

一起

既然夜和时辰[1]
这样在门槛命名
进进出出的人,

认同了我们所做的一切,
既然不曾有第三者给我们指路,

那些影子[2]不会
单独的来,假若来者
比今天知道的多,

羽翼迟早要啸飞
于你未必比我晚——[3]

---

* 1952年8月21日作于巴黎。今存手稿1份,铅笔字迹,见于马尔巴赫德意志文学档案馆藏策兰手稿(AC / Nachlaß VS);另有打字稿及副本多份,分别见于施罗尔斯(Rolf Schroers)、李希奈(Max Rychner)等私人藏稿。最初与《一粒沙》、《发绺儿》、《访客》及《夜里翘起了》等五首一起发表于法兰克福《新评论》(Die neue Rundschau)文学季刊1953年第二期。原稿无标题,发表时以首句大写为题。
1 时辰:初稿(AC2,23)作 ihr Nachbar [你的邻人]。下句"在门槛",初稿曾拟作(hinter der Tür)[(在门后)]。又此句"命名"一词,原文 nennt [nennen],句中当作"呼其名"解,有招呼和辨认之义。同一稿本一度改作"数":auf den Schwellen zählt / die eingehn und ausgehn [在门槛数 / 进进出出的人]。参看图宾根本 TCA/VS,Suhrkamp 出版社,法兰克福,2002年,第12页;《全集》HKA本,卷4/2,前揭,第59页。
2 影子:初稿(AC2,23)曾拟作 die Tode [死亡]。疑是 die Toten [死者]之笔误。同上。
3 "羽翼"句,初稿(AC2,23)曾拟作 werden die Fittiche nicht / zweimal uns rauschen – [羽翼不会 / 两次为我们扑扑而飞 ——]。同上。

Sondern es rollt übers Meer
der Stein, der neben uns schwebte,
und in der Spur, die er zieht,
laicht der lebendige Traum.

可海上有块翻滚的
石头,一直漂在我们身边,
在它拖出的纹路里,
活着的梦正在产卵。

保罗·策兰手迹：《一起》，铅笔稿，草于一页信笺，1952 年。

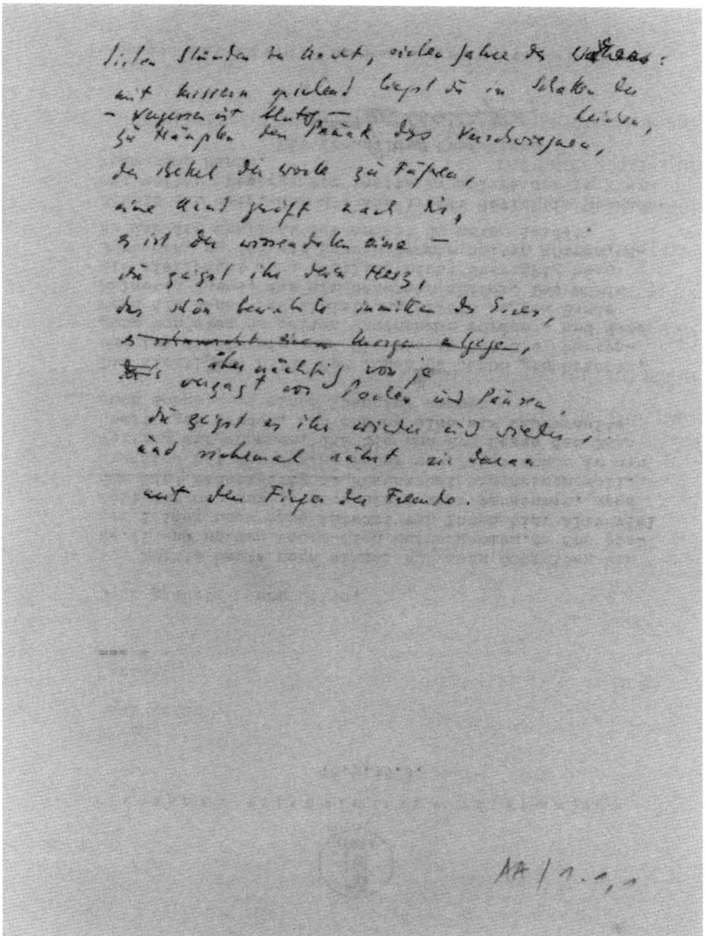
Sieben Stunden der Nacht, sieben Jahre des Wachens:
mit Kissen spielend liegst du im Schatten der
– vergessen ist Blut – Leichen,
zu Häupten den Prunk des Verschwiegenen,
den Bettel der Worte zu Füßen,
eine Hand greift nach dir,
es ist die verwandelte eine –
du zeigst ihr dein Herz,
das schön bewahrte inmitten des Eises,
[illegible]
übergewichtig vor je
das vergaßt vor Locken und Pausen,
du zeigst es ihr wieder und wieder,
und nochmal nährt sie daran
mit den Fingern der Freunde.

AA / 1.1,1

190.1.1

Faksimile des Blattes *Mit Äxten spielend* © DLA Marbach

保罗·策兰手稿：《弄斧》，圆珠笔稿，草于一页信笺，1953 年。

MIT ÄXTEN SPIELEND

Sieben Stunden der Nacht, sieben Jahre des Wachens:
mit Äxten spielend,
liegst du im Schatten aufgerichteter Leichen
– o Bäume, die du nicht fällst! –,
zu Häupten den Prunk des Verschwiegnen,
den Bettel der Worte zu Füßen,
liegst du und spielst mit den Äxten –
und endlich blinkst du wie sie.

弄斧

七小时的夜,七年的独醒[1]:
搬弄斧子,
你躺在坐起来的尸体的影子里
——哦,放不倒的树木![2]——,
头上缀着寂灭之物的奢华,
脚边堆满了词语的破烂,
你躺在那里,弄斧——
最后你也像斧子溅出了火花[3]。

---

* 此诗作于1953年。今存手稿1份,打字稿及副本7份。手稿为铅笔稿,写在利美斯出版社(Limes Verlag)一封来函的信笺背面,今藏马尔巴赫德意志文学档案馆。最初发表于瑞士天主教文化月刊《瑞士评论》(*Schweizer Rundschau*)1955年2/3月号。
1 七年的独醒:初稿作 sieben Jahre des Wehens [七年的风]。译按:手稿中 Wehens 改为 Wachens 字迹模糊,图宾根校勘本推测,不排除后词为 Wahns 的可能;若果,则此句又当读作"七年的疯"。参看图宾根本 TCA/VS,前揭,第14页校注。
2 此句初稿作: – Vergessen ist blutig – [—— 遗忘就是血腥 ——]。参看图宾根本 TCA/VS,前揭,第14页;《全集》HKA本,卷4/2,前揭,第62页。
3 手稿中此句以下有一节长达10行的未定稿: Eine Hand greift herunter, / es ist der totesten eine, / du hältst ihr dein Herz hin, / das schön bewahrte inmitten des Eises, / übernächtig von je, / verzagt vor Pochen und Pausen, / du reichst es ihr wieder und wieder, / und siebenmal rührt sie daran / mit dem beringten / Finger der Fremde. [一只手抓下来,/ 一只已然死去的手,/ 你把心递给它,/ 你那颗美丽地保存在冰里的心,/ 它一直在熬夜,/ 因搏跳和间歇而低落了,/ 你一次次地把它送给那只手,/ 手为此而七次感动 / 翘起了那根带指环的 / 异乡人手指。] 译按:这节尾声未定稿最终舍弃,边页有作者另笔标注: anderes Gedicht? [用作另一首诗?] 参看《全集》HKA本,卷4/2,Suhrkamp 出版社,法兰克福,2004年,第63-65页。

DAS SCHWERE

Das Schwere, das du mir zuwarfst:
es macht mir den Stein nicht gewogen, der aufklafft,
wenn ich mit murmelndem Finger
in sein von Tiefen gekämmtes Haar greif.

Dich nur
neigt zu mir hin,
was du geworfen.

Rede von Blei.
Rede von Blei, sobald uns der Mond glänzt.

那沉重

那沉重,你丢给我的:
它使石头不爱理我,并且裂开,
当我用沉吟的手指
伸进它被深海梳过的头发[1]。

只是使你
朝我倾斜罢了,
你抛来的东西。

就说是铅吧。
说到铅,月亮就照着我们。

---

* 策兰1950年代初期作品。最早的一份手稿写在一个笔记本的封面,笔记本内记有读基尔凯郭尔、尼采、海德格尔以及古希腊前苏格拉底学派著作家的读书笔记(笔记第一页标有日期"52年8月8日");另有打字稿和副本8份,见于耶内氏(Jené/Slg. Felstiner)和李希奈(Max Rychner)等私人藏稿,均未标注日期。策兰本人后来在其《从门槛到门槛》(1960年第二版)手头用书中追记,此诗作于1953年1月20日。策兰的追记可能有误,此诗当作于1952年8月间。
1 第二稿(Jené/Slg. Felstiner)首节诗曾拟作 Was du mir zuwogst, macht mich nicht schwer / macht mir den Stein nicht gewogen // Wo die Wasser sich kräuseln, / steh ich noch immer am Ulfer [你据量着给我的,并没有使我沉重 / 只是使那石头不爱理我 // 在水波荡漾的地方, / 我始终站在岸上]。第三稿(Nachlaß Max Rychner)改作 Was du mir zuwarfst, / [streckt mich nicht hin,] macht mir den Stein nicht gewogen, der | aufklaft / wenn ich mit murmelnder Hand / in sein von Tiefen gekämmtes Moos greif [你丢过来给我的, /〚没有把我压垮,〛只是使那石头不爱理我,并且 | 裂开, / 当我用沉吟低语的手 / 伸进它被深海梳过的青苔]。按:句中"青苔",第五稿(Konvolut Hans Paeschke)改作"头发",并一度使用第二人称:in dein von Tiefen gekämmtes Haar greif [伸进你被深海梳过的头发]。详见图宾根本TCA/VS,前揭,第16页;《全集》HKA本,卷4/2,前揭,第66—68页。

Strähle mein Pferd.

Strähle mein Pferd, wenn die Hand hier das Brot bricht.

Reit's an den Tisch hier zur Tränke.

快给我的马刷一刷毛。
刷刷我的马,既然手已在这里掰开了面包。
骑上它到桌子这儿来饮马。

EIN KÖRCHEN SANDS

Stein, aus dem ich dich schnitzt,
als die Nacht ihre Wälder verheerte:
ich schnitzt dich als Baum
und hüllt dich ins Braun meines leisesten Spruchs
wie in Borke –

Ein Vogel,
der rundesten Träne entschlüpft,
regt sich wie Laub über dir:

du kannst warten,

一粒沙

石,我用它雕出你¹,
当黑夜践踏了它的森林:
我把你雕成一棵树
还给你披上我最轻柔的格言的褐色²
如同裹在树皮里——

一只鸟³,
挣脱了最圆的泪,
像叶子拂动在你上方:

你可以等待⁴,

---

* 策兰1950年代作品。今存手稿1份,铅笔写稿,写在从一本书撕下的封页背面,今藏马尔巴赫德意志文学档案馆;另有打字稿及副本多份,其中一份打字副本于1952年10月27日寄给科隆 Kiepenheuer & Witsch 出版社审稿人罗尔夫·施罗尔斯(Rolf Schroers, 1919–1981),今藏北莱茵－威斯特法伦州立档案馆(原国立明斯特档案馆);另有一份打字副本见于原瑞士《行动报》(*Die Tat*)主编李希奈存稿(Nachlaß Max Rychner),今藏伯尔尼瑞士文学档案馆(SLA)。最初发表于法兰克福《新评论》(*Die neue Rundschau*)文学季刊1953年第二期;发表时以首句第一词"Stein"为标题(疑此诗初拟标题为《石》)。

1 初稿(铅笔稿 DLA,D90.1,218)起首句作 Holz, aus dem ich dich schnitzt [木,我用它雕成你]。参看《全集》HKA本,卷4/2,Suhrkamp 出版社,前揭,第69页。

2 初稿此句作 und umschlang dich Schlanke mit mir wie mit Rinde [将细瘦的你和我缠在一起如同包上树皮]。译按:从此句 Schlanke 一词词性可推知,诗中的"你"是个女性。同一稿本又一度考虑拟作 umgab dich mit mir wie mit (braunen) Borken [把你和我捆在一起就像给你包上(棕色的)树皮]。同上。

3 初稿此句以下三行曾拟作 darein / kehrt ein im Lichte geborener Vogel das Zeichen das irrend | ihn deutet。译按:此节手稿中的人称代词 ihn,HKA本疑是 ihm 之误。按此,则这句诗可读作:[一只 / 在光里诞生的鸟归来授林,为他占得 | 那狂走的星象]。同上。

4 此句以下至结尾,初稿曾拟作:Später, wenn du reicher bist um das Sand–(转下页注)

bis unter allen den Augen ein Sandkorn dir aufglimmt,
ein Körnchen Sands,
das mir träumen half,
als ich niedertaucht, dich zu finden –

Du treibst ihm die Wurzel entgegen,
die dich flügge macht, wenn der Boden von Tod glüht,
du reckst dich empor,
und ich schweb dir voraus als ein Blatt,
das weiß, wo die Tore sich auftun.

直到一粒沙在所有的眼睛之间为你闪烁，
一粒细沙，
它曾助我梦想，
当我沉到下面，去找你——

你迎着他长出根来，
根使你能飞，当地上亮起死神的红光，
你向上舒展，
而我像一片叶飘到你跟前，
它知道，门从哪儿打开。

（接上页注）korn / das mir aufglomm inmitten der Worte und Augen, / [treibst] tastest du wurzelnd hinab / nach dem silbernen Rinnsal der Zeit / und ich schweb dir voraus als ein Blatt / wenn du dich weltwärts veratmest〔后来，你多了这粒沙而更富足 ／ 它曾在词语和眼睛之间为我闪亮， ／于是你在这里〖生根发芽〗扎下根来并摸索着 ／走进时间那银色的涓涓细流 ／ 而我像一片叶飘到你跟前 ／ 当你对着世界尽情呼吸〕。详见《全集》HKA 本，卷 4/2，前揭，第 69-70 页。

STRÄHNE

Strähne, die ich nicht flocht, die ich wehn ließ,
die weiß ward von Kommen und Gehen,
die sich gelöst von der Stirn, an der ich vorbeiglitt
im Stirnenjahr – :

dies ist ein Wort, das sich regt
Firnen zulieb,
ein Wort, das schneewärts geäugt,
als ich, umsommert von Augen,
der Braue vergaß, die du über mich spanntest,
ein Wort, das mich mied,
als die Lippe mir blutet' vor Sprache.

Dies ist ein Wort, das neben den Worten einherging,
ein Wort nach dem Bilde des Schweigens,
umbuscht von Singrün und Kummer.

发绺儿

发绺儿，没扎起，随它飘，
来来去去变白了，
从我时常拂拭的额头脱落
在这额首之年——：

这是一个飘拂的词
为了终年的雪峰；
一个把目光转向雪的词，
当我两眼怀抱夏日，
忘了你在我头顶张开的眉毛；
一个曾经避开我的词，
当我嘴唇为语言流血。

这是一个在词语旁慢走的词[1]，
一个以寂静为图像的词，
簇拥着常绿[2]和忧伤。

---

* 1952年10月18日作于巴黎。今存打字稿和副本9份，见于马尔巴赫德意志文学档案馆藏策兰手稿，亦见于施罗尔斯（Nachlaß Rolf Schroers）和李希奈（Nachlaß Max Rychner）等私人藏稿。最初发表于法兰克福文学季刊《新评论》（*Die neue Rundschau*）1953年第二期；发表时无标题，以首句大写为题。

1 最初四稿（包括刊于《新评论》的发表稿）此句均作：Dies ist ein Wort, das ohne mein Wissen geprägt ward［这是一个无需我的智慧打造的词］。参看图宾根本 TCA/VS，前揭，第20页；《全集》HKA本，卷4/2，前揭，第72页以下。

2 常绿：原文 Singrün。据《格林氏德语大词典》（*Deutsches Wörterbuch von Jacob und Wilhelm Grimm*, Leipizig, S.Hirzel, 1854–1960），singrün（亦书作 sinngrün）乃 immergrün［常青的］之古体字，古高地德语写作 singruna，其前缀 sin- 意为"古老"。作名词多指常春花（Vinca minor）。故此句亦可读作"簇拥着常春花和忧伤"。

Niedergehn hier die Fernen,
und du,
ein flockiger Haarstern,
schneist hier herab
und rührst an den erdigen Mund.

远方在这里陷落了,
而你,
一头星光雪花飘飘,
你下着雪
还要去感动大地的之唇[1]。

---

[1] 大地的之唇:定稿前诸稿本均作 irdenen Mund [黏土的唇]。同上。译按:黏土乃制陶的材料,又称陶土。在策兰的诗歌语汇里,黏土常被视为"创造"的象征。

AUS DEM MEER

Wie haben begangen das Eine und Leise,
wir schossen hinab in die Tiefe,
aus der man der Ewigkeit Schaum spinnt –
Wir haben ihn nicht gesponnen,
wir hatten die Hände nicht frei.

Sie blieben verflochten zu Netzen –
von obenher zerren sie dran...
O messerumfunkelte Augen:
wir fingen den Schattenfisch, seht!

从海里

我们踏遍了一和轻,
我们直下海底¹,
那里纺出了永恒的浪花——
不是我们纺出来的,
我们腾不出手。

手一直就织在网上——
就这么往上拉²……
噢,刀光闪闪的眼睛³:
瞧我们捕到了影子鱼⁴!

---

* 策兰 1950 年代作品。今存打字稿 8 份,见于马尔巴赫德意志文学档案馆藏策兰手稿,以及耶内氏(Jené/Slg. Felstiner)、李希奈(Nachlaß Max Rychner)和巴赫曼(IB-ÖNB 8148)等私人藏稿,均未标注日期。吉赛尔·策兰 – 莱特朗奇 1954 年 3 月 25 日写给丈夫的一封信(未寄出)提及这首诗(参看 *PC/GCL* 通信集,卷 II,前揭,第 78 页)。策兰在其《从门槛到门槛》(1960 年第二版)中追记,此诗"作于 1953 年"。最初发表于斯图加特文化月刊《水星》(*Merkur*)1954 年 12 月号。
1 初稿(Jené/Slg. Felstiner)此句作 wir schossen hinab in die Welle [我们跃入波涛]。参看《全集》HKA 本,卷 4/2,前揭,第 75 页。TCA/VS 未录此稿。
2 第二稿((AC3,17))此句作 an denen ein Endliches zerrt [一种有限之物在拖着它]。参看图宾根本 TCA/VS,前揭,第 22 页;《全集》HKA 本,卷 4/2,前揭,第 76 页。
3 初稿(Jené/Slg. Felstiner)此句作 sein Aug starrt von herrlichen Messern – [它的眼睛被精美绝伦的刀给惊呆了——]。第二稿(AC3,17)改作 es schärft seine herrlichen Messer – [它磨亮它精美的刀——]第三稿(Nachlaß Max Rychner)复拟作 die Messer, die gleissenden Messer! [刀子,闪闪发光的刀子!] 同上。
4 "影子鱼"这个说法在这里显然是个比喻,借它来表达"影子/死者"的主题。但德文中也确有"影子鱼"(Schattenfische)一说,系鳂鱼的德文俗称。鳂鱼,学名 Sciaenidae,德文通书 Umberfische,为石首鱼统称。此鱼为夜行鱼,体发光;背部多有崤状鳍,头内有巨大耳石,故名石首鱼。中文又称硬头鱼、黄花鱼。

ZWIEGESTALT

Laß dein Aug in der Kammer sein eine Kerze,
den Blick einen Docht,
laß mich blind genug sein,
ihn zu entzünden.

Nein.
Laß anderes sein.

Tritt vor dein Haus,
schirr deinen scheckigen Traum an,
laß seine Hufe reden
zum Schnee, den du fortbliest
vom First meiner Seele.

双重意象

愿你的眼睛是陋室里的烛,
目光是一根烛芯[1],
愿我是个盲人,盲到
能把它点亮。

不。
换个花样吧。

走到屋外,
给你那有花斑的梦套上马具,
让它的蹄子
跟我心脊吹落的
雪,说说话。

---

* 此诗写作年代不详。今存打字稿和副本 7 份,见于马尔巴赫德意志文学档案馆藏策兰手稿,亦见于耶内氏、李希奈以及《水星》杂志主编汉斯·派施克(Hans Paeschke)等私人藏稿,无标题,亦未标注日期。吉赛尔·策兰-莱特朗奇 1954 年 3 月 25 日写给丈夫的一封信(未寄出)提及这首诗。另据图宾根校勘本,1954 年 4 月 5 日策兰应邀在慕尼黑朗诵诗歌后曾将一份诗稿交给《水星》杂志创刊人莫拉斯(Joachim Moras),其中就有这首诗。最初发表于德国文学双月刊《文本与符号》(Texte und Zeichen)1955 年第一期。

1 初稿(Jené/Slg. Felstiner)此节诗曾拟作 Lass dein Aug in der Kammer sein eine Kerze, / den Blick / einen Docht, der emporragt : / wer / will blind genug sein, / ihn zu entzünden?[愿你的眼睛是陋室之烛, / 目光 / 是一根竖立的烛芯: / 谁 / 能做个盲者,盲到 / 能把它点亮?]详见《全集》HKA 本,卷 4/2,前揭,第 79 页。

FERNEN

Aug in Aug, in der Kühle,
laß uns auch solches beginnen:
gemeinsam
laß uns atmen den Schleier,
der uns voreinander verbirgt,
wenn der Abend sich anschickt zu messen,
wie weit es noch ist
von jeder Gestalt, die er annimmt,
zu jeder Gestalt,
die er uns beiden geliehn.

远方

面对面,在寒意里,
让我们也这样试一试:
一起
呼吸这轻雾,
它遮蔽了我们彼此,
而黄昏正准备测量,
这中间还有多远
从它本身具有的各种风采
到它借给
我俩的每一形态。

---

* 此诗作于 1954 年 11 月 9 日(据手稿标注日期)。今存打字稿 2 份,藏马尔巴赫德意志文学档案馆(手稿编号 AC4.1,18;AC4.2,14)。作者生前将其编入自选集(Ausgewählte Gedichte《保罗·策兰自选集》,Suhrkamp 出版社,1968 年)。

WO EIS IST

Wo Eis ist, ist Kühle für zwei.
Für zwei: so ließ ich dich kommen.
Ein Hauch wie von Feuer war um dich –
Du kamst von der Rose her.

Ich fragte: Wie hieß man dich dort?
Du nanntest ihn mir, jenen Namen:
ein Schein wie von Asche lag drauf –
Von der Rose her kamst du.

Wo Eis ist, ist Kühle für zwei:
ich gab dir den Doppelnamen.

哪里有冰

哪里有冰,就有两人的清凉。
两人的:所以我让你过来。
你身上一团气息像火环绕着你——
你从玫瑰中来[1]。

我问:那边的人怎么称呼你?
你跟我说,就叫这名字:
上面有个灰烬的幻影[2]——
你从玫瑰来。

哪里有冰,就有两人的清凉:
我给你双重的名字[3]。

---

* 此诗写作具体年代不详。今存手稿(铅笔稿)1份,打字稿和副本5份,见于马尔巴赫德意志文学档案馆藏策兰手稿以及耶内氏藏稿(Jené/Slg. Felstiner),均未标注日期。据图宾根校勘本,策兰曾在日记(Tagebuch I / D90.1.3288)中提到,1954年5月15日将此诗寄给位于巴登-巴登州的沃尔德马·克莱因出版社(Woldemar Klein Verlag)。最初发表于德国巴登-巴登州《1955年妇女年鉴》(Almanach für die Dame auf das Jahr 1955)。

1 第二稿(AC2,34)此节诗后两行曾拟作 Die Schläfe pochte | dir noch : / Du kamst von der feurigen | her, von der Rose [睡眠还在 | 拍打你:/你来自那朵燃烧的 | 玫瑰]。同一稿本复拟作 Ein rötlicher Schein | war um dich: / du kamst von der | Rose her [一个微微泛红的幻影 | 环绕在你的四周:/你是从那玫瑰 | 来的]。详见图宾根本 TCA/VS, 前揭,第28页;《全集》HKA本,卷4/2,前揭,第82-83页。

2 第二稿(AC2,34)此句曾拟作 Feine Asche lag [silbern darüber] darauf < : > [上面〖一片银灰〗覆着细细的灰烬〈:〉]。第三稿(AC2,41)一度改作 ein [Glanz] wie von Asche lag drauf – [上面闪耀着灰烬般的〖光泽〗——]。参看图宾根本 TCA/VS, 前揭,第28-29页;《全集》HKA本,卷4/2,前揭,第84-85页。

3 初稿(AC2,35)此句曾拟作 Ich gab den fremden | (fremdesten) | Namen [我给你起个陌生的 | (最陌生的) | 名字]。参看《全集》HKA本,卷4/2,前揭,第83页。

Du schlugst dein Aug auf darunter –
Ein Glanz lag über der Wuhne.

Nun schließ ich, so sprach ich, das meine –:
Nimm dieses Wort – mein Auge redet's dem deinen!
Nimm es, sprich es mir nach,
sprich es mir nach, sprich es langsam,
sprich's langsam, zögr es hinaus,
und dein Aug – halt es offen so lang noch!

你为此睁开了眼睛——
冰窟上一片光亮。

所以说,现在我可以合上眼了——:
收下这个词吧——我的眼睛对你的眼睛说!
收下它,跟我唸一遍,
跟着我,慢慢的唸,
唸慢一点,推迟它,
你的眼睛——还是这样长久睁着吧!

吉赛尔·策兰 – 莱特朗奇铜版画《一起》（1958 年）。

Ensemble - Miteinander © Eric Celan

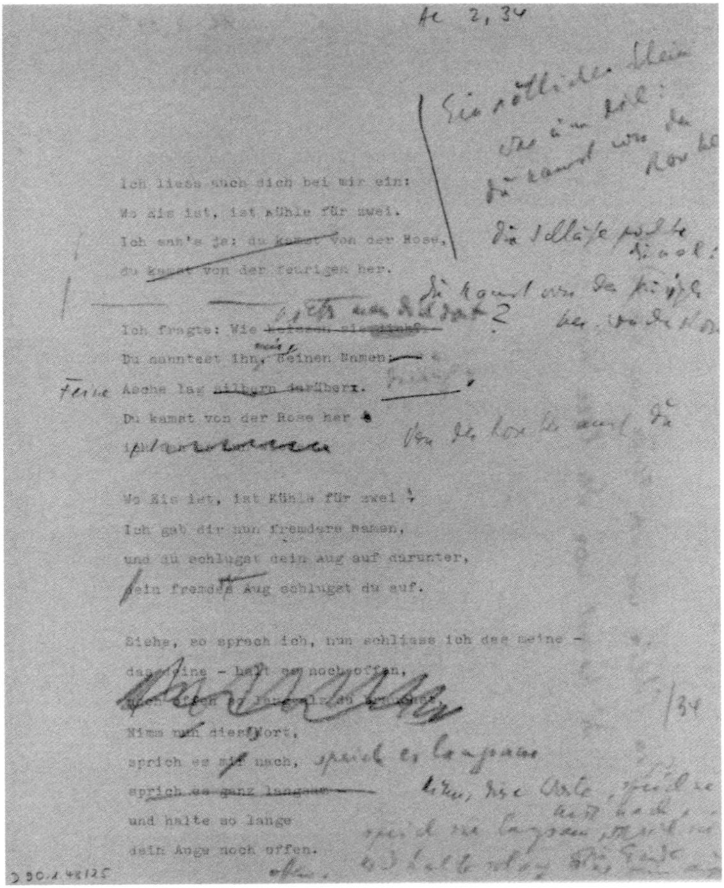

Ac 2,34

Ich liess auch dich bei mir ein:
Wo Eis ist, ist Kühle für zwei.
Ich sah's ja: du kamst von der Rose,
du kamst von der feurigen her.

Ich fragte: Wie
Du nanntest ihn, deinen Namen:
Asche lag silbern darüber.
Du kamst von der Rose her

Wo Eis ist, ist Kühle für zwei:
Ich gab dir nun fremdere Namen,
und du schlugst dein Aug auf darunter,
dein fremdes Aug schlugst du auf.

Siehe, so sprach ich, nun schliess ich das meine –
das deine – halt es noch offen,

Nimm nun dies Wort,
sprich es mir nach,
sprich es ganz langsam –
und halte so lange
dein Auge noch offen.

D 90.1.48125

保罗·策兰手稿：《哪里有冰》，打字稿及修改笔迹。

VON DUNKEL ZU DUNKEL

Du schlugst die Augen auf – ich seh mein Dunkel leben.
Ich seh ihm auf den Grund:
auch da ists mein und lebt.

Setzt solches über ? Und erwacht dabei ?
Wes Licht folgt auf dem Fuß mir,
daß sich ein Ferge fand?

从黑暗到黑暗

你睁开眼——我看见我的黑暗活着。
我从根底上看清了它:
确实是我的,还活着。

这东西能摆渡吗[1]?会跳醒过来吗?
谁的光芒跟在我的脚跟后面,
莫不是逮着了个撑船人?

---

* 此诗作于1954年12月5日。今存手稿和打字稿3份,藏马尔巴赫德意志文学档案馆。
1 摆渡:原文 übersetzen,古高地德语 ubarsetzen,拉丁文 traducere,本义"移动",指某物从一地点移到另一地点,或使事物从一种状态过渡到另一种状态;另一基本释义为"翻译","改写","转化"(与 übertragen 同义)。译按:这首诗(标题本身就很有意味)涉及精神生活和隐秘事物的传达,不排除亦指涉作品从一种文字到另一中文字的"翻译"。就在写这首诗的同一年代,策兰在给一位出版商的信中说,翻译工作有时候就像"船夫的活计"(« eine Art Fergendienst »),"可以借用海德格尔的一句话来说——摆渡"。参看策兰1954年4月1日就其翻译的毕加索剧本《被揪住尾巴的欲望》(*Wie man die Wünsche beim Schwanz packt*)致苏黎世出版人彼得·席斐利(Peter Schifferli)信,载《"遥远的近邻"——作为翻译家的策兰》(»*Fremede Nähe*«. *Celan als Übersetzer*),保罗·策兰手稿展(德意志文学档案馆主办,苏黎世市长办公厅协办)展册,葛豪斯(Axel Gellhaus)策划,乌尔里希·奥托(Ulrich Otto)、弗里德里希·普菲弗林(Friedrich Pfäfflin)主编,马尔巴赫席勒学会/苏黎世市政府联合出版,1997年,第399页。

IN GESTALT EINES EBERS

In Gestalt eines Ebers
stampft dein Traum durch die Wälder am Rande des Abends.
Blitzendweiß
wie das Eis, aus dem er hervorbrach,
sind seine Hauer.

Eine bittere Nuß
wühlt er hervor unterm Laub,
das sein Schatten den Bäumen entriß,
eine Nuß,
schwarz wie das Herz, das dein Fuß vor sich herstieß,
als du selber hier schrittst.

形同一头野猪

形同一头野猪
你的梦拖着脚步踏过黄昏边缘的森林。
两根獠牙
像是从冰里钻出来似的,
白如闪电。

一粒苦涩的胡桃 [1]
被牠从落叶下面刨了出来,
而落叶早已扯下它在树上的影子,
一粒胡桃,
黑得像你的脚磕磕碰碰踢过来的心,
当你独自在这儿散步。

---

* 此诗作于 1952 年 11 月 5 日。今存打字稿(含打字副本)共 6 份。六稿中惟初稿标有日期;其中一份早期打字稿为李希奈存稿(Nachlaß Max Rychner),今藏伯尔尼瑞士文学档案馆;另一份后期打字整理稿见于策兰 1955 年 1 月 6 日寄给巴登-巴登西南广播电台的一组诗稿(Konvolut SWF),这组诗稿共 16 首,选自即将出版的诗集《从门槛到门槛》。此诗最初发表于斯图加特《年轮》(*Jahresring*)杂志(1954 年)。
1 苦涩的胡桃:此语策兰曾经解释:"我仅指出一点,所依据的一条理由,从我那首'野猪诗'似乎就可得到证实:因为野猪的奢侈——早已有之——在诗的庆典气氛里找到了一种(同样出人意表的)对应物;这种东西,就其刻意强调的**男性原则**的野猪含义(aper-Bedeutung)而言,通过诗的色情元素(挖出一粒苦涩的胡桃无疑是个色情的描写)得到了阐明。况且,*此刻我还想到*,这里甚至可以举出另一条例证:我的诗里——《骨灰瓮之沙》里——就有这种苦涩的东西:阴毛。"参看保罗·策兰 1961 年 5 月 19 日致瓦尔特·延斯(Walter Jens)信,载《保罗·策兰与高尔事件真相(资料汇编)》(*Paul Celan – Die Goll-Affäre. Dokumente zu einer 'Infamie'*),芭芭拉·魏德曼编,Suhrkamp 出版社,法兰克福,2000 年,第 532 页;亦可参看《"某种完全个人的(转下页注)

Er spießt sie auf
und erfüllt das Gehölz mit grunzendem Schicksal,
dann treibts ihn
hinunter zur Küste,
dorthin, wo das Meer
seiner Feste finsterstes gibt
auf den Klippen:

vielleicht
daß eine Frucht wie die seine
das feiernde Auge entzückt,
das solche Steine geweint hat.

牠咬开它
将那哼哼唧唧的命运撒遍树丛,
于是命运把牠
赶下海滩,
赶到那边去,大海
正在举办它最黯淡的节庆
在礁石上:

也许
有一粒果实跟他那颗一样
令喜庆的目光百感交集,
这样的岩石也被它泪眼哭穿[1]。

(接上页注)东西":保罗·策兰书信集(1934-1970)》(*Paul Celan, »etwas ganz und gar Persöliches« : Die Briefe 1934-1970*),芭芭拉·魏德曼主编,Suhrkamp 出版社,柏林,2019 年,第 1 版,第 512 页。

[1] 第一稿(AC3,18)和第二稿(Nachlaß Max Rychner)此句作 das soviel Steine geweint hat [多少岩石被它泪水穿透]。参看图宾根本 TCA/VS,Suhrkamp 出版社,前揭,第 32 页;《全集》HKA 本卷 4/2,Suhrkamp 出版社,前揭,第 90-91 页。

BRETONISCHER STRAND

Versammelt ist, was wir sahen,
zum Abschied von dir und von mir:
das Meer, das uns Nächte an Land warf,
der Sand, der sie mit uns durchflogen,
das rostrote Heidekraut droben,
darin die Welt uns geschah.

布列塔尼海滩

我们见过的,聚在一起[1],
以便同你我道声永别:
海,已替我们把夜打上陆地,
沙,和我们一起飞越长夜,
高处那锈红的石楠花,
花中世界已为我们铸成。

---

* 1954年秋作于法国南部海滨城市拉西奥塔(La Ciotat)。时策兰应法国左翼作家葛林(Daniel Guérin)邀请,到后者在拉西奥塔市创办的艺术村访问和小住(1954年9月19日至10月30日)。诗今存手稿1份,打字稿4份;手稿为钢笔稿,草在1954至1955年3月的一个笔记本上,笔记本里记有读德国作家博尔沙特(Rudolf Borchardt, 1877–1945)作品和哲学家海德格尔(Martin Heidegger)《形而上学导论》的笔记和摘录;较早的一份打字稿于同年9月间寄妻子吉赛尔,附有为帮助妻子阅读原作而提供的法译和释词。诗标题最初为法文 Plage de Toulinguet(《图林盖海滩》)。按:图林盖是布列塔尼半岛突出海面的一个岬角,岬湾有一片宽阔的海滩,古称澎哈特滩(Pen-Hat)。
1 见过的:原文 sahen(动词原形 sehen),亦可释为"经历过的"。初稿(D90.1.3245,笔记本稿)作"说过的"。此稿中间段落以"海鸥"为承上启下的中心意象,全诗拟作 Versammelt ist, was wir sprachen, / zum Abschied von jeglichem [Wort (Ding)] Ohr: / – Leicht war die Wechselrede – // Wir wollten, daß Heidekraut oben wüßte / was uns die Möwe war / [(wie uns die Möwe überflog[–]) // – warf uns die Muschel an Land, die nimmermehr | aufklafft. // Rostrot das Heidekraut droben〚我们说过的,如今聚在一起, / 为了跟每一只〘词(物)〙耳朵告别: —— 交谈毕竟太轻 —— // 我们曾经希望,高处的石楠花知道 / 海鸥对我们意味着什么〘(海鸥如何从我们头顶飞过〘——〙)〙/ —— 把贝壳抛打上永不再裂开的 | 陆地。// 红如铁锈,那高处的石楠花〙。又此稿标题(《图林盖海滩》)上方另有作者后添加的两行诗,疑置于诗开头作起笔之句:Im Heidekraut rostet | die Stunde, / im Ginster leuchtet | sie auf [时间 | 在石楠花里生锈, / 在染料木里 | 亮了起来。] 详见图宾根本 TCA/VS,前揭,第34页;《全集》HKA 本,卷4/2,前揭,第94页。
译按:石楠花,此指帚石楠(Besenheide,又称 Heidekraut),学名 Calluna vulgaris,杜鹃花科亚灌木,分布于欧洲各地和小亚细亚,夏秋开花,花紫红色。帚石楠是典型的荒原植物,丛生于贫瘠的山野和荒地,德文俗称 Heidekraut(直译"荒野草")盖由此而来。策兰熟悉的法国布列塔尼半岛,其沿岸坡地和山野多有此种植物,常和与之相近的欧石楠(Erica)混生,人亦常将这两者混淆,统称石楠;德国北方的吕讷堡草原(Lüneburger Heide)是欧洲最有名的帚石楠之乡,大片的帚石楠植被在夏秋开花时节点缀着原野,莽莽苍苍,形成一望无际的苍凉风景。

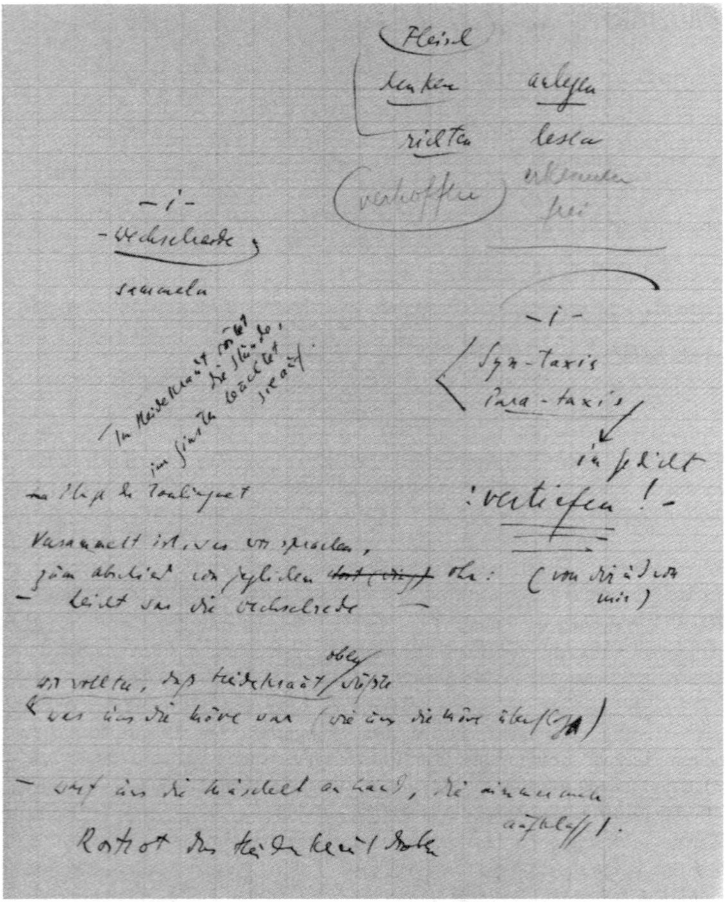

Entwurf zu *Bnetonischer Strand* © DLA Marbach

保罗·策兰手稿：《布列塔尼海滩》，钢笔字迹（1954 年）。

保罗·策兰诗《布列塔尼海滩》打字稿。原题《图林盖海滩》，稿页上手迹为策兰为帮助妻子吉赛尔阅读原者而提供的法文翻译及释词。

GUT

Gut, daß ich über dich hinflog.
Gut, daß auch ich mir erklang, als der Himmel dir quoll aus den
 Augen.
Gut, daß ich sah, wessen Stern darin glomm –
Gut, daß ich dennoch nicht aufschrie.

Denn nun gellt dir die Stimme im Ohr,
die mich wild vor sich herstieß.
Und der mich peitschte, der Regen,
meißelt dir jetzt einen Mund,
der spricht, wenn die Sterne schrumpfen,
der schwillt, wenn die Himmel verebben.

好

好在我曾经从你头顶飞过。
好在我也发出回响,当天空自你眼里奔流。
好在我也见过,谁的星在那里闪耀——
好在我并没有惊叫。

至今那声音还在你耳际轰鸣,
它曾疯狂地把我推在前面。
那雨点,抽打过我,
如今给你凿了一张嘴,
每当星辰凋残,它就开口说话,
而天空隐去时,它就鼓起来。

---

* 1954 年 3 月 8 日作于巴黎。今存打字稿和副本共 7 份,见于马尔巴赫德意志文学档案馆藏策兰手稿,亦见于耶内氏(Jené/Slg. Felstiner)和派施克(Hans Paeschke)等私人存稿。原稿无标题,一度将首句"好,我曾经从你头顶飞过"拟为标题。

ZU ZWEIEN

Zu zweien schwimmen die Toten,
zu zweien, umflossen von Wein.
Im Wein, den sie über dich gossen,
schwimmen die Toten zu zwein.

Sie flochten ihr Haar sich zu Matten,
sie wohnen einander bei.
Du wirf deinen Würfel noch einmal
und tauch in ein Auge der Zwei.

双双浮游

死者双双浮游,
双双濯于美酒的激流。
在他们为你浇祭的酒里,
死者双双浮游。

他们早已结发为席,
如今互相厮守。
你,再掷一次骰子吧
但得跃入两点一眸[1]。

---

* 策兰 1950 年代作品。今存打字稿及副本 9 份,见于马尔巴赫德意志文学档案馆藏策兰手稿,以及耶内氏(Jené/Slg. Felstiner)、李希奈(Max Rychner)和巴赫曼(IB-ÖNB)等私人藏稿。最初发表于斯图加特《水星》(*Merkur*)月刊 1954 年 12 月号。

[1] 译按:结句语义双关。原文 und tauch in ein Auge der Zwei 直译"潜入两者的一只眼";然 Auge(眼眸)一词在德语中亦指骰子的点,汉译似难两全。姑依上句(Du wirf deinen Würfel noch einmal)骰戏笔意,取"得两点就跃入一眸"意。

DER GAST

Lange vor Abend
kehrt bei dir ein, der den Gruß getauscht mit dem Dunkel.
Lange vor Tag
wacht er auf
und facht, eh er geht, einen Schlaf an,
einen Schlaf, durchklungen von Schritten:
du hörst ihn die Fernen durchmessen
und wirfst deine Seele dorthin.

访客

没等黄昏降临
那与黑暗打招呼的人,就来你家投宿。
不待天亮
他又醒来
走之前,还把睡眠拨得炽旺,
一种回响着脚步声的梦乡:
听见他迈着大步穿越远方
你把灵魂抛了过去。

---

* 1952 年 10 月 27 日作于巴黎。今存手稿、打字稿及副本共 11 份,见于马尔巴赫德意志文学档案馆藏策兰手稿,亦见于李希奈(Nachlaß Max Rychner)、棱茨(Nachlaß Hermann Lenz)等私人藏稿。最初发表于法兰克福文学季刊《新评论》1953 年第二期。

142　从门槛到门槛

吉赛尔·策兰－莱特朗奇铜版画《直到今天》（1958年）。

带上一把可变的钥匙
MIT WECHSELNDEM SCHLÜSEL

GRABSCHRIFT FÜR FRANÇOIS

Die beiden Türen der Welt
stehen offen:
geöffnet von dir
in der Zwienacht.
Wir hören sie schlagen und schlagen
und tragen das ungewisse,
und tragen das Grün in dein Immer.

Oktober 1953

弗朗索瓦的墓志铭

世界的两扇门[1]
都敞着:
是你打开的
在这二重之夜。
听见门哐当哐当的直响
我们带来不确定之物,
带点青绿置于你的永远。

1953年10月

---

* 这是策兰唯一编入集子时标注写作日期的作品。今存打字稿1份,见于作者1955年交给德意志出版社(DVA)排印的诗集打字稿本。诗题中的"弗朗索瓦"(François)系策兰与吉赛尔的第一个儿子,因难产,于1953年10月8日出生次日夭折。

1 关于人世的"两扇门",犹太经学家马丁·布伯(Martin Buber,1878-1965)曾在一篇故事里讲述:"拉比布南尝言,人永远要经过两道门:从现世出来,又到那个来临的世界去,如此进进出出。"参看布伯著《哈西德教派故事集》(*Die Erzählungen der Chassidim*),马尼塞出版社(Manesse Verlag),苏黎世,1949年,第746页。

AUFS AUGE GEPFROPFT

Aufs Auge gepfropft
ist dir das Reis, das den Wäldern den Weg wies:
verschwistert den Blicken,
treibt es die schwarze,
die Knospe.

Himmelweit spannt sich das Lid diesem Frühling.
Lidweit dehnt sich der Himmel,
darunter, beschirmt von der Knospe,
der Ewige pflügt,
der Herr.

Lausche der Pflugschar, lausche.
Lausche: sie knirscht
über der harten, der hellen,
der unvordenklichen Träne.

眼内嫁接了

眼内嫁接了
幼枝,为你指点森林的路 [1]:
与目光结成姊妹,
它长出黑黑的一朵,
花蕾。

眼皮遮天揽尽这一片春光。
天大如眉天亦长久,
下面,被花蕾遮护着,
永恒者,我主,
在耕耘。

听这犁铧,好好听吧。
听:它哗哗作响
在坚硬的,明亮的泪之上,
那悠悠的太古之泪。

---

* 此诗作于 1954 年。今存手稿 1 份,见于伦茨存稿(Nachlaß Hermann Lenz),藏慕尼黑国立巴伐利亚州图书馆;另有打字稿及副本 7 份,藏马尔巴赫德意志文学档案馆。1954 年 4 月 7 日策兰在斯图加特接受西南广播电台记者施威德赫姆(Karl Schwedhelm)采访时朗诵了这首诗,并说"这是我新近完成的诗歌作品之一"。
[1] 初稿此句作 ist das Reis, das den Wäldern den Tag wies [幼枝,能让森林看见天日]。图宾根本 TCA/VS,前揭,第 47 页;《全集》HKA 本,卷 4/2,前揭,第 104 页。

DER UNS DIE STUNDEN ZÄHLTE

Der uns die Stunden zählte,
er zählt weiter.
Was mag er zählen, sag?
Er zählt und zählt.

Nicht kühler wirds,
nicht nächtiger,
nicht feuchter.

Nur was uns lauschen half:
es lauscht nun
für sich allein.

为我们数时间的人

为我们数时间的人,
直直往下数。
还能数什么呢,你说?
数啊数啊。

天不会更凉,
夜不会更深,
也不会更潮。

惟有从前帮助我们窥听的:
如今还在
自聆自听。

---

* 此诗作于 1954 年 7 月 23 日。今存手稿、打字稿及副本共 6 份,其中两份打字稿(当是初稿)标有上述日期,并有作者另笔修改手迹,今藏马尔巴赫德意志文学档案馆。另有一份打字稿见于伦茨存稿,今藏慕尼黑巴伐利亚州立图书馆。唯一手稿件为施罗尔斯存稿,钢笔字迹,抄于信笺,诗行和行文与刊本同,但无标题,今藏北莱茵-威斯特法伦州立档案馆(原国立明斯特档案馆)。

ASSISI

Umbrische Nacht.
Umbrische Nacht mit dem Silber von Glocke und Ölblatt.
Umbrische Nacht mit dem Stein, den du hertrugst.
Umbrische Nacht mit dem Stein.

Stumm, was ins Leben stieg, stumm.
Füll die Krüge um.

阿西西

翁布里亚 [1] 的夜。
翁布里亚的夜有寺钟和橄榄叶的银色。
翁布里亚的夜有你 [2] 带来的石头。
翁布里亚的夜有石头。

无声，那跃入生命者，无声。
装进罐子吧。

---

* 此诗作于1953年底或1954年初。今存手稿2份，钢笔手迹，分别见于伦茨藏稿（Nachlaß Hermann Lenz）和本卷HKA版协编毕歇尔（Rolf Bücher）辑录的策兰"早期手稿参考资料"（Frühe Apparatentwürfe），两稿均未标注日期。前稿是最终誊写稿，今藏慕尼黑巴伐利亚州立图书馆；后稿为初稿，原件为私人藏品，仅提供复制件，原稿多处用词有修改痕迹，但诗行和行文与刊本接近。另有打字稿及打字副本6份，今藏马尔巴赫德意志文学档案馆。策兰本人在其诗集《从门槛到门槛》（1960年第二版）手头用书中追记，此诗"1954年初作于巴黎"。最早发表于慕尼黑文学双月刊《重音符》（Akzente）1954年第2期。

1 翁布里亚（Umbria）：意大利中部历史地理区，位于特韦雷河两岸谷地，今辖佩鲁贾和特尔尼两省。此地名得自古代居民翁布里人（Umbri）；翁布里人族名起源不详，却多少让人联想到拉丁文 umbra ［影子］的语义（策兰这首诗中也写到了"死者"与"影子"）。阿西西为境内历史名城，昔天主教修士方济各（称"阿西西的方济各"，Franz von Assisi，意大利文 Francesco d'Assisi，1181或1182−1226）在此修行并创立最早的托钵修会方济各会（Ordine francescano，又称"小兄弟会"Ordo fratrum minorum），倡导博爱与守清贫；因其教义倡起后影响广远，该地自中世以降一直是天主徒朝圣之地。方济各自称不识字，然其身后留下祷词、教规书、劝诫书和诔词等多种，尤以翁布里亚方言写成的诗篇《太阳兄弟颂歌》（Canticum Fratris Solis）为人所知。相传其人初抵阿西西，因见教堂年久倾颓，遂收集石料并亲自搬运，又向居民乞捐砖石瓦板，以图修复。今城内所见方济各堂（Basilika San Francesco）及附属修院，为其故世后1228年受追谥封圣时始建。1953年11月间，策兰偕妻吉赛尔到意大利旅行路过该城。此诗以"阿西西"为题，当作于旅次。

2 你：初稿曾拟作"我"：Umbrische Nacht mit dem Stein, den ich hertrug ［翁布里亚的夜有我带来的石头］。《全集》HKA本，卷4/2，前揭，第109页。

Irdener Krug.
Irdener Krug, dran die Töpferhand festwuchs.
Irdener Krug, den die Hand eines Schattens für immer verschloß.
Irdener Krug mit dem Siegel des Schattens.

Stein, wo du hinsiehst, Stein.
Laß das Grautier ein.

Trottendes Tier.
Trottendes Tier im Schnee, den die nackteste Hand streut.
Trottendes Tier vor dem Wort, das ins Schloß fiel.
Trottendes Tier, das den Schlaf aus der Hand frißt.

Glanz, der nicht trösten will, Glanz.
Die Toten – sie betteln noch, Franz.

陶罐。
嵌着陶工手的陶罐。
被一个影子的手从此封了口的陶罐¹。
打上了影子戳记的陶罐。

　　石头，不管你往哪儿张望，石头²。
　　让那匹灰兽³进来吧。

跑不动的兽。
跑不动的兽，在那最裸的手播撒的雪中⁴。
跑不动的兽，在那溘然关闭的词前。
跑不动的兽，吃那手里的睡眠。

　　光亮，无意去慰人，光亮。
　　死者——还在乞讨，弗兰茨⁵。

---

1 初稿此句作 Irdener Krug, den der Kuß eines Schattens für immer verschloß［影子一吻永远封了口的陶罐］。1954 年《重音符》（*Akzente*）刊本同。详见《全集》HKA 本，卷 4/2，前揭，第 109-110 页。
2 初稿此句一度拟作 Stein, den ich hertrug, Stein［石头，我搬来的，石头］。同上。
3 灰兽：原文 Grautier；此词在德文俚语中指驴子。圣经中有"圣人骑驴"之描述（参看《马太福音》21:1-6）。昔时僧人方济各守清贫，曾诙谐地将自己的身体（躯壳）称为"驴子"，而视心灵为骑手（喻心灵驾驭肉身）。此句虽是用典，不排除诗人或取词的直观意象而自比"灰兽"，谓做人可心气高而一生贫贱。
4 初稿此节诗一度拟作 Trottedes Tier. / Trottendes Tier im Schnee, den [der Heilige] <die Bettelhand> streut / Trottendes Tier vor dem Wort, das ins Schloß fiel. / Trottendes Tier, das den [dürftigen] Schlaf aus der Hand frißt.［跑不动的兽。/ 跑不动的兽，在〖圣人〗〈乞讨的手〉播撒的雪中。/ 跑不动的兽，在那溘然关闭的词前。/ 跑不动的兽，吃手里〖稀少的〗睡眠。］同上。译按：原句中的"圣人"当指圣方济各。
5 弗兰茨（Franz）：天主教圣人方济各的德文名（全称 Franz von Assisi）。又，弗兰茨也是策兰夫妇第一个孩子弗朗索瓦（François）的德文名字（参看本书《弗朗索瓦的墓志铭》诗）；孩子因难产于 1953 年 10 月 8 日出生次日夭折。作此诗时，诗人正遭遇丧子之痛。虽写旅次记事，结句呼语"弗兰茨"却堪称妙笔，让读者最后悟出诗的双重内涵：既是对圣人方济各的记念，亦是写葬子之哀。

AUCH HEUTE ABEND

Voller,
da Schnee auch auf dieses
sonnendurchschwommene Meer fiel,
blüht das Eis in den Körben,
die du zur Stadt trägst.

Sand
heischst du dafür,
denn die letzte
Rose daheim
will auch heut abend gespeist sein
aus rieselnder Stunde.

今晚

纷扬扬的，
雪也落在这片
阳光穿梭浮动的海面 [1]，
冰在篮子里开花，
你拎着它到城里去。

你要
拿它去换沙子，
因为家中
最后那株玫瑰
今晚也要喂一把
飘零的时光。

---

* 1954 年 10 月 19 日作于拉西奥塔（La Ciotat），应是作者是年秋应邀访问拉西奥塔艺术村任驻馆作家期间的作品。前后易 15 稿，是策兰前期诗歌修改次数最多的篇章之一。今存手稿 11 份，打字稿 4 份，藏马尔巴赫德意志文学档案馆。最早的一份手稿为钢笔稿，写在一张折成四折的旧信笺正面和背面，未标日期。较晚的一份手稿为铅笔稿，写在德国哲学家卡尔·洛维特（Karl Löwith, 1897–1973）所著《贫困时代的思想家海德格尔》（*Heidegger. Denker in dürftiger Zeit*）一书（1953 年法兰克福版）最后一页空白页。

1 第一稿（AA1.2,18）起首三行曾拟作 Wieder, / da Schnee auf das Meer fiel, / da ich in Schnee wie in See stach / durchpflüge den Schnee [又一次，/ 雪落海上，/ 我在雪中如同驾舟出海 / 雪中乘风破浪]。同一稿本中"雪落海上"意象曾拟出多个反复打磨的片段，有的长达二三十行，最终浓缩成三行：drängt durch die Klamm / erinnerter Rede / die dunkle, binnenländische Flut deines Schweigens [你的寂静一如晦暗的内陆之潮 / 驱逼着穿过 / 回忆起的话语之峡]。同一稿本的另一片段则拟作 zum Floß / bündelst du jetzt / alle befahrenen Meilen // wird wieder flößbar [现在 / 你要把所有可漂流的行程 / 捆成木筏]；又此节手稿边页另有一组词语短句：Meer / innen / flößbar / Tod: Untergang / Tod: Aufgang [海 / 内心的 / 可放筏 / 死亡：翻沉 / 死亡：浮起]。译按，这个"雪落心海可放筏"片段最终舍弃，未纳入终稿。参看图宾根本 TCA/VS，前揭，第 54–56 页；《全集》HKA 本，卷 4/2，前揭，第 118–123 页。

吉赛尔·策兰－莱特朗奇铜版画《见过的》（1958 年）。

Vu - Gesehen © Eric Celan

保罗·策兰手稿:《今晚》,草于一页打字稿空白处(1954年)。

VOR EINER KERZE

Aus getriebenem Golde, so
wie du's mir anbefahlst, Mutter,
formt ich den Leuchter, daraus
sie empor mir dunkelt inmitten
splitternder Stunden:
deines
Totseins Tochter.

在一盏烛火前

用精敲的金子，就像
你嘱咐我的那样，妈妈，
我打了这盏烛台[1]，烛中
黑魆魆的出来对着我
在碎裂的时辰中间：
你那
死后之女[2]。

---

* 此诗写作年代不详。今存手稿 1 份，打字稿及副本 8 份，见于马尔巴赫德意志文学档案馆藏策兰手稿，亦见于耶内氏（Jené/Slg. Felstiner）、李希奈（Nachlaß Max Rychner）等私人藏稿，均未标注日期。1954 年 4 月 26 日策兰应比利时《圆桌》（De Tafelrunde）杂志编辑皮特·托密森（Piet Tommissen）约稿，曾将此诗寄给后者，信中并称"这是我最近的一首新作"。另据策兰本人后来在其《从门槛到门槛》（1960 年第二版）手头用书中追记，此诗的写作"不晚于 1953 年"。最初发表于《圆桌》杂志第七期（1955 年 3 月号）。

1 烛台：疑指犹太教七连灯台（希伯来文 Menorah），为以色列人最古器物之一。圣经记载，耶和华神曾嘱以色列人"要用精金做一个灯台〔……〕灯台的两旁要杈出六个枝子，这旁三个，那旁三个〔……〕形状像杏花，有球，有花。""球和枝子要连接一块，都是一块精金锤出来的。""灯台的蜡剪和蜡花盘也是要精金的。作灯台和这一切的器具，要用精金一他连得。"（《出埃及记》25:31-38）。初稿（AD2.5,21）此句以下五行曾拟作 formt ich den Leuchter, aus dem | sie empor- / mir dunkelt, die Tochter, die du | im Tode / gebarst zwischen splitternden | Schläfen〔我打了这盏烛台，烛中 | 黑魆魆的 / 出来对着我，你在死亡中 | 生下的女儿，/ 站在裂开的 | 睡眠之间〕。详见《全集》HKA 本，卷 4/2，前揭，第 126 页。

2 死后之女：原文 Totseins Tochter，意为"死亡之身的女儿"，也即初稿中所说的"你在死亡中生下的女儿"，或言母亲再生之身。按：Totsein 一词见于列夫·舍斯托夫《在约伯的天平上》第一部分《反对自明之理》篇的题诗（欧里庇得斯诗句）：Τίς δ᾽ οἶδεν εἰ τὸ ζῆν μέν ἐστι κατθανεῖν, / τὸ κατθανεῖν δὲ ζῆν.〔谁知道呢，也许生即是死，/ 而死就是生？〕这个诗句见于欧里庇得斯剧本《波吕伊多斯》残篇（Πολύειδος, 638）。Totsein 乃德译本译者对 κατθανεῖν 这个希腊古词的德文转译，而 κατθανεῖν（过去不定时直陈式）这个词的通常释义是指过去某个时候"已死"，"已在地下"，更确切的释义则是指存在者作为"已死的存在"存在的事实，故无论 κατθανεῖν 还是 Totsein，相对于 Dasein（转下页注）

Schlank von Gestalt,
ein schmaler, mandeläugiger Schatten,
Mund und Geschlecht
umtanzt von Schlummergetier,
entschwebt sie dem klaffenden Golde,
steigt sie hinan
zum Scheitel des Jetzt.

Mit nachtverhangnen
Lippen
Sprech ich den Segen:

    Im Namen der Drei,

细挑的身材,
瘦瘦的,长着杏眼的一个影子,
嘴和性的四周
飞舞着昏昏欲睡的小昆虫[1],
她拂去破开的金子,
飞升出来
升上今日之巅。

用黑夜笼罩的
嘴唇
我谨在此祝福:

  以三者[2]的名义,

(接上页注)而言并不是一个本质上纯然对立的范畴,而是另一种存在的方式,因为在希腊人的精神世界里,死并非化作空无一了百了。在策兰使用过的舍氏《在约伯的天平上》德文本第27页,我们看到 κατϑανεῖν 这个词下划了横线,边页有他写下的一则批语:ein Totsein (vgl. 'Vor einer Kerze'...) [一种 Totsein(参看《在一盏烛火前》……)],批注日期为1961年9月17日。详见《保罗·策兰的哲学书架》(*Paul Celan, la bibliothèque philosophique*),亚历山德拉·李希特等编,乌尔姆街(Rue d'Ulm)印书馆/巴黎高等师范学校出版社联合出版,2004年,第695页。这是时隔多年后,策兰在读书批语中提及《在一盏烛火前》这首诗及诗中一个关键词的来源。Totseins Tochter 一语当取欧里庇得斯句意,也即希腊人有生和死的观念。
1 昏昏欲睡的小昆虫:初稿(AD2.5,21)作 Sternengetier [星星般的小昆虫]。参看图宾根本 TCA/VS,前揭,第58页;《全集》HKA 本,卷4/2,前揭,第126页。
2 三者:原文为德文基数词 "Drei" ["三"]。鉴于此诗乃一首以安息日为题的悼母诗,"三"在这里可能隐含多层指涉,或指安息日前夜点七连灯烛所颂希伯来祷词中的"主,我等的神,世界的王";或隐喻基督教之圣父、圣子、圣灵三位一体。然从诗第四节("谨此祝福"以下)提及"第一人"、"第二人"和"第三人"的细节来看,此"三"似与作者家世有关,或指父、母、子,或指"深渊里的"人(死者)。犹太教之安息日祈祷词,乃由家中主妇在礼拜五日落前点烛诵唸;守安息日既是依神的诫命将安息日守为"圣日",同时也是感恩并记念神领以色列民出埃及脱离奴役而得自由。

die einander befehden, bis
der Himmel hinabtaucht ins Grab der Gefühle,
im Namen der drei, deren Ringe
am Finger mir glänzen, sooft
ich den Bäumen im Abgrund das Haar lös,
auf daß die Tiefe durchrauscht sei von reicherer Flut –,
im Namen des ersten der Drei,
der aufschrie
als es zu leben galt dort, wo vor ihm sein Wort schon gewesen,
im Namen des zweiten, der zusah und weinte,
im Namen des dritten, der weiße
Steine häuft in der Mitte, –
sprech ich dich frei
vom Amen, das uns übertäubt,
vom eisigen Licht, das es säumt,
da, wo es turmhoch ins Meer tritt,
da, wo die graue, die Taube

他们彼此结仇,直到
天堂塌下来掉进情感的坟墓[1],
以三者的名义,他们的指环
至今在我手上闪亮,每当
我给深渊里的树解开头发,
好让更丰饶的洪水响彻深谷——,
以三者中第一人的名义[2],
他曾失声大叫
该去那边生活了,而他的话语先他而到[3],
以第二人的名义,他边看边哭,
以第三人的名义,他
在中间堆起白石,——
我为你赦罪
免去那淹没我们的"阿门",
挣脱它周围的寒光,
无论何处,只要它高塔入海,
无论何处,只要那灰色物,那鸽子
啄起名字[4]

---

1 初稿此句作 die einander befehden, solang / der Himmel hinabsteigt ins Grab | der Gefühle [他们彼此争闹,只要/天堂塌下来掉进情感的坟墓]。参看《全集》HKA 本,卷 4/2,前揭,第 126 页。

2 初稿此句以下至"寒光"曾拟作 im Namen des Auf und des Ab, / und im Namen des Steins in der Mitte : / sei frei hinfort / von Eid und Gelöbnis, / tritt / hervor [以高和低的名义,/以中间那块石头的名义:愿你从此不再受/起誓和守约的束缚,/走/出来吧]。图宾根本 TCA/VS,第 58 页;HKA 本卷 4/2,第 127 页。

3 此语以 es gelten 句式引出,颇有命运的意味。犹言人知其命数已到,该去其所知的归宿了。第三稿(Nachlaß Max Rychner)作 als es zu leben galt dort, wo hinwies sein | Wort [该去那边生活了,到他的话语明示的 | 地方]。dort,那边,句中有彼岸之意。参看《全集》HKA 本,卷 4/2,前揭,第 128 页。

4 第三稿(Nachlaß Max Rychner)此句作 aufliest die Namen [拾起名字]。参看图宾根本 TCA/VS,前揭,第 61 页;《全集》HKA 本,卷 4/2,前揭,第 128 页。

aufpickt die Namen
diesseits und jenseits des Sterbens:
Du bleibst, du bleibst, du bleibst
einer Toten Kind,
geweiht dem Nein meiner Sehnsucht,
vermählt einer Schrunde der Zeit,
vor die mich das Mutterwort führte,
auf daß ein einziges Mal
erzittre die Hand,
die je und je mir ans Herz greift!

在死亡的这边和那边:
你就是,依然是,始终是
一个亡人的孩子,
遥以祭我伤逝之"不",
嫁给了时间的一个裂隙,
而母亲的话总是把我领上前去,
为的是哪怕一次
手的颤抖,
时时揪住我的心!

MIT WECHSELNDEM SCHLÜSSEL

Mit wechselndem Schlüssel
schließt du das Haus auf, darin
der Schnee des Verschwiegenen treibt.
Je nach dem Blut, das dir quillt

带上一把可变的钥匙

带上一把可变的钥匙[1]，
你打开家，那里面
飘着寂灭之物的雪花。
随着那血，涌出你的

---

* 策兰前期作品中的名篇，也是其修改最用心的作品之一。今存手稿、打字稿和副本共 13 份，见于马尔赫德意志文学档案馆藏策兰手稿，以及耶内氏（Jené/Slg. Felstiner）、巴赫曼（IB-ÖNB 8149）等私人藏稿，均未标注日期。根据策兰本人在其《从门槛到门槛》（1960 年第二版）手头用书中追记，此诗作于 1953/54 年。最初发表于斯图加特文化月刊《水星》（*Merkur*）1954 年第八期。关于诗题（亦是诗集第二小辑总题）的来源，参看策兰读《巴门尼德残篇》（Περὶ φύσεως，通译《论自然》）所作批注："那里有一道门，昼和夜都经过它。这门，上面高高的门楣，下面石做的门槛，中间是两扇严严实实的门板，兀自立在以太的高处。司报应女神狄刻掌管着开门的钥匙，一把可变的钥匙。"详见策兰藏书《前苏格拉底著作残篇疏解》（*Die Vorsokratiker. Fragmente und Quellenberichte*），Wilhelm Capelle 译注本，Kröner 出版社，斯图加特，1953 年，第 163 页（文下横线为策兰所加），转引自策兰全集图宾根本 TCA/VS，前揭，第 65 页；亦可参看《保罗·策兰的哲学书架》（*Paul Celan, la bibliothèque philosophique*），亚历山德拉·李希特等编，前揭，第 8 页。

1 可变的钥匙：德文 wechselnder Schlüssel；在《巴门尼德残篇》里此语原文为 κληῖδας ἀμοιβούς（Frag. 1:14）；希腊文 ἀμοιβούς 指相应的、替代的、可变换的。《残篇》中的可变钥匙由正义女神狄刻（Δίκη）掌管，可视不同情况打开昼和夜穿行的以太大门。

译按：此诗十三份手稿中，前六稿构思着重于远离故乡的人如何打开家园的大门，思路与定稿有很大的不同。初稿（AC2,53）全诗曾拟作：

Weitab von Höfen und Brunnen, / weitab vom Haus, dessen Tür / du aufschlosst mit wechselndem Schlüssel / von Jahr zu Jahr, je nach dem Dunkel, das quoll / aus Aug oder Ohr, – <oder Mund> / weitab von Höfen und Brunnen / springt die Flut, die den Abend an Land wirft schwemmt, [den fisch-] / [den Abend] [äugigen Abend] dicht vor den Herd, den du fütterst / mit Gestein und Abergestein, / mit Schlacke und [Schweiss] Flugsand 〔远离庭院和水井，／远离家宅，宅门／你已经打开，用一把可变的钥匙／一年年，随着那黑暗／涌出眼睛或耳朵，——〈或嘴〉／远离庭院和水井／潮水依旧东流，冲刷着把黄昏投向陆地，〔鱼儿的－〕／〔黄昏〕〔眨巴着眼睛的黄昏〕／苍茫地投到灶前，你要给炉膛添柴薪／添点顽石和灵岩，／添点炉渣和〔汗水〕飞沙〕。详见图宾根本 TCA/VS，前揭，第 62-64 页；《全集》HKA 本，卷 4/2，前揭，第 132-137 页。

aus Aug oder Mund oder Ohr,
wechselt dein Schlüssel.

Wechselt dein Schlüssel, wechselt das Wort,
das treiben darf mit den Flocken.
Je nach dem Wind, der dich fortstößt,
ballt um das Wort sich der Schnee.

眼睛，你的嘴或耳朵，
你的钥匙在变。

你钥匙在变，词在变，
它能跟雪花飞舞¹。
随着那风，纵然它推开你，
雪依旧绕着词吹积成团。

---

1 第七稿（AC2,47）此句一度拟作 das du den Floken hinzufügst[你把它（词）揉进雪花]。
参看图宾根本 TCA/VS，前揭，第 65 页；《全集》HKA 本，卷 4/2，前揭，第 137 页。

HIER

Hier – das meint hier, wo die Kirschblüte schwärzer sein will als dort.
Hier – das meint diese Hand, die ihr hilft, es zu sein.
Hier – das meint jenes Schiff, auf dem ich den Sandstrom heraufkam:
vertäut
liegt es im Schlaf, den du streutest.

Hier – das meint einen Mann, den ich kenne:
seine Schläfe ist weiß,
wie die Glut, die er löschte.
Er warf mir sein Glas an die Stirn
und kam,
als ein Jahr herum war,
die Narbe zu küssen.
Er sprach den Fluch und den Segen
und sprach nicht wieder seither.

Hier – das meint diese Stadt,

这里

这里——意味此地的樱花将开得比那边的黑。
这里——意味着这只手,能成全它[1]。
这里——意味着这条船,我曾驾着它驶出流沙:
它停泊了
躺在你散发的睡眠里[2]。

这里——指的是一个人,我认识的:
他鬓角花白,
像他熄灭了的炭火。
他曾举杯摔来打了我的额头
而后,
大约过了一年,
又来吻我的伤疤。
他唸了咒文和祝福
从此不再言语。

这里——说的是这座城,

---

* 策兰1950年代作品。今存打字稿及副本共5份,见于马尔巴赫德意志文学档案馆藏策兰手稿,亦见于耶内氏(Jené/Slg. Felstiner)、李希奈(Max Rychner)和派施克(Hans Paeschke)等私人藏稿。策兰本人在其《从门槛到门槛》(1960年第二版)手头用书中追记: 此诗作于"1953年/(巴黎)学院街"。最初发表于维也纳诗歌双月刊《阿尔法》(*alpha*)1955年5月号(I. Jg., Folge 4, 总第一卷第四期)。
1 初稿(AA1.1,3)此句作 Hier – das meint rot: rot wie der Traum, in den | unser Stern sich verbiss [这里——意味着红: 红得像那个梦, | 我们的星曾咬住它不放]。参看图宾根本TCA/VS,前揭,第66页;《全集》HKA本,卷4/2,前揭,第140页。
2 初稿此句曾拟作 es liegt nun vertäut im Weizen [如今停泊在麦地里]。同上。

die von dir und der Wolke regiert wird,
von ihren Abenden her.

如今由你和云雾来统治[1],
每到暮色苍茫时。

---

[1] 初稿尾声一度拟作 die nun von dir und der Wolke regiert wird [:] / [eine Spur läuft mitten durch sie – / so fein, als käm sie von dort.]〖如今由你和云雾来统治〘：〙/〘一道足迹奔跑着穿过城中心——/那么的纤细,仿佛来自彼方。〙〗同上。

STILLEBEN

Kerze bei Kerze, Schimmer bei Schimmer, Schein bei Schein.

Und dies hier, darunter: ein Aug,
ungepaart und geschlossen,
das Späte bewimpernd, das anbrach,
ohne der Abend zu sein.

Davor das Fremde, des Gast du hier bist:
die lichtlose Distel,
mit der das Dunkel die Seinen bedenkt,
aus der Ferne,
um unvergessen zu bleiben.

Und dies noch, verschollen im Tauben:
der Mund,
versteint und verbissen in Steine,
angerufen vom Meer,
das sein Eis die Jahre hinanwälzt.

静物

烛中烛，烨中烨，幻影中的幻影。

而这个，在下面：一只眼，
不成对，闭着，
却让晚来者拥有睫毛，露出头脸，
没有变成夜色。

前面这生番[1]，你是他的访客：
无光的飞廉草，
黑暗将它送给它的家人，
自远方[2]，
好让它不被遗忘。

还有这个，在聋聩中下落不明的：
嘴，
化成石头了还在石里强忍，
而海千呼万唤，
年年岁岁把它的冰打上来。

---

* 1953年7月19日作于巴黎大区伊夫里小镇（Evry-Petit-Bourg, 今名 Evry）。今存手稿、打字稿及副本多份，藏马尔巴赫德意志文学档案馆。
1 **生番**：原文为中性名词化形容词 das Fremde；通常表示抽象事物。书稿校样中一度写作 der Fremde（指人）。参看《全集》HKA 本，卷 4/2，前揭，第 144 页校注。
2 据图宾根本，此句"远方"一词后面所加逗号，出版社编校以为累赘，曾建议删除。策兰去信（1955年5月24日）解释说："我觉得，以此种方式'远方'可以赢得更广空间。"参看 TCA/VS，前揭，第 69 页脚注。

UND DAS SCHÖNE

Und das schöne, das du rauftest, und das Haar,
das du raufst:
welcher Kamm
kämmt es wieder glatt, das schöne Haar?
Welcher Kamm
in wessen Hand?

Und die Steine, die du häuftest,
die du häufst:
wohin werfen sie die Schatten,
und wie weit?

Und der Wind, der drüber hinstreicht,
und der Wind:
rafft er dieser Schatten einen,
mißt er ihn dir zu?

而那种美丽

而那种美丽，你扯下来的，那头发，
你揪下来的：
什么样的梳子
能把这秀发梳得这么光滑？
什么梳子
拿在谁的手里？

而那石，你垒起的，
你还在垒¹：
它们把影子投向何处，
能投多远？

而那风，从石上吹过，
那风：
能否从那些影子中抓住一个，
给你也裁个影儿？

---

* 此诗确切写作年代不详。今存打字稿和副本共 6 份，见于马尔巴赫德意志文学档案馆藏策兰手稿，亦见于李希奈（Nachlaß Max Rychner）和巴赫曼（IB-ÖNB）藏稿，均未标注日期。吉赛尔·策兰－莱特朗奇 1954 年 3 月 25 日写给丈夫的一封信（未寄出）提及这首诗（见 *PC/GCL* 通信集，卷 II，第 78 页）。另外，此诗标题亦见于策兰 1954 年 7 月底为诗集起草的一份篇目。最初发表于斯图加特文化月刊《水星》（*Merkur*）1954 年 12 月号。
1 指坟头垒石。犹太古俗，在坟头或墓碑上置石，以祭先人或悼念死者。今仍见。

WALDIG

Waldig, von Hirschen georgelt,
umdrängt die Welt nun das Wort,
das auf den Lippen dir säumt,
durchglüht von gefristetem Sommer.

Sie hebt es hinweg und du folgst ihm,

其林蔼蔼

其林蔼蔼，有鹿叫春[1]，
世界围上来逼迫这个词，
它在你唇上游移不决，
被苦熬之夏烧得通红。

人世要勾消它[2] 而你跟在它后面，

---

* 此诗写作年代不详。今存打字稿和副本共 10 份，见于马尔巴赫德意志文学档案馆藏策兰手稿，亦见于耶内氏（Jené/Slg. Felstiner）、李希奈（Nachlaß Max Rychner）、柯切尔（Privatbesitz Jürgen Köchel）等私人藏稿，均未标注日期。耶内氏藏稿背面有 1953 年 9 月起草的《葡萄农》一诗打字稿，估计两诗为同期作品。策兰在其《从门槛到门槛》（1960 年第二版）手头用书中仅记此诗作于巴黎西南郊镇罗什弗尔（Rochefort-en-Yvelines）。标题一度考虑拟作 Nirgends der Nester[乌有之巢]，参看《全集》HKA 本，卷 4/2，前揭，第 151 页。

1 据策兰文稿编辑人之一施特凡·赖歇特（Stefan Reichert）1987 年提供的一份散稿影印件，策兰读过的一本海德格尔著作《论真理的本质》（*Vom Wesen der Wahrheit*）内封有其铅笔手迹：Waldig, von Hirschen georgelt [其林蔼蔼，有鹿叫春]。扉页注有购书日期"1953 年 9 月"。这个简短笔记出处不详，可能是此诗题意的最早来源。参看《全集》HKA 本，卷 4/2，同上。

2 第三稿（Jené/Slg. Felstiner）此句作 sie ruft es hinweg [人世喝令它走开]。译按：句中复合词 hinwegrufen 有"责令走开"、"打发"、"赶走"、"抹杀"（与 hinwegschaffen 同）等释义。这个中心诗句在前二稿有较多的叙述。第一稿（AC2,39）以"翠鸟啼鸣"开篇，围绕人世（世界）这个主题展开：Schrei des Eisvogels neben der Welt, / die waldig herankam / mit orgelnden Hirschen / die das Ratlose auf deinen Lippen / hinweggrief ins schwelende Dunkel / stärkerer Laute –: // sie gabs dir zurück, / sie gab es dem Rot deiner Lippe zurück / inmitten des glühenden Abends, / der deinen Arm ums Heidekraut bog, von dem du nun weisst, dass es das Meer ist, / das Meer mit den Glockenbojen, / die alle vernehmen, die nebelher kommen / und nebelhin ziehn / in der Eintags–Arche – // Schrei des Eisvogels neben der Welt und dem Wasser, / das es auch dir / vorhält als Spiegel [翠鸟啼鸣，在人世附近，/ 人世又郁郁葱葱的走来 / 还带着叫春的牝鹿 / 它把你唇上的迷惘 / 打发到声音更强的 / 欲灭还燃的黑暗里 ——：/ 它把这迷惘退还给你，/ 退还给燃烧的暮色中 / 你唇上的那片红，/ 而黄昏使你手臂弯下来抱住那蓬石（转下页注）

du folgst ihm und strauchelst – du spürst,
wie ein Wind, dem du lange vertrautest,
dir den Arm ums Heidekraut biegt:

wer schlafher kam
und schlafhin sich wandte,
darf das Verwunschene wiegen.

Du wiegst es hinab zu den Wassern,
darin sich der Eisvogel spiegelt,
nahe am Nirgends der Nester.

Du wiegst es hinab durch die Schneise,
die tief in der Baumglut nach Schnee giert,
du wiegst es hinüber zum Wort,
das dort nennt, was schon weiß ist an dir.

你跟在后面跌跌绊绊¹——你感觉到，
好像一阵风，你信赖已久的风，
吹弯你的手臂搂住那蓬石楠：

谁从睡眠中来
又折回睡眠中去，
谁就能摇那中魔者。

你摇他摇到水下，
水里映出翠鸟²，
在乌有之巢旁。

你摇他摇到林中路，
路在树木的红光深处渴望着雪，
你摇他摇到那个词，
它在那里道出你身上变白的东西。

（接上页注）楠，/于是你得知，/那就是汪洋大海，/海上有铃声浮标，/浮标什么都知道，它们雾蒙蒙的来/又雾蒙蒙的远去/在一日方舟里——//翠鸟在人世附近的水边啼鸣，/流水也把它当成镜子，拿到你面前］。又"唇上的迷惘"句（第 4-6 行），第二稿（AC2,40）曾拟作 die deine Lippen hinwegrief / zu ungedeuten Lauten［它（人世）把你的嘴唇/打成不明不白的声音］。参看图宾根本 TCA/VS，前揭，第 72 页；《全集》HKA 本，卷 4/2，前揭，第 148-149 页。
1 此句第四稿（Nachlaß Max Rychner）作 du folgst ihm nicht weit［你没有跟得很远］。参看图宾根本 TCA/VS，前揭，第 73 页；《全集》HKA 本，卷 4/2，前揭，第 150 页。
2 翠鸟（Eisvogel）：佛法僧目翠鸟科鸟类，学名 Alcedo，分布于欧亚大陆、非洲以及南亚次大陆等地（欧洲常见者为典型的普通翠鸟 Alcedo atthis），因头部和背部有发出金属般蓝光的翠羽而得名。翠鸟多栖水泽，以小鱼和水生昆虫为食；其喙长而坚硬，能在溪流边的土崖上凿穴为巢；亦能贴着水面飞行，或从高处扎入水中觅食。

ABEND DER WORTE

Abend der Worte – Rutengänger im Stillen!
Ein Schritt und noch einer,
ein dritter, des Spur
dein Schatten nicht tilgt:

die Narbe der Zeit
tut sich auf
und setzt das Land unter Blut –
Die Doggen der Wortnacht, die Doggen
schlagen nun an

词语的黄昏

词语的黄昏——静界的卜水者[1]！
一步，又一步，
三步，这足迹
你的影子抹不去：

时间的伤口
裂开了
将大地浸入血泊——[2]
词语黑夜的猛犬，那些猛犬
现在发出狂叫

---

* 此诗具体写作年代不详，可能作于1953年或1954年。今存打字稿及副本10份，见于埃里克·策兰（Besitz Eric Celan）、耶内氏（jené/Slg. Felstiner）和李希奈（Nachlaß Max Rychner）等私人藏稿，以及马尔巴赫德意志文学档案馆藏策兰手稿。策兰在其《从门槛到门槛》（1960年第二版）手头用书中追记："Frankfurter R-schau, Godo Remszhardt / 53"["1953年/《法兰克福评论报》，戈多·伦茨哈特"]。译按：策兰追记有误；当我1954年春（3月23日至4月9日）其应邀前往德国南部多座城市访问期间，曾在法兰克福美术馆（Frankfurter Kunstkabinett）朗诵这首诗；《法兰克福评论报》评论员戈多·伦茨哈特曾在该报（1954年3月31日，总第76期）撰文以"静界的卜水者"（*Rutengänger im Stillen*）为题报道和评论策兰的诗和朗诵会。

[1] 卜水者（Rutengänger）：旧指持树杈叩问地下水源的卜师；今指水源探测者。译按：句中副词短语 im Stillen，通常释义为 "悄悄地"、"暗自地"、"不露声色" 等，修饰行为动作（与 verborgen, geheim, heimlich 同义）。策兰在此似乎更强调 das Stille 这个中性词本身的内涵，或指寂静之物，寂灭之物（das Verschwiegene），或指静界，死界（das Land der Toten），后义与 die Stille 同（Stille als Bezeichnung für Tod und Grab, vielfach örtlich empfunden, als 'Totenreich'），参看《格林氏德语大词典》相关词条。另参看圣经旧约："死人不能赞美耶和华，/下到寂静中的也不能。"（《诗篇》115:17）

[2] 初稿（Besitz Eric Celan）此句作 und entlässt den schlummernden Blutstrahl -［放出混沌的血光——］详见图宾根本 TCA/VS，Suhrkamp 出版社，前揭，第74页；《全集》HKA 本，卷4/2，Suhrkamp 出版社，前揭，第154页。

mitten in dir:
sie feiern den wilderen Durst,
den wilderen Hunger...

Ein letzter Mond springt dir bei:
einen langen silbernen Knochen
– nackt wie der Weg, den du kamst –
wirft er unter die Meute,
doch rettets dich nicht:
der Strahl, den du wecktest,
schäumt näher heran,
und obenauf schwimmt eine Frucht,
in die du vor Jahren gebissen.

在你胸腔:
它们要庆贺更狂暴的欲望,
更野性的饥饿……

最后一个月亮赶来相助:
把一根又长又亮的银色白骨
——光得如同你走来的路——
抛到狗群中间,
还是救不了你:
你唤醒的那道光线[1],
泛着泡沫移过来,
上面漂浮着一粒果实,
多年前你啃过一口。

---

[1] 尾声四行,初稿一度拟作 [eine rote Fontäne] / [schäumt schon den Mäulern entgegen.] [〖一座红色喷泉〗/〖已经在对着那些嘴脸喷溅。〗] 同一稿本改作 den Strahl, den du wecktest, / umwuchert [das] [ein werbendes /] Fruchtfleisch [der Wunden.] [你唤醒的那道光线, / 长出了〖一块招摇过市的/〗〖伤疤〗果肉。] 后半句同一稿本复改作 umwucher das geile / Fleisch der gefangenen Stunde / <Fleisch des Gesagten> [长出了落魄之年的/赘肉/〈老生常谈的浮肉〉]。译按:句中 umwucher 原文如此,疑是 umwuchert 之误。结尾两行第二稿(jené/Slg. Felstiner)再度改作 und obenauf schwimmt eine Frucht, / in die du – lallend – gebissen. [上面浮着一粒果实, / 你曾经——唧喽着——啃过一口。] 参看图宾根本 TCA/VS,前揭,第74-75页;《全集》HKA 本,卷4/2,前揭,第154-155页。

DIE HALDE

Neben mir lebst du, gleich mir:
als ein Stein
in der eingesunkenen Wange der Nacht.

O diese Halde, Geliebte,
wo wir pausenlos rollen,
wir Steine,
von Rinnsal zu Rinnsal.
Runder von Mal zu Mal.
Ähnlicher. Fremder.

O dieses trunkene Aug,
das hier umherirrt wie wir
und uns zuweilen
staunend in eins schaut.

山坡

你与我厮守,跟我一样:
像块石头
嵌在黑夜那凹陷的脸颊[1]。

爱人啊,这山坡,
我们不停的翻滚下来,
我们这些石头,
从山涧到山涧。
一次比一次圆。
更相像。更陌生。

啊,这只醉眼,
也像我们四下乱跑
有时大吃一惊
把我们当成了一个。

---

* 1954年秋作于法国南部滨海城市拉西奥塔(La Ciotat)。初稿草于《今晚》一诗笺纸背面。今存手稿和打字稿共3份,藏马尔巴赫德意志文学档案馆。最初发表于德国文学双月刊《文本与符号》1955年第一期。
1 初稿(AA1.2,5)此句作 in der eingesunkenen Wange des Himmels [嵌在天空凹陷的脸颊]。参看《全集》HKA本,卷4/2,前揭,第157页。

ICH WEISS

Und du, auch du –:
verpuppt.
Wie alles Nachtgewiegte.

Dies Flattern, Flügeln rings:
ich hörs – ich seh es nicht!

Und du,
wie alles Tagenthobene:
verpuppt.

Und Augen, die dich suchen.
Und mein Aug darunter.

Ein Blick:
ein Faden mehr, der dich umspinnt.

Dies späte, späte Licht.
Ich weiß: die Fäden glänzen.

我知道

你呀,你也——:
化成了蛹。
如同一切夜之轻摇者。

这扑簌声,在四周飞舞:
我听见了——却看不见!¹

而你,
如同被免除了白昼的一切:
化成了蛹。

可眼睛,在寻找你。
我的眼睛也在其中。

一道目光:
又多一根线,把你缠绕。

这迟来的,迟来的光。
我知道:根根都闪亮。

---

* 1954 年 7 月 29 日作于巴黎西南远郊伊夫林畔罗什弗尔镇(Rochefort-en-Yvelines)妻家"磨坊"(Moulin)庄园。今存打字稿和副本共 4 份,见于马尔巴赫德意志文学档案馆藏策兰手稿。初拟标题《茧》(Kokon)。
1 初稿(AC2,17)此句曾拟作 [Ich sah's, ich sah es einst!] 〚我见过,曾经见过!〛参看图宾根本 TCA/VS,前揭,第 78 页;《全集》HKA 本,卷 4/2,前揭,第 160 页。

DIE FELDER

Immer die eine, die Pappel
am Saum des Gedankens.
Immer der Finger, der aufragt
am Rain.

Weit schon davor
zögert die Furche im Abend.
Aber die Wolke:
sie zieht.

Immer das Aug.
Immer das Aug, dessen Lid
du aufschlägst beim Schein
seines gesenkten Geschwisters.
Immer dies Aug.

Immer dies Aug, dessen Blick
die eine, die Pappel umspinnt.

田野

永远那一棵,白杨
在思想的边缘。
永远那根手指,立在
田埂边 [1]。

之前早早
犁沟就已在黄昏中徘徊。
但见白云:
飘过。

永远这只眼。
永远这只眼,看见
沉沦姊妹的身影
你就抬起它的眼睑。
永远这只眼。

永远这只眼,目光丝丝
把那白杨,那一棵,缠住。

---

* 作于 1954 年 8 月 15 日。今存手稿 4 份,藏马尔巴赫德意志文学档案馆。
1 此诗最早稿本(-i-11,11)仅六行,已见全诗雏形:Dreimal die Pappel am Saum des Gedankens, / dreimal der Finger / Schwarz, wenn das Licht mich dorthinschickt / schwarz, wenn das Dunkel mich geleitet <(Geleit gibt)> // schwarz, wenn ich nicht mehr erkenn, | woraus ich gedacht. / Einwärts gekehrt das Weiße der Blätter. [思想边缘那棵三倍的白杨,/那根三倍的手指/黑了,当光把我送到那里/黑了,当黑暗伴我〈(为我送行)〉//黑了,当我再也记不得,|我从何想起。/叶瓣之白已折入内部。]译按:手稿末句"叶瓣"一词,图宾根本勘作"目光":Einwärts gekehrt das Weiße der Blickes [目光之白已折入内部]。可存一说。参看图宾根本 TCA/VS,前揭,第 80 页。

ANDENKEN

Feigengenährt sei das Herz,
darin sich die Stunde besinnt
auf das Mandelauge des Toten.
Feigengenährt.

Schroff, im Anhauch des Meers,
die gescheiterte
Stirne,
die Klippenschwester.

Und um dein Weißhaar vermehrt

回忆

愿这颗心能用无花果喂养，
好让心中的时光 [1]
回想起死者的杏仁眼。
用无花果喂养。

陡然峭立，在海的情调里 [2]，
那触礁的
额头，
成了礁石的姐妹。

而你，一头白发又新添了 [3]

---

* 1954 年 9 月 27 日作于法国南部海滨城市拉西奥塔（La Ciotat）。与《布列塔尼海滩》、《今晚》、《山坡》等为同年代作品。今存手稿、打字稿及副本共 9 份，见于马尔巴赫德意志文学档案馆藏策兰手稿以及伦茨（Hermann Lenz）等私人存稿。

1 初稿（AC1,1）首二句拟作 Feigengenährt, / das Herz, das Niederung zusinkt ［以无花果喂养，／心，这洼地也陷落了］。同一稿本复拟作 Feigengenährt diese Stunde, / aus der du emporstehst zu mir ［这无花果喂养的时光，／你从中出来站在我身旁］。参见图宾根本 TCA/VS，前揭，第 82 页；《全集》HKA 本，卷 4/2，前揭，第 166 页。

2 "海的情调"句：初稿作 das Meer: opalin ［海：乳白色的］。句下另有几行初拟诗句，当是第二节诗的初步构想：auf dem delischen Klippengrunde // schollernd und strudelnd // ? flammende Kien / flammender Kien // grunein <karstig> ［在提洛岛的礁石上 // 发出隆隆响声并涌起漩涡 // ? 燃烧的松脂木 / 闪着火焰的松脂木／又绿了〈喀斯特式的〉］。详见图宾根本 TAC/VS，前揭，第 82 页；《全集》HKA 本，卷 4/2，前揭，第 166 页。据图宾根本校注，此诗初稿部分素材来源于德国诗人博尔沙特（Rudolf Borchardt）翻译的爱奥尼古歌《得墨忒耳颂》（*Demeterlied*）。按：手稿中提及的提洛岛（Delos，希腊文 Δῆλος）系爱琴海上岛屿，希腊神话中女泰坦神勒托（Leto，希腊文 Λητώ）的居住地。勒托与宙斯结合，在提洛岛生下阿波罗和阿耳忒弥斯（据品达说两人是双胞胎）。

3 末节诗初稿曾拟作 in finsterer Falte / das umgeschwungene Jahrrund / die aufgeschollerte Flurmark / Zeitenbestundende, Königin Deo ［在更深暗的褶皱里／颤巍巍的（转下页注）

das Vlies
der sömmernden Wolke.

羊毛

那是夏季放牧的云。

(接上页注)……／麦然落定的地界／大地女神，经历着时间的考验]。此段异文 HKA 本未……仅见于图宾根校勘本 TAC/VS，前揭，第 82 页。第二稿（AC2,18）曾改作……im Monde, / beschneit von der / weißen / Wolle sömmernder Wolken [巨大，在……，／积雪般披着／白色的／羊毛，那是夏季放牧的云]。参看图宾根本 TCA/……前揭，第 82 页；《全集》HKA 本，卷 4/2，前揭，第 166-167 页。译按：句中……地女神"（原文 Königin Deo），指得墨忒耳（Demeter，希腊文 $Δημήτηρ$）又称……希腊文 $Δηώ$），奥林波斯十二主神之一，司农业、谷物和丰收，故被尊为地……$ημομήτηρ$），其形象通常被塑造成一手持麦穗一手持火炬。

到岛上去
INSELHIN

NÄCHTLICH GESCHÜRZT

Für Hannah und Hermann Lenz

Nächtlich geschürzt
die Lippen der Blumen,
gekreuzt und verschränkt
die Schäfte der Fichten,
ergraut das Moos, erschüttert der Stein,
erwacht zum endlichen Fluge
die Dohlen über dem Gletscher:

dies ist die Gegend, wo

夜里翘起

给汉娜和赫尔曼·伦茨[1]

夜里翘起
片片花唇[2],
云杉树干
相交复错落,
青苔变灰了,石头松动了,
冰川上的穴鸟
为无边的飞翔醒来:

就在这地方,歇息着

---

* 1952 年 9 月 9 日作于巴黎。今存手稿、打字稿及副本共 14 份,其中多份稿件系策兰寄给友人的诗稿,见于施罗尔斯(Nachlaß Rolf Schroers)、李希奈(Nachlaß Max Rychner)、巴赫曼(IB-ÖNB)和伦茨(Nachlaß Hermann Lenz)等私人藏稿。最初发表于伯尔尼国际艺术期刊《螺旋》(Spirale)1953 年第一期,不久又再次发表于法兰克福《新评论》(Die neue Rundschau)季刊 1955 年第二期;两次发表均无无题词。
1 策兰 1952 年 6 月在斯图加特结识伦茨夫妇,此后双方成为挚交,往来及通信长达十年。此诗题词系策兰 1954 年 4 月将一份手稿寄赠伦茨夫妇时所加(今藏慕尼黑巴伐利亚州立图书馆)。题词中,策兰按犹太人姓名习惯,将汉娜的名字 Hanne 写成 Hannah。参看本书中译本前言第 1 页注 2。
2 此指唇形花在夜里绽开,花瓣翻翘上来。据赫尔曼·伦茨回忆,他和妻子 1954 年在家中接待策兰期间,三人一起郊游去了费尔巴哈山谷;"策兰熟悉山谷里的一花一草;还采了一束小米草给我的妻子,一种又小又白的唇形花。那是一个云淡天青的春日。返回家中,他对我们说:'我想今后就和你们以"你"相称呼吧。'说完,他给我们朗诵了《夜里翘起》这首诗。"参看赫尔曼·伦茨在策兰去世多年后撰写的纪念文章《回忆保罗·策兰》,载汉马赫(Werner Hamacher)和曼宁豪斯(Winfried Menninghaus)主编《保罗·策兰纪念集》(Paul Celan),Suhrkamp 出版社,法兰克福,1988 年,第 315 页以下。译按:费尔巴哈山谷(Das Feuerbacher Tal)位于斯图加特西北郊,以风景旖丽著称。伦茨文中所称"小米草"(Augentrost)非唇形花科植物,而是玄参科植物,但亦开唇形花。

rasten, die wir ereilt:

sie werden die Stunde nicht nennen,
die Flocken nicht zählen,
den Wassern nicht folgen ans Wehr.

Sie stehen getrennt in der Welt,
ein jeglicher bei seiner Nacht,
ein jeglicher bei seinem Tode,
unwirsch, barhaupt, bereift
von Nahem und Fernem.

Sie tragen die Schuld ab, die ihren Ursprung beseelte,
sie tragen sie ab an ein Wort,
das zu Unrecht besteht, wie der Sommer.

Ein Wort – du weißt:
eine Leiche.

Laß uns sie waschen,
laß uns sie kämmen,
laß uns ihr Aug
himmelwärts wenden.

我们碰见的人:

他们不会说时间,
不数雪花,
也不会顺着流水走到水坝。

他们孤苦伶仃在世上,
各宿各的夜,
各守各的死,
脾气不好,光着头,披着
近的和遥远的霜。

他们还债,与生俱来的灵魂债,
他们向一个词还债,
这词毫无道理,就像夏天。

一个词——你知道:
一具尸体[1]。

我们来给它洗一洗,
我们来给它梳头,
我们来转动它的眼珠
把它转向天空。

---

[1] 德语 Leiche [尸体] 一词,在印刷行业用语里指漏排的字词。策兰在此将"词"与"尸"互用,犹言一个词就是一具尸体,指被文明世界遗忘的死者。

AUGE DER ZEIT

Dies ist das Auge der Zeit:
es blickt scheel
unter siebenfarbener Braue.
Sein Lid wird von Feuern gewaschen,
seine Träne ist Dampf.

Der blinde Stern fliegt es an
und zerschmilzt an der heißeren Wimper:
es wird warm in der Welt,
und die Toten
knospen und blühen.

时间之眸

此乃时间之眸:
它斜着
在七彩的眉下。
它的眼睑被火洗涤,
它的泪就是蒸汽。

盲星朝它飞来,
熔化在更炽热的睫毛上:
人间天暖了,
死者
也要发芽开花。

---

* 此诗写作年代不详。今存打字稿和副本 7 份,见于马尔巴赫德意志文学档案馆藏策兰手稿以及耶内氏(Jené/Slg. Felstiner)、李希奈(Max Rychner)和派施克(Hans Paeschke)等私人藏稿,均未标注日期。据图宾根校勘本,此诗当是 1954 年春之前的作品,德国作家、翻译家和出版人约阿希姆·莫拉斯(Joachim Moras, 1902–1961)1954 年 4 月 5 日收到由他人转达的一组诗稿中就有这首诗。参看 TCA/VS,Suhrkamp 出版社,前揭,第 89 页校注。

FLÜGELNACHT

Flügelnacht, weither gekommen und nun
für immer gespannt
über Kreide und Kalk.
Kiesel, abgrundhin rollend.
Schnee. Und mehr noch des Weißen.

Unsichtbar,
was braun schien,
gedankenfarben und wild
überwuchert von Worten.

Kalk ist und Kreide.
Und Kiesel.
Schnee. Und mehr noch des Weißen.

翅夜

翅夜，自远方来并从此
永远的绷紧了
在白垩和石灰上。
卵石，滚向山谷。
雪。更是白中之白。

隐而不露[1]，
那看上去褐色的，
披着思想的色彩且野蛮地
丛生着荒秽的词语。

有石灰和白垩[2]。
还有卵石。
雪。更是白中之白。

---

* 此诗写作年代不详，估计作于1954年夏秋之间。今存手稿、打字稿及副本6份，分别见于马尔巴赫德意志文学档案馆藏策兰手稿、慕尼黑巴伐利亚州立图书馆藏伦茨存稿（Nachlaß Hermann Lenz）以及柯切尔私人藏稿（Privatbesitz Jürgen Köchel），均未标注日期；其中柯切尔藏稿系策兰1954年圣诞节寄给德国出版人施威林（Christoph Schwerin）的稿件。据DLA藏稿，此诗标题见于策兰本人1954年7月23日为诗集《从门槛到门槛》厘订的一份篇目（参看HKA本，前揭，第40页；图宾根本TCA/VS，前揭，第114页）。
1 初稿（AC2,16）此句曾拟作 [Geschwunden,] [Erloschen,] unsichtbar, [〖消失了，〗〖湮灭了，〗不可见]。参看图宾根本TCA/VS, Suhrkamp出版社，前揭，第90页；《全集》HKA本，卷4/2, Suhrkamp出版社，前揭，第175页。
2 译按：策兰对标点符号的使用相当苛求。此句在定稿后的誊写本中原有逗号间开：Kalk ist, und Kreide. [有石灰，和白垩。] 最后看校样的时候，决定将逗号删除，并专门为此去信（1955年5月24日）向出版社编辑解释："（这个逗号）用在这里的确不合规范，我原是想借此来稍稍加强诗行的断奏（Stakkato）。当然您是对的：逗号放在这个位置并不合适。"参看图宾根本TCA/VS，前揭，第91页。

Du, du selbst:
in das fremde
Auge gebettet, das dies
überblickt.

你呢,你[1]:
栖在那只
陌生的眼里,借它
鸟瞰了这一切。

---

[1] 初稿此句上方原有一行划去的单独诗句,应是最初构思的尾声段落起首句:Was dich durchzuckt:［你身上一闪而过的：］。译按:第四节诗在初稿(AC2,16)中原是全诗第二节,定稿时移作尾声。参看图宾根本 TCA/VS,Suhrkamp 出版社,前揭,第 90 页;《全集》HKA 本,卷 4/2,Suhrkamp 出版社,前揭,第 175 页。

WELCHEN DER STEINE DU HEBST

Welchen der Steine du hebst –
du entblößt,
die des Schutzes der Steine bedürfen:
nackt,
erneuern sie nun die Verflechtung.

Welchen der Bäume du fällst –
du zimmerst
die Bettstatt, darauf
die Seelen sich abermals stauen,
als schütterte nicht
auch dieser
Äon.

Welches der Worte du sprichst –
du dankst
dem Verderben.

不管掀起哪块石

不管掀起哪块石——
你都暴露了
需要石头保护的人：
赤裸，
他们又要修补篱垣[1]。

不管砍倒什么树——
你都是在打造
床架，上面
重又挤满一堆魂灵，
仿佛从未摇晃
这
永世之物[2]。

不管说出什么词——
你都是在报答
朽。

---

* 此诗具体写作年代不详，见于策兰 1954 年 7 月 23 日为诗集《从门槛到门槛》厘订的一份篇目（参看 HKA 本，前揭，第 40 页；图宾根本 TCA/VS，前揭，第 114 页）。另据 HKA 本校勘者注，策兰本人在其 "学生文库" 版《诗选》（*Paul Celan: Gedichte. Eine Auswahl*, S. Fischer 出版社 1965 年版）中追记，此诗作于 "1953/54 年"。今存打字稿和副本各一份，藏马尔巴赫德意志文学档案馆，稿面无改动痕迹，当是一气呵成之作。
1 篱垣：原文 Verflechtung，指用枝条、藤子、竹篾或丝绳等编织成蓆或篱笆；亦指此类编织物。诗中指草墙、篱垣一类护障；或泛指一切防护手段。
2 永世之物：原文 Äon，源自希腊文 αἰών，原义为 "生命力"，延伸为 "年龄"、"寿命"、"久远"、"永恒" 等概念。地质年代学上用指地质年表中最大的时间单位 "宙"。

IN MEMORIAM PAUL ELUARD

Lege dem Toten die Worte ins Grab,
die er sprach, um zu leben.
Bette sein Haupt zwischen sie,
laß ihn fühlen
die Zungen der Sehnsucht,
die Zangen.

Leg auf die Lider des Toten das Wort,
das er jenem verweigert,
der du zu ihm sagte,
das Wort,
an dem das Blut seines Herzens vorbeisprang,
als eine Hand, so nackt wie die seine,

纪念保罗·艾吕雅

把这些词放进死者坟墓，
那是他为生活说过的话。
把他的头枕放在词中间，
让他去感觉
那渴望的舌头，
火钳。

把这个词放在死者眼睑，
他曾拒绝一个人，
而那人称他为"你"，
这词，
他内心的血曾经奔涌而过，
当一只手，与他的一样赤裸[1]，

---

* 1952 年 11 月 21 日作于巴黎；系作者得悉法国诗人保罗·艾吕雅逝世（同年 11 月 18 日）后作。今存手稿、打字稿和副本共 9 份，见于马尔巴赫德意志文学档案馆藏策兰手稿，亦见于席瓦（Besitz Isac Chiva）、李希奈（Nachlaß Max Rychner）和巴赫曼（IB-ÖNB）等私人藏稿。较早的一份手稿（当是最初手稿）为铅笔字迹，写在一本《霍普金斯诗选》（*Poems of Gerard Manley Hopkins*, 伦敦 / 纽约 / 多伦多 1944 年版）封皮内页。最早与《示播列》一诗同时发表于德国文学双月刊《文本与符号》（*Texte und Zeichen*）1955 年第二期。关于此诗题旨，学界一致认为应是影射 1950 年的 "卡兰德拉事件"。译按：捷克作家、历史学家、诗人扎维斯·卡兰德拉（Záviš Kalandra）战前曾是艾吕雅（Paul Eluard, 1895–1952）的诗友和革命路上的同志，被捷克当局逮捕入狱并判死刑，于 1950 年 6 月 27 日以绞刑处死。当时，法国超现实主义诗人安德烈·布勒东（André Breton）曾发表公开信呼吁加入法共的著名诗人艾吕雅出面营救卡兰德拉，艾吕雅拒绝了这项请求。参看波拉克著《以诗歌对抗诗歌。策兰与文学》（*Poésie contre Poésie. Celan et la littérature*），PUF 出版社，巴黎，2001 年，第 159–160 页。
1 第三稿（AC3,16）此句作 als eine Hand, die er drückte ［当一只手，他握过的］。又上文 "这词" 以下五行，第二稿（Besitz Isac Chiva）拟作: das Wort, das er verweigerte einem, / der du zu ihm sagtest, / als er drückte die Hand, / die jenen,（转下页注）

jenen, der du zu ihm sagte,
in die Bäume der Zukunft knüpfte.

Leg ihm dies Wort auf die Lider:
vielleicht
tritt in sein Aug, das noch blau ist,
eine zweite, fremdere Bläue,
und jener, der du zu ihm sagte,
träumt mit ihm: Wir.

把那个称他为"你"的人
系于未来之树[1]。

请把这词放在他的眼睑：
也许
他那依然碧蓝的眼睛，会溢入
第二种更加陌生的蓝[2]，
那称他为"你"的人，
将和他一起梦见：我们。

（接上页注）der du zu ihm sagte, an die Galgen der Zukunft geknüpft［这词，他拒绝给予一个人，/那人称他为"你"，/而他却去握另一只手，/正是这另一只手，把那个称他为"你"的人/悬系未于来的绞架。］参看图宾根本 TCA/VS，前揭，第 94-95 页；《全集》HKA 本，卷 4/2，前揭，第 179-182 页。按："称你"者，亲切之谓。西俗中通常只有熟人或相识者才彼此以"你"相称呼（相对于"您"）。

1　未来之树：前八稿均作"未来的绞架"（Galgen der Zukunft），至定稿方改作"未来之树"。参看《全集》HKA 本，卷 4/2，前揭，第 179 页以下。"系"，原文 knüpfen，指用绳结或绳套系住。第五稿至第九稿一度改用 hinaufheben［举起，挂上］这个更直观的动词：zu den Galgen der Zukunft hinaufhob［送上未来的绞架］。据《格林氏德语大词典》，绞架（Galgen）一词，拉丁文释义 patibulum（古代缧奴受鞭刑的横木），其最早的词源可能来自古哥特语"树"或"枝干"，盖古时以树作绞刑架处死犯人，故德文又称 Galgenbaum 或 Galgenholz。诗中，"未来之树"实乃"未来的绞刑架"的另一说法。终稿将"绞刑架"改为"树"，指涉更广，不仅影射一个自命为"未来的"制度及其一整套意识形态建构，也影射那些至五十年代仍把斯大林集权制度视为人类未来的知识分子，包括艾吕雅这样曾经为"自由"呼吁的诗人在内。

2　第二种蓝：第一稿（铅笔稿）尾声四行曾拟作 füllt sich sein blaues / Aug mit de[r]m zweiten, [der] tieferen Bl[äue]au seiner Schuld / und jener, der du zu ihm sagte, / [denkt] träumt mit ihm: wir.［他那碧蓝的/眼睛，会溢满第二种来自其负罪感的更深的蓝/而那个称他为"你"的人，/将和他一起［回想］梦见：我们。］关于"第二种蓝"，策兰 1962 年 3 月 29 日就诗集《从门槛到门槛》中部分作品的编排意图致函德意志出版社（DVA）编辑部主任卡尔－埃伯哈特·费尔滕（Karl-Eberhardt Felten）做过如下补充解释："这首诗（《示播列》），与《纪念保罗·艾吕雅》摆在一起并不是偶然的；后一首，是随着艾吕雅而想起一位捷克诗人，这位捷克诗人在'布拉格审判'期间被判死刑，他的朋友艾吕雅却拒绝为他免于一死而求情。毕竟，这是由第二种更加陌生的蓝而来的，所以还是：我们。——待时机和情境允许，也许我会在下一个版本中也说出那人的（捷克语）名字。"转引自《全集》KG 本，2018 年修订版，第 727 页。

保罗·策兰手稿：《纪念保罗·艾吕雅》，草于旅馆信笺。

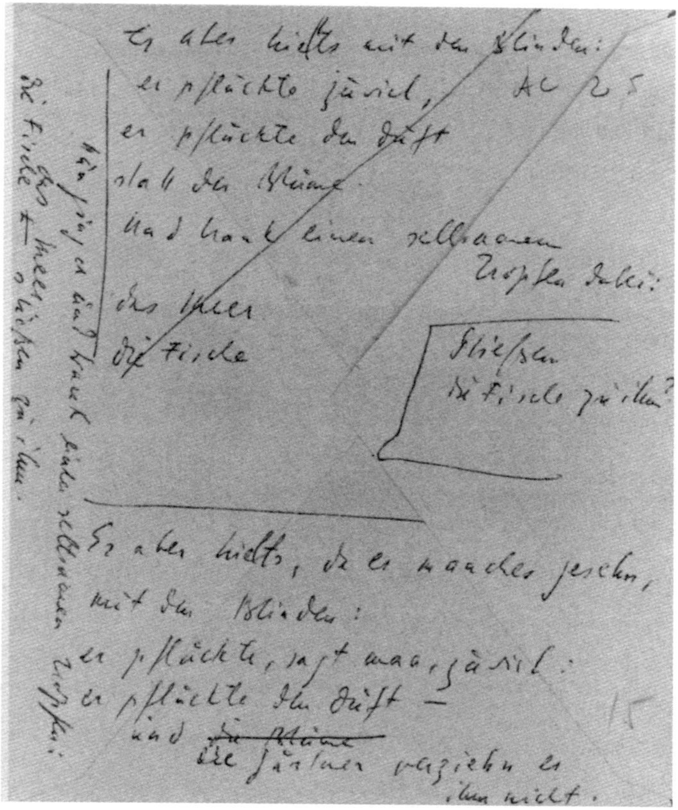

Entwurf zu *Kenotaph* © DLA Marbach

保罗·策兰手稿：《衣冠冢》，草于一旧信封背面（1954 年）。

SCHIBBOLETH

Mitsamt meinen Steinen,
den großgeweinten
hinter den Gittern,

schleiften sie mich
in die Mitte des Marktes,
dorthin,
wo die Fahne sich aufrollt, der ich
keinerlei Eid schwor.

示播列

连同我的石头,
铁栅后面
泪水灌大的石头,

他们把我
拖到菜市场中央,
到了那里,
旗帜已经展开,而我
不曾对它宣誓[1]。

---

* 1954年秋作于法国南部滨海城市拉西奥塔(La Ciotat)。今存原始手稿(钢笔稿)3份,打字稿4份。钢笔稿(原件为私人藏品,仅示复制件)见于本卷HKA本协编罗尔夫·毕希奈所辑"策兰早期手稿资料汇编",今藏马尔巴赫德意志文学档案馆。四份打字稿中,较早的一份系作者在巴黎的罗马尼亚裔友人伊萨克·席瓦(Isac Chiva, 1925−2012)所存,席瓦后来将之与策兰的来信一起以影印件公布于全球以色列人同盟会发行的《犹太教集刊》(Les cahiers du judaïsme) 2001年春季号(巴黎)。又此诗写至第四稿时,作者一度打算将它题献给奥地利诗人古登布伦纳(Michael Guttenbrunner, 1919−2004),后者战前是奥地利社会民主党人,参加过1934年的维也纳反法西斯起义。这篇作品最初与《纪念保罗·艾吕雅》一诗同时发表于德国文学双月刊《文本与符号》(Texte und Zeichen) 1955年第二期。

1 诗首二节,初稿(AE17,3)作 Mitsamt meinen Steinen / rückten sie mich / in die Mitte des Marktes, / dorthin, / wo die Galgen einst ragten / und heute / die Fahne sich aufrollt über / Schminke und Zukunftsgeschwätz. / [erschminkten Mündern,] [die schwatzen von Zukunft:] 〔连我带石 / 他们把我 / 推到菜市场中央, / 到了那里, / 绞架早已竖起 / 且今日 / 旗也展开了 / 为了粉饰和未来的废话。 / 〖涂脂抹粉的嘴脸, 〗〖未来的空话: 〗〕。第二稿拟作 Mitsamt meinen Steinen / rückten sie mich / in die Mitte des Marktes / Und entrollten die Fahnen, / der ich keinerlei Eid schwor / (der ich den Haßeid geschworen / im Namen der stillen, der Sprache〔连我带石 / 他们把我 / 推到菜市场中央 / 还展开了旗帜, / 而我不曾对它宣誓 (而我不曾对它发过仇恨的誓言 / 以寂静的,语言的名义) (按: 末句缺闭括号, 原文如此)。同一稿本中复拟作 Mitsamt meinen Steinen, den großgeweinten / inmitten des Jubels / <inmitten des (转下页注)

Flöte,
Doppelflöte der Nacht:
denke der dunklen
Zwillingsröte
in Wien und Madrid.

Setz deine Fahne auf Halbmast,
Erinnrung.
Auf Halbmast
für heute und immer.

Herz:
gib dich auch hier zu erkennen,
hier, in der Mitte des Marktes.
Ruf's, das Schibboleth, hinaus
in die Fremde der Heimat:

笛子,
夜的双音笛:
想想那黑暗的
孪生之红
在维也纳和马德里。

把你的旗降下半桅吧,
纪念。
下半旗
为了今天和永远。

心:
也在这里亮出来让人知,
在这里,在菜市场中央。
喊出示播列[1],大声喊
在祖国的异乡:

(接上页注) Trommelwirbels> / rückten sie mich / in die Mitte des Marktes. / So sucht ich ein Wort, / ein fremdes, das mir vertraut blieb: / No. No pasaran. [连同我的石头, / 泪水灌大的石头 / 在欢呼声中 / 〈在急鼓声中〉/ 他们把我 / 推到菜市场中央。/ 于是我寻找一个词, / 一个陌生的, 对我保持忠诚的词: / No. No Pasaran (不。休想通过)]。此稿边页另有一节手稿异文,疑是上文的一个修改片段: Und dachte, / derer, die mit mir geschwiegen, / und dachte: / Wien und Madrid. / Und dachte: / No. No pasaran. [并且想到了, / 那些跟我一起被迫沉默的人, / 并且想到了: / 维也纳和马德里。/ 并且想到了: / 不。休想通过。] 参看《全集》HKA本,卷4/2,前揭,第185-186页。

1 示播列 (Schibboleth): 希伯来语义为"穗子"、"河流"; 亦见于腓尼基语、犹太-阿拉米语、古叙利亚语,语义亦为"河流"、"穗子"或"橄榄枝"等。典出圣经旧约《士师记》(12:5-6): 时基列人与以法莲人争战, 以法莲人大败。为防以法莲败兵逃脱, 基列人把守约旦河渡口, 凡过河者, 皆命其说"示播列"。以法莲人咬音不准, 将"示播列"说成"西播列", 遂当即捉拿并诛杀于约旦河渡口。按: 以法莲人 (Ephraimiten) 即古代以色列人。据圣经记叙, 那时以法莲人被杀的, 有四万二千人 (《士师记》12:6; 联合圣经公会和合并)。"示播列"这个生死攸关的暗语遂成了西方语言文化中涉及标识、边界、分野、族群和归属的一个特殊隐喻。

Februar. No pasarán.

Einhorn:
du weißt um die Steine,
du weißt um die Wasser,
komm,
ich führ dich hinweg
zu den Stimmen
von Estremadura.

二月。No pasarán[1]。

独角兽：
你知道石头，
你知道流水，
来吧，
我要带你去
埃斯特雷马都拉的[2]
人声那里。

---

[1] No pasarán（西班牙语，意为"休想通过"）：西班牙内战（1936—1939）期间共和军誓死抵抗法西斯军队，在首都马德里以及巴伦西亚、巴塞罗那等各大城市的保卫战中所呼口号。又"示播列"这节诗，第二稿（AE17,1）曾拟作 Schibboleth / Gib dich zu erkennen: / Rufe das Schibboleth, / darin sich die Toten begegnen [示播列 / 让人知道你: / 大声喊出示播列，/ 死者听见会走到一起]。第三稿（ME17,2）复拟作 hier, in der Mitte des | Marktes, / [sprich] / Rufs, das Shibboleth, <hinaus[,]> / [hörbar] in die Fremde der Heimat: / No. No pasaran. [在这里，菜市场 | 中央，/ 〖说吧〗/ 喊出，示播列，〈大声喊〉/ 在祖国的异乡〖听得见〗: / 不。休想通过。] 参看《全集》HKA 本，卷 4/2，前揭，第 187—188 页。

[2] 埃斯特雷马都拉（Estremadura）：西班牙历史地理区，位于首都马德里西南至葡萄牙边界；1936 年西班牙人民阵线曾在这里建立根据地。关于这首诗的结束句，策兰 1964 年 1 月 15 日致友人葛哈特·基尔希霍夫（Gerhard Kirchhoff）信中解释："埃斯特雷马都拉是西班牙的埃斯特雷马都拉；人声指的是牧人的声音——来源是我曾听过的热尔曼妮·蒙泰罗（Germaine Montero, 1909-2000）唱的一首西班牙歌曲。已经很遥远了，几乎遥不可及了，还是那么真切。几乎遥不可及，但不是完全不可及。"参看《某种完全个人的东西》：保罗·策兰书信集（1934—1970）》，芭芭拉·魏德曼主编，Suhrkamp 出版社，柏林，2019 年，第 1 版，第 660 页。

译按：结束句"人声"（Stimme）一词，原指嗓音，亦泛指语声；定稿前诸稿多有斟酌，或作"牧人"，或作"山羊"，或作"见证人"；尾节段落诸稿行文亦有所不同。第二稿作 Nein, ihr erkaufts nicht, das Einhorn – / wie immer schreitet's einher / mit den Ziegen in Estremadura [不，你们收买不了它，那独角兽——/ 它始终会慢慢走来 / 带着山羊回到埃斯特雷马都拉]。第三稿（ME17,2）作 Und das um die Steine weiß, / das Einhorn: / führ es hinweg < zu den Zeugen[,] > / zu den Ziegen / von Estremadura [那了解石头的，/ 独角兽：/ 请把它带走吧〈带到见证人那里去〖，〗:〉/ 到埃斯特雷马都拉的 / 山羊那儿去。] 第四稿（AC4.1,24）复改作 du weißt [und] um die Wasser / komm, ich führ dich hinweg / zu den [Ziegen] Hirten / von Estr[a]madura [〖独角兽〗你知道流水，/ 来吧，我要你带到 / 埃斯特雷马都拉的 / 牧人那里]。参看《全集》HKA 本，卷 4/2，前揭，第 186—190 页。

WIR SEHEN DICH

Wir sehen dich, Himmel, wir sehn dich.
Pocke um Pocke
treibst du hervor,
Pustel um Pustel.
So mehrst du die Ewigkeit.

Wir sehen dich, Erde, wir sehn dich.
Seele um Seele
setzest du aus,
Schatten um Schatten.
So atmen die Brände der Zeit.

我们看见你

我们看见你,天堂,我们看见你。
痘疤接着痘疤,
你催生出来的,
脓疱连着脓疱。
你如此扩延着永恒。

我们看见你,大地,我们看见你。
魂灵跟着魂灵
被你遗弃,
影子跟着影子。
时间之火就这样呼吸 [1]。

---

* 此诗作于 1954 年 12 月 7 日。今见手稿和打字稿 5 份,藏马尔巴赫德意志文学档案馆。
1 第一稿(AC2,21)为铅笔写稿,无标题,亦未标注日期,行文与定稿有很大不同,然笔法似更灵活。全稿特移录如次,供读者参阅:Und der Himmel schenkt sich uns ganz: / Stern um Stern, Pocke um Pocke. / Pustel und Pustel // Und wir stehn, hauchdünn, die Seelen vorm Mund, / und trinken, was uns überflutet: / Gold und Schwärze und Eiter / und preisen den Stein, der ragte, / uns näherzubringen den Himmel – [而天堂完全忽略了我们:/ 一颗颗星,一个个痘疤。/ 脓疱和脓疱 // 我们站着,薄如青烟,灵魂跑到嘴巴前,/ 喝那淹没我们的东西:/ 金子、黑暗和脓血 / 还赞美突起的石,/ 以使我们更加靠近天空——] 此稿下方另有作者简短备注:*Char: / der menschgewordene Mensch* [夏尔:/ 成其为人者]。参看图宾根本 TCA/VS,前揭,第 98 页;《全集》HKA 本,卷 4/2,前揭,第 194 页。译按:此引诗句见于勒内·夏尔 1954 年发表的组诗《为蛇的健康干杯》(*A la santé du serpent*)第 26 首:La Poésie est de toutes les eaux claires celle qui s'attarde le moins aux reflets de ses ponts. // Poésie, la vie future à l'intérieur de l'homme requalifié [诗是所有清流中最不留恋桥影的水。// 诗,重新定义的人的内心未来生活]。策兰将法文 l'homme requalifié 翻译成德文 der menschgewordene Mensch [成其为人者]。requalifié 一词,在此当作"重新获得人的资格(资质、禀赋、才干、地位)"解;而作为经历过迫害和大屠杀等非人事件的犹太人,策兰对夏尔的这个诗句可能有更深的理解,当取"终于成为人"或"重新获得人的地位"之义。

KENOTAPH

Streu deine Blumen, Fremdling, streu sie getrost:
du reichst sie den Tiefen hinunter,
den Gärten.

Der hier liegen sollte, er liegt
nirgends. Doch liegt die Welt neben ihm.
Die Welt, die ihr Auge aufschlug
vor mancherlei Flor.

Er aber hielts, da er manches erblickt,
mit den Blinden:
er ging und pflückte zuviel:
er pflückte den Duft –
und die's sahn, verziehn es ihm nicht.

Nun ging er und trank einen seltsamen Tropfen:
das Meer.
Die Fische –
stießen die Fische zu ihm?

衣冠塚

撒下你的鲜花,异乡人,放心抛撒:
把花递到下面深处 [1],
给那些花园。

该躺在这里的人,他无处
寄身。可世界就在他的身旁。
世界,睁开它的眼睛
在繁花面前。

而他,虽然见过好多世面,
却愿与盲者为伍:
他去采集,采得太多:
他采集花香——
见了的人,都不肯原谅。

于是他走了,去饮奇特的一滴:
海洋。
鱼儿——
鱼儿都跑来找他?

---

* 1954 年 5 月 19 日作于巴黎。今存手稿、打字稿及副本 5 份,藏马尔巴赫德意志文学档案馆。最初发表于瑞士现代诗季刊《灵园》(*Hortulus*)1954 年第三期。
1 初稿(AC2,5)此句曾拟作 du gibst sie den Tiefen zurück [*把鲜花送还深渊*]。参看图宾根本 TCA/VS,前揭,第 100 页;《全集》HKA 本,卷 4/2,前揭,第 195 页。

SPRICH AUCH DU

Sprich auch du,
sprich als letzter,
sag deinen Spruch.

Sprich —
Doch scheide das Nein nicht vom Ja.
Gib deinem Spruch auch den Sinn:
gib ihm den Schatten.

Gib ihm Schatten genug,
gib ihm so viel,
als du um dich verteilt weißt zwischen
Mittnacht und Mittag und Mittnacht.

Blicke umher:

你也说

你也说,
最后一个说,
说出你的话¹。

说——
但不要把"不"与"是"分开。
也给你的话以感觉:
给它阴影。

给它足够的阴影,
给它那么多,
就如同你知道你的四周分成
午夜和正午和午夜。

四面看看吧²:

---

* 策兰最为人传诵的作品之一。具体写作年代不详,见于作者本人 1954 年 11 月 13 日寄给《文本与符号》杂志编辑阿尔弗雷德·安德施(Alfred Andersch,1914–1980)的一组诗稿,以及同一年代为诗集起草的一份篇目(详见图宾根本 TCA/VS,第 119 页;HKA 本,卷 4/2,第 43 页)。今存手稿、打字稿及副本共 7 份,见于马尔巴赫德意志文学档案馆藏策兰手稿;其中一份打字副本系耶内氏存稿(Jené/Slg. Felstiner)。
1 初稿(AC2,32)至第三稿此句作 Künde den Wahrspruch.[作出判断。] 参看图宾根本 TCA/VS,前揭,第 102 页;《全集》HKA 本,卷 4/2,前揭,第 199–201 页。
2 初稿此句以下至尾声曾拟作 Dann aber [e] reck dich empor – steiler! / Sieh, wie's um dich lebendig wird – sieh! / [Steige!] Steige Schattenumtobter, steige! / Steil dich hinan – dünner wirst du jetzt, feiner! / Feiner und feiner – ein Faden, / daran er heruntergleitet, der Stern, / um unten zu schwimmen, unten, / wo er sich glänzen sah, in der Dünung / von Nein und von Ja.[那就直起腰来——更加高峻! / 瞧,你周围多么活跃——看啊! /(转下页注)

sieh, wie's lebendig wird rings –
Beim Tode! Lebendig!
Wahr spricht, wer Schatten spricht.

Nun aber schrumpft der Ort, wo du stehst:
Wohin jetzt, Schattenentblößter, wohin?
Steige. Taste empor.
Dünner wirst du, unkenntlicher, feiner!
Feiner: ein Faden,
an dem er herab will, der Stern:
um unten zu schwimmen, unten,
wo er sich schimmern sieht: in der Dünung
wandernder Worte.

瞧，周围多么活跃——
死亡之中！有生命！
谁说到影子，谁就说了真话。

可如今你站立的地点收缩了：
去哪，剥去影子的人，何处去？
上升吧。摸索向上。
你会更瘦，更难辨认，更细小！
细细的：一根线，
星星会攀着它下来：
到下面遨游，下面，
它能看见自己闪烁：在词语
流动的风波里。

（接上页注）上升吧，浑身影子狂啸的人，上升！／挺拔向上——这下你更瘦了，更细了！／越来越细——一根线，／正好星儿攀着它滑下来，／到下面遨游，下面，／它曾看见自己闪耀，在那／"是"与"非"的风波里。］参看图宾根本 TCA/VS，前揭，第 102 页；《全集》HKA 本，卷 4/2，前揭，第 199 页。译按：策兰 1954 年 11 月 13 日寄给阿尔弗雷德·安德施的诗稿，是此诗第四稿（AC4.1,12），尾声段落有 steige, steil dich hinan［上升吧，挺拔向上］这一诗句。安德施回信说，这种模仿表现主义的表达方式是"难以接受的"。策兰接受了安德施的意见，并回覆后者："这是表现主义的坏习惯，不应该保留。"转引自 KG 本，前揭，第 640 页。在最后的定稿中，策兰将这个"表现主义的"诗句改为 Steige. Taste empor［上升吧。摸索向上］。

MIT ZEITROTEN LIPPEN

Im Meer gereift ist der Mund,
dessen Worte der Abend hier nachspricht
im Angesicht seiner Länder.
Murmelnd spricht er sie nach,
mit zeitroten Lippen.

Mund, gezeitigt vom Meer,

以时间染红的唇

海里的嘴成熟了，
黄昏 [1] 在这里重复它的话语
向着它的陆地。
它喃喃重复着，
以时间染红的唇。

嘴，被海催熟 [2]，

---

* 1954 年 9-10 月间作于拉西奥塔（La Ciotat）。今存手稿、打字稿和副本共 9 份，藏马尔巴赫德意志文学档案馆。译按：此诗部分手稿难以确定稿本次序。策兰本人标注的两份初稿，应是稿本的主干，其中"A 稿"（Erster Entwurf A）已具雏形，"B 稿"（1. Entwurf B）则是在"A 稿"基础上的修改稿。最早的一份手稿为钢笔稿，仅见六行，写在一页草稿纸上；另有一份稍后的手稿片段（仅见首节三行），写在一个地址簿的最后一页；而较晚的一份打字稿（Isac Chiva 藏稿）诗题曾拟作《在大海里成熟》。最初发表于德国文学双月刊《文本与符号》创刊号（1955 年 1 月 15 日）。

1 黄昏：前五稿用人称代词"你"。第二稿（AC2,13,"初稿 A"）作 Im Meer gereift ist der Mund, / dessen Worte du nachsprichst, / stimmlos, / mit zeitroten Lippen.［嘴在海里成熟了，/ 你重复着它的话语，/ 默默地，/ 以时间染红的唇。］第三稿（D90.1,3202, 地址簿稿）作 Im Meer gereift ist der Mund, / dessen Worte du nachsprichst[,] im Schlaf / murmelnd, mit zeitroten Lippen［嘴在海里成熟了，/ 你在睡眠里喃喃重复着 / 它的话语，以时间染红的唇］。第四稿（AC2,19）一度拟作 Im Meer gereift ist der Mund, / dessen Worte du nachsprichst, <dessen Worte die Nacht dir nun vorspricht, > / [stimmlos,] murmelnd, / mit zeitroten Lippen.［嘴在海里成熟了，/ 你重复着它的话语，〈夜把它的话念给你听，〉/〖默默地，〗喃喃地念着，/ 以时间染红的唇。］又，首节诗初稿（-i-11,16/DLA,D90.1,253）曾拟作 Im Meer gereift sind die Münder, / die keuschen, die ungeküßt / vom Wort, darin wir verwesen / den Bund mit den Sternen erneuern // [O Leben, leichter Passat] / O streiche, leichter Passat.［嘴在海里成熟了，/ 那些纯洁的，未被词语 / 吻过的嘴，而我们在词里腐烂 / 用星星去修补纽带 //〖啊生命，轻盈的信风〗/ 吹吧，轻盈的信风。］参看图宾根本 TCA/VS，前揭，第 104-106 页；《全集》HKA 本，卷 4/2，前揭，第 204-206 页。

2 第六稿（AC2,14,"初稿 B"）此句作 Mund du, gezeitigt vom Meer［嘴，你已被大海催熟］。又此节诗有多个不同的修改稿本：第二稿作 Im Meer, wo das（转下页注）

vom Meer, wo der Thun schwamm
im Glänze,
der menschenher strahlt.

Silber des Thuns, den der Strahl traf,
Spiegelsilber des Thuns:
aufscheint den Augen
die zweite, die wandernde Glorie
der Stirnen.

Silber und Silber.
Doppelsilber der Tiefe.

Rudre die Kähne dorthin,
Bruder.
Wirf deine Nerze danach,
Bruder.

Zieh es herauf,
wirf es uns in die Häuser,
wirf es uns auf die Tische,

海，海里的金枪鱼
游在光亮里，
那光亮是人发出的。

金枪鱼的银，被光线触到，
金枪鱼的镜子之银：
眼前忽地闪现
第二次，额头漂流的
风采。

银和银。
深渊的双倍银子。

把船划过去，
兄弟。
撒下你的网，
兄弟。

拉上来吧，
把它甩进我们家中，
把它扔到我们桌上，

（接上页注）Spiegelsilber des Thuns / Menschliches sammelt / für Menschen. / Silber, Spiegelsilber des Thuns.［海里，金枪鱼的镜子之银 / 在采集人性之物 / 给人类。/ 银，金枪鱼的镜子之银。］同一稿本复改作 Im Meer, wo der Thun schwamm, / Strahlen erbeutend, / Menschliches sammelnd / für Menschen.［海里，游着金枪鱼，/ 夺来光线，/ 采集人性之物 / 给人类。］第四稿（AC2,19）作 Im Meer, wo der Thun schwamm, / um die Strahlenstunde[:], im [Glanze] [, großen] großen | [unsichtbaren] geistgeborenen Glanze / der menschenher strahlt.［海里，游着金枪鱼，/ 在光线出现的时刻，在巨大的 |〖看不见的〗鬼魂诞生的光亮里 / 那光亮是人发出的。］同上。

wirf es uns auf die Teller –

Sieh, unsre Lippen schwellen,
zeitrot auch sie wie der Abend,
murmelnd auch sie –
und der Mund aus dem Meer
taucht schon empor
zum unendlichen Kusse.

把它放进我们的盘里 [1]——

瞧,我们嘴唇丰满,
也像这黄昏红如时辰,
也在喁喁低语——
而海中浮出的嘴
已经潜上来
为那无限的一吻。

---

[1] 此节诗亦有多个措辞不同的草稿。第四稿(AC2,19)拟作 zieh es herauf, / wirf es uns in die Häuser. / Silber, wir prägen die Münze. / Silber, wir schleifen die Spiegel. Tod, du unendliche Folie. 〔拉上来吧,/ 把它甩进我们的家。/ 银,我们铸成硬币。/ 银,我们磨成镜子。/ 死亡,你这无限的金箔。〕第五稿(AC2,12)复拟作 Zieh es herauf, / wirf es uns in die Häuser. / [wirf es noch heute dahin,] / [wo das Wort fällt] / [von 'Gestern' und 'Morgen'.] // [⋯] Wirf es zum Wort, das [ich] du nachsprich<st> [,] / wirf es dahin, daß [ichs küsse] 〔拉上来吧,/ 把它甩到我们的家园。/〖今天就甩过去,〗/〖甩到那个词陷落的地方〗/〖它已从"昨天"和"明日"掉出。〗// [⋯⋯] 把它甩到那个词那里,那词〖我〗你至今还一遍遍重复着〖,〗/ 把它甩过来吧,好让〖我吻一吻它〗〕。参看《全集》HKA 本,卷 4/2,前揭,第 206-210 页。

保罗·策兰手稿：《以时间染红的唇》，打字稿及修改笔迹。

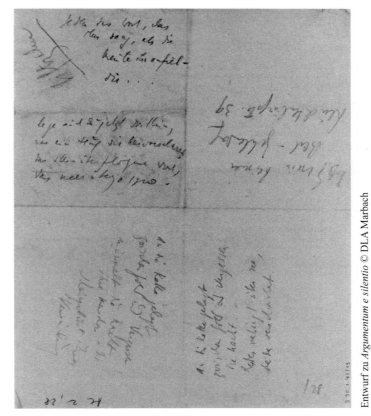

保罗·策兰手迹:《来自寂静的见证》,铅笔稿,草于一页四折笺纸。

ARGUMENTUM E SILENTIO

Für René Char

An die Kette gelegt
zwischen Gold und Vergessen:
die Nacht.
Beide griffen nach ihr.
Beide ließ sie gewähren.

Lege,
lege auch du jetzt dorthin, was herauf-

来自寂静的见证

给勒内·夏尔

戴着锁链
在金子和遗忘之间：
夜。
两者都来拉她。
两者她都请便[1]。

放下吧，
现在你也把它放到那里去，这些

---

* 此诗具体写作年代不详，见于作者本人 1954 年 9 月底为诗集草拟的一份篇目（详见图宾根本 TCA/VS，第 114 页；HKA 本，第 44 页）。今存手稿、打字稿和副本 5 份，见于马尔巴赫德意志文学档案馆藏策兰手稿以及耶内氏存稿（Jené/Slg. Felstiner）。最早的一份手稿为铅笔稿（AC2,38），草在一页折成四折的笺纸上。诗题为拉丁文：Argumentum e silentio；其题意和来源可参看勒内·夏尔 1947 年《毁碎的诗》（*Le poème pulvérisé*）卷首篇《论据》（*Argument*）："[……]诗，诞生于生成的呼唤和迫厄的焦虑，自其污泥和星辰之井升上来，几乎寂静地见证着：在这个充满矛盾，既反叛又孤独的世界上，诗自身没有任何东西不曾原本地存在于他处。"详见《毁碎的诗》，Fontaine 书局，巴黎，1947 年，第 1 页；今本可参看夏尔诗集《喧嚣与神秘》（*Fureur et Mystère*），Gallimard 出版社，巴黎，1962 年，第 175 页以下。按：策兰于 1954 年 7 月在巴黎与勒内·夏尔首次见面，当时策兰正着手翻译夏尔诗集《毁碎的诗》中的组诗《为蛇的健康干杯》（*A la santé du serpent*）。不久，他将刚完成的夏尔诗译文（德文标题 *Der Schlange zum Wohl*）与自己的新作《来自寂静的见证》等五首同时发表于德国文学双月刊《文本与符号》（*Texte und Zeichen*）1955 年创刊号。

1 此句第二稿（AC2,33）作 Beiden willfuhr sie.［两者她都顺从。］又首节诗初稿（AC2,28）曾　拟　作 An die Kette gelegt / zwischen Gold und Vergessen, / murmelt die Nacht / ihre Menschen – die / Scheingeburt ihrer / Versuchung［戴着锁链／在金子和遗忘之间，／夜喃喃述说着／她的人类——那些／受她诱惑的／浮幻人生］。同一稿本复拟作 An die Kette gelegt / zwischen Gold und Vergessen: / die Nacht. / Beides verhängt über sie, / beides verschwistert.［戴着锁链／在金子和遗忘之间：／夜。／两者蔽于其上，／两者亲如兄妹。］参看图宾根本 TCA/VS，前揭，第 108 页；《全集》HKA 本，卷 4/2，前揭，第 214–215 页。

dämmern will neben den Tagen:
das sternüberflogene Wort,
das meerübergossne.

Jedem das Wort.
Jedem das Wort, das ihm sang,
als die Meute ihn hinterrücks anfiel –
Jedem das Wort, das ihm sang und erstarrte.

Ihr, der Nacht,
das sternüberflogne, das meerübergossne,
ihr das erschwiegne,
dem das Blut nicht gerann, als der Giftzahn
die Silben durchstieß.

Ihr das erschwiegene Wort.

Wider die andern, die bald,
die umhurt von den Schinderohren,
auch Zeit und Zeiten erklimmen,
zeugt es zuletzt,
zuletzt, wenn nur Ketten erklingen,
zeugt es von ihr, die dort liegt

欲与白日同辉的东西¹:
词,星星飞越的,
海水泼打的。

各有其词。
各有各的唱词,
当恶犬从背后扑来——
各有其词,唱完了就僵死麻木。

夜呢,属她的,
是星辰飞渡,海水泼打,
化为寂静的东西,
血不会因此凝结,即使毒牙
刺穿了音节²。

属她,这化为寂静的词。

逆着那些,那些
很快与屠夫的耳朵淫狎,
也要爬上时间和纪年的词,
它终将出来作证,
最终,当铁链响起,
这词就会为她作证,她躺在那里

---

1 初稿此句作 was ein Huf dir hervorscharrt [一只蹄子为你刨出来的东西]。详见图宾根本 TCA/VS,前揭,第108页;《全集》HKA 本,卷4/2,前揭,第215页。
2 初稿此节诗曾拟作 Dir aber eins, dem das / Blut nicht gerann / zwischen Silbe | und Silbe [但你不在乎,血 / 不会就此凝固 / 在音节 | 与音节之间]。第四稿(jené/Slg. Felstiner)此节诗末句作 singende Silben durchstiess [(即使毒牙)刺穿了歌唱的音节]。参看图宾根本 TCA/VS,前揭,第108页;《全集》HKA 本,卷4/2,前揭,第215–217页。

zwischen Gold und Vergessen,
beiden verschwistert von je –

Denn wo
dämmerts denn, sag, als bei ihr,
die im Stromgebiet ihrer Träne
tauchenden Sonnen die Saat zeigt
aber und abermals?

在金子和遗忘之间,
两者历来与她亲如兄妹——

因为那地方
黎明之地,你说呢,不就在她身边吗,
她不就在她的泪河流域 [1]
让那沉落的太阳看到种子
一次又一次?

---

[1] 泪河流域:参看圣经旧约:"流泪播种的,/必欢呼收割。"(《诗篇》126:5)诗结句,第二稿(AC2,33)一度考虑拟作 für nichts und abernichts?［为了空无和再空无？］参看图宾根本 TCA/VS,前揭,第 108 页;《全集》HKA 本,卷 4/2,前揭,第 217 页。

DIE WINZER

Für Nani und Klaus Demus

Sie herbsten den Wein ihrer Augen,
sie keltern alles Geweinte, auch dieses :
so will es die Nacht,
die Nacht, an die sie gelehnt sind, die Mauer,
so forderts der Stein,
der Stein, über den ihr Krückstock dahinspricht
ins Schweigen der Antwort –

葡萄农

给娜尼和克劳斯·德慕斯[1]

他们收获眼里的酒,
连那哭过的,也要榨一遍[2]:
这是夜的旨意,
夜,他们背靠着它,像一面墙,
石头也这样要求,
石上,他们的手杖嘟嘟囔囔
一路敲入回应的寂寥——

---

* 此诗作于 1953 年 9 月 16 日。今存手稿 3 份,打字稿和副本 6 份,见于耶内氏(Jené/ Slg. Felstiner)、李希奈(Nachlaß Max Rychner)和伦茨(Nachlaß Hermann Lenz)等私人藏稿,亦见于马尔巴赫德意志文学档案馆策兰手稿;其中一份打字稿为策兰 1954 年在巴登-巴登西南广播电台录制朗诵录音时留下的稿件。诗题一度拟作《人类》(Die Menschen)。最初发表于斯图加特《水星》(Merkur)月刊 1954 年第八期,发表时无题词。

1 克劳斯·德慕斯(Klaus Demus, 1927-):奥地利诗人,艺术史家;其妻娜尼·德慕斯(Nani Demus)是文学批评家。策兰于 1948 年逗留维也纳期间与德慕斯夫妇结识,后双方成为终生挚友。策兰此诗手稿中有一份较晚的钢笔誊写稿,落款 London, Willesden Green / am 1. März 1955 [伦敦,威尔斯登·格林区 /1955 年 3 月 1 日]。译按:时策兰正好前往伦敦访友,在那里邂逅从维也纳来的德慕斯夫妇。会面中,策兰朗读了刚刚编好的新诗集《从门槛到门槛》中的部分作品。3 月 1 日是娜尼·德慕斯的生日,这份誊写稿(今藏马尔巴赫德意志文学档案馆)应是当时打算送给德慕斯夫妇的。

2 初稿(Jené/Slg. Felstiner)首二句曾拟作 Sie keltern den Wein deiner Augen wie | alles Geweinte, / sie kellern ihn ein [他们榨你眼里的酒 | 像榨哭过的一切,/ 把它藏入地窖]。同一稿本复拟作 Sie herbsten den Wein deiner Augen: / Sie keltern alles Geweinte, sie kellern es ein // in der Tiefe der Brunnen, / wo weiß, wo nachtweiß die Sonne / von Stufe zu Stufe[n] hinabsteigt [他们收获你眼里的酒:/ 他们榨过的一切,把它藏入 // 井的深处,/ 井里一片苍白,太阳如同白夜 / 渐渐沉落下去]。又此稿右侧边页另有两行词语,当是备注或留待斟酌的诗句:Traube – Tod / Tod – Trauben [葡萄——死亡 / 死亡——葡萄](参看刊本第 10 行:"年和葡萄一样,胀向死亡")。《全集》HKA 本,卷 4/1,Suhrkamp 出版社,前揭,第 68 页。

ihr Krückstock, der einmal,
einmal im Herbst,
wenn das Jahr zum Tod schwillt, als Traube,
der einmal durchs Stumme hindurchspricht, hinab
in den Schacht des Erdachten.

Sie herbsten, sie keltern den Wein,
sie pressen die Zeit wie ihr Auge,
sie kellern das Sickernde ein, das Geweinte,
im Sonnengrab, das sie rüsten
mit nachtstarker Hand:
auf daß ein Mund danach dürste, spatter –
ein Spätmund, ähnlich dem ihren:
Blindem entgegengekrümmt und gelähmt –
ein Mund, zu dem der Trunk aus der Tiefe emporschäumt, indes
der Himmel hinabsteigt ins wächserne Meer,
um fernher als Lichtstumpf zu leuchten,
wenn endlich die Lippe sich feuchtet.

他们的手杖,总有一天,
总有一天秋天来临,
年和葡萄一样,胀向死亡,
木拐将挂着人语穿过哑默,跌入
冥想[1]的深井。

他们收获,他们榨酒,
他们榨年月如同榨眼珠,
他们储藏悲泣,一滴滴封存入窖,
贮于太阳墓穴,那是他们
借黑夜的大手挖成的:
以俟将来,一张嘴渴了——
一张晚来的嘴,跟他们的一样:
疯瘫似的朝那盲瞽之物歪咧着——
一张嘴,凑近深渊冒上来的酒泡,顷刻间
天空落入白蜡海[2],
像是残烛远远照过来,
正当嘴唇终于沾湿。

---

[1] 冥想:原文 das Erdachte(派生自动词 erdenken),原义为虚构之物;此处或指西人童话或志怪书中的魔怪神迹(Erdachte unheimliche Gestalt)一类想象。

[2] 此句以下结尾三行,初稿(Jené/Slg. Felstiner)曾拟作 und der Himmel schöpft | einen Lichtstumpf, / fern, / im Wächsernen Meer.[而天空舀起 | 一滴残烛,/ 远远的,/ 在白蜡似的海里。]参看《全集》HKA 本,卷 4/2,前揭,第 221 页。

INSELHIN

Inselhin, neben den Toten,
dem Einbaum waldher vermählt,
von Himmeln umgeiert die Arme,
die Seelen saturnisch beringt:

so rudern die Fremden und Freien,
die Meister von Eis und vom Stein:
umläutet von sinkenden Bojen,
umbellt von der haiblauen See.

Sie rudern, sie rudern, sie rudern – :
Ihr Toten, ihr Schwimmer, voraus!

到岛上去

向着岛屿,偕死者行,
从森林来就嫁给了独木舟[1],
臂缠秃鹰的青天,
魂系古老的农神环:

划桨的异乡人和自由人[2],
冰和石的大师:
四面回响着下沉的浮标,
蓝鲨之海在身边吼叫。

他们挥桨击水,击水——:
死者,泅海人,前进[3]!

---

* 此诗作于1954年6月22日。今存手稿、打字稿及副本共8份,见于马尔巴赫德意志文学档案馆藏策兰手稿。推定的第一稿与定稿出入较大,今存打字副本;第二稿草于奥地利诗人和翻译家赫伯特·山德(Herbert Zand, 1923–1970)1953年7月间寄给作者的一张明信片背面。诗完成后曾将一份打字稿寄妻子吉赛尔,附有策兰本人的法文翻译(见 *PC/GCL* 通信集,卷 I,页60–61)。最初发表于德国文学双月刊《文本与符号》1955年创刊号。
1 第二稿(AC2,44)此句作 dem Einbaum landher vermählt [从陆地来就嫁给了独木舟]。参看图宾根本 TCA/VS,前揭,第112页;《全集》HKA 本,卷4/2,前揭,第226页。
2 此节诗第二稿作 rudern die <knirschenden> Knechte (der Erde), / die Herren vom Eis und vom Stein, / umschwommen von Bojen und Monden / umwogt von der haiblauen See. [这些(大地的)仆人〈咿呀〉挥动双桨,/ 冰和石的师傅,/ 身边波动着浮标和月亮 / 四面翻腾着蓝鲨之海。] 第三稿拟作 rudern die Fremden und Freien, / die Herren vom Eis und Stein, / umheult von mondgroßen Bojen, / umworben von haiblauer Flut. [挥起双桨呵异乡人和自由人,/ 冰和石的师傅,/ 大如月亮的浮标在身边怒号,/ 蓝鲨之潮四面涌来。] 又此节末句,第四稿(AC2,15)曾拟作 umschluchzt von der haiblauen See [蓝鲨之海在周围呜咽]。参看图宾根本 TCA/VS,前揭,第112–113页;《全集》HKA 本,卷4/2,前揭,第226–227页。
3 第三稿(AC2,4)此句和下句一度拟作 Ihr Toten, was rudert ihr nicht! / Die Insel schwimmt in der Reuse – [死者啊,为何不划动双桨!/ 岛已漂在鱼笼里——] 同上。

Umgittert auch dies von der Reuse!
Und morgen verdampft unser Meer!

这,也被鱼笼困住!
明天我们的海就要干涸[1]!

---

1 译按:从手稿可以看出,这首诗人想象自己与死者一同在海中突围,向岛屿进发的"划船歌",是策兰前期创作中用词最为讲究的篇章之一,气势磅礴,几乎每个句子和每个用词都尝试过不同的句式、音韵和意象。今见手稿凡八稿,惟第一稿(AC4.1,28)与定本出入较大。兹录全文如次,供有兴趣的读者参阅:Inselhin, mit den Toten, / den Kähnen für immer vermählt, // die Arme schwarz [beringt] in den Dollen, / die Kiele umsponnen von Eis, // die [Herze] Seelen zu Reusen geflochten, / die Träume als Fische darin, // [rudern die rabenumschwärmten,] / [die Könige, [xönter] bötner] // rudern die Freunde des Abends [向岛进发,跟死者一起, / 永远嫁给了小舟, // 臂黑黑的〖套〗在桨耳上, / 龙骨布满了冰碴, // 〖心〗灵魂已被织成鱼笼, / 梦如笼中的鱼鳖, // 〖挥起双桨,寒鸦翻飞,〗/〖划船人,个个王者〗// 黄昏之友,击水行舟〗。参看《全集》HKA 本,卷 4/2,Suhrkamp 出版社,前揭,第 226 页。

吉赛尔·策兰 – 莱特朗奇铜版画《相遇》（1958年）。

Rencontre - Begegnung © Eric Celan

同期遗稿
NACHGELASSENE GEDICHTE
(1952—1954)

DER ANDERE

Tiefere Wunden als mir
schlug dir das Schweigen,
größere Sterne
spinnen dich ein in das Netz ihrer Blicke,
weißere Asche
liegt auf dem Wort, dem du glaubtest.

他者

像我这样更深的伤
寂静曾为你敲响,
更大的星辰
如今把你织进它们的目光之网,
更白的灰烬
积在你信赖的那个词上 [1]。

---

* 此诗作于 1952 年 12 月 10 日。仅见打字稿 1 份,今藏马尔巴赫德意志文学档案馆。KG 本(*Paul Celan, Die Gedichte, Kommentierte Gesamtausgabe*)和《策兰遗作集》(*Paul Celan, Die Gedichte aus dem Nachlass*)收录此诗,刊本与 HKA 本勘定稿文字同。
[1] 原稿(AC2,25)此句一度拟作 säumt deine Spur in der Zeit [给你时间中的足迹镶边]。参看《全集》HKA 本,第 11 卷《1963 年以前已刊诗歌散作及遗稿》(*Verstreut Gedruckte Gedichte / Nachgelassene Gedichte bis 1963*),Suhrkamp 出版社,法兰克福,2006 年,第 156 页;《策兰遗作集》,Suhrkamp 出版社,1997 年第 1 版,第 352 页。

HEIMKEHR

Reget nun die laubigen Fänge,
krallt euch tief in die Nacht:
als Geier veratmet das Dunkel,
darin die Königin wacht.

Sie hockt vor der tiefsten der Schrunden,
ein Stein, vor die Stunden gerückt:
vielleicht, daß der Finstersten einer
die Zeit von den Lippen ihr pflückt.

Sie häuft auf den Kuppen der Finger
den Schnee, euer flockiges Wort.
Legt eure Schatten darüber,
reget die Fittiche dort.

返乡

活动活动你长草的利爪，
狠狠掐入夜的深处：
黑暗像秃鹫顷刻断了气，
只有王后在守夜。

她闲坐在最深的裂罅前，
一块石，被挪到时间前面：
也许，有个最暗之人
将从她唇上采摘时间。

她指尖上堆起了
积雪，那是你们雪花般的词语。
把你们的影子放上去吧，
在那里抖抖双翼。

---

* 策兰1950年代作品。仅存打字稿1份，今藏马尔巴赫德意志文学档案馆。稿面有作者另笔修改痕迹；下方有作者用铅笔写下的一个词语：Lichtstumpf［残烛］（此词见于1953年作品《葡萄衣》一诗）；背面另有几个词语短句：Nichts / Samt am Kragen, Kleie im Magen［虚无／颈上天鹅绒，胃里是麸糠］，当是作者随手写下留待思考的词句或意象。此诗虽无定稿，然行文干净利落，几乎没有什么改动，只是出于语气流畅，有几个词稍稍调整了词序。KG本（2018年修订版）收录此诗（据第一稿厘定），《策兰遗作集》未录。HKA本出于慎重，仅录原始手稿，未出校勘稿。中译本据作者第二稿修改手迹厘订校勘整理稿，供参考。诗题一度拟作Heimwärts［望故乡］。参看《全集》HKA本，第11卷，前揭，第157页。

Mit deiner Kelle

Mit deiner Kelle, der goldnen,
schöpfst du die Schatten der Tiefe,
schöpfst du den Schein und den Schimmer,
vom Meer,
und was ich nächtens hier unten gesponnen –
mit deiner Kelle holst du's hinauf.

Nun häuf ich der Sterne hellste um mich
und die feurigsten Sonnen um mich
und die glühendsten Steine um mich
und was die Sohle am heißesten brannte,
breite um mich ich.

Nun ruf ich der Sonnen zehn her zu mir,
und der Sonnen hundert zu mir,
und der Sonnen tausend zu mir,

用你的瓢

用你的瓢，金色的瓢，
你舀起深处的影子，
你撇去浮光，撇去幻影，
从深海，
而我夜里在这下面编织的东西 [1]——
你也用瓢舀了上来。

如今我身边堆起最亮的星 [2]
我身边聚集了最火热的太阳
我身边垒起了最炽烈的石头
而脚底烧得最烫的东西，
我把它铺在四周。

我把十个太阳唤到我的身边，
我把一百个太阳唤到我的身边，
我把一千个太阳唤到我的身边，

---

* 策兰 1950 年代初期未完成的作品。今存手稿 2 份，钢笔手迹，见于一页打字纸的前后页，背面为第一稿，正面为第二稿，未标日期，今藏马尔巴赫德意志文学档案馆。第一稿仅见第一节；第二稿为全稿，稿本多处有作者修改痕迹。原稿无标题。HKA 本只录原始手稿，不出校勘整理稿。中译本据第二稿出校勘整理稿（仅供参考），同时给出手稿异文。

[1] 第一稿（AC2,36v）此句"编织"（gesponnen）一词曾打算改作 begonnen [beginnen, 着手（做）]：Und was ich nächtens hier unten gesponnen (begonnen) – [而夜里我在这下面编织（捣鼓）出来的东西——]。参看《全集》HKA 本，第 11 卷，前揭，第 159 页。

[2] 第二稿（AC2,36r）此句"堆起"（häufen）曾作"取来"（nehmen）：Nun nehm ich der Sterne hellste um mich [如今我取来最明亮的星放在我身边]。《全集》HKA 本，第 11 卷，前揭，第 160 页。

und die eine, daraus du die Kelle gegossen,
lösche ich mit der Träne.

Alternativvariante:

A 5   mit deiner Kelle, der goldnen,
A 6   holst du's hinauf.

A 11 Nun ruf ich die <der> Sonnen, die <der> Sonnen,
A 12 der Sonnen zehn her zu mir,
A 13 der Sonnen hundert zu mir
A 14 der Sonnen tausend zu mir
A 15 und alles, was Licht ist und wehtut,
A 16 will ich hier unten versammeln

而那唯一的,你瓢里倒出的那个,
我已含泪失去了它。

手稿异文:

6 用你的瓢,金色的瓢 [1],
7 你舀起了它。

11 如今我呼唤太阳,太阳,
12 我把十个太阳唤到我的身边,
13 我把一百个太阳唤到我的身边
14 我把一千个太阳唤到我的身边
15 而那一切,既是光明又使人痛苦,
16 我要把它聚集在这下面。

---

1 此句以下两行异文写在第二稿上方右侧,根据作者以星号标示的位置,应是原稿第 6 行诗的断行和改写(参看《全集》HKA 本,第 11 卷,前揭,第 160-161 页)。又异文第 11 行"如今我呼唤太阳"句以下六行,写在同一稿本下方,系原稿第三节诗的改写。以上两段异文均未说明是否取代前文,故尚属斟酌未定稿。详见《全集》HKA 本,第 11 卷,同上。

Verglasten Auges

Verglasten Auges und von untenher:
so sehn sie, schöne Arche, dich nun schwimmen.
Verglasten Auges und von unten her.

    Blau war die Luft, in der die Sperber kreisten.
    Blau das Gewölk, dann die Sperber starben
    Blau war das Blau, darunter Schwarzes schwarz war.

Höhere Zeit!

镶玻璃的眼睛

镶玻璃的眼睛,从下面来:
它们看见,美丽的方舟载你漂流。
镶玻璃的来自下面的眼睛 ¹。

　　空气曾经是蓝的,雀鹰在那里盘旋。
　　云也曾经是蓝的,而雀鹰都已死去。
　　那蓝确实很蓝,但下面黑暗的东西也很黑。

更高的时间!

---

* 策兰 1950 年代作品。今存手稿 2 份,藏马尔巴赫德意志文学档案馆。原稿无标题。HKA 本据手稿出校勘整理稿(konstituierter Text),KG 本(2018 年修订版)刊稿与 HKA 本同。今本《策兰遗作集》未收录此诗。中译本据 HKA 本。
1 第一稿(AC2,42)仅见首节,共四行,意象有所不同,全文移录如次:Verglasten Auges und von untenher / sahn wir die Arche schwimmen – | und ihr Schnabel war / der Schnabel eines Adlers! Schön, / so adlerschön und überglänzt | vom Ölzweig![我们这些镶玻璃的眼睛,而且是从下面来的 / 曾经看见方舟漂流 —— | 它的船头是一只山鹰的喙!很美, / 美如山鹰,焕发出橄榄枝的光芒!]参看《全集》HKA 本,第 11 卷,前揭,第 163 页。译按:句中 Schnabel 一词通常指鸟喙,亦指有喙目昆虫的喙;古代有雕成鸟嘴形的船舶,亦称 Schnabel。

Mit deiner todüberglänzten

Erste Fassung

Mit deiner todüberglänzten
Bettelschale läufst du umher
und sammelst die klappernden
Groschen des Himmels:
den Regen, der über dein Blindsein | verhängt ward
Du wanderst von Schlucht zu Schlucht,
wo du verborgen hältst
die stundengewobenen | Säcke
Du füllst sie bis an den Rand,
du schleppst sie nächtlicherweile | in deinen Traum
und schüttest sie aus
inmitten befremdeter Engel

带着透出死亡之光的

第一稿

带着透出死亡之光的
讨饭碗,你四处奔波
收集叮当作响的
天堂钱币[1]:
雨天,阴雨笼罩在你的盲瞽 | 之上[2]
你到处流浪从深渊到深渊,
你在那里藏起
化作时间的 | 钱袋
你把它装得满满的,
每天夜里你在梦中 | 扛着它走
来到惊讶的天使中间
才把它倒出来

---

* 策兰1950年代初期未竟之作。今存手稿及打字稿4份,无标题;较早的两稿为铅笔稿,稍后两稿为打字稿,均未标注日期,现藏马尔巴赫德意志文学档案馆。四稿均无定本。鉴于作品未完成,HKA本仅录原始手稿,不出校勘整理稿。中译本循例。

1 钱币:原文 Groschen,音译"格罗申",德奥等国自中古以降发行的银币,其币值变迁视地区及不同时期而不同。1750年腓特烈二世制定的普鲁士王国货币标准为1塔勒(Thaler)= 24 格罗申(Groschen)= 84 芬尼(Pfennig)。1753年奥地利和巴伐利亚签订"硬币协定"后,发行高面值塔勒,称作"协定塔勒"(Konventionstaler),同时发行低成色银制作的格罗申和芬尼,用作小额辅币。及至1821年普鲁士通过《硬币法》,王国货币制造标准又厘定为1塔勒相当于30个面值为12芬尼的银格罗申。"天堂钱币",诗中泛指"小钱"或天国的恩赐。

2 文中竖线(" | ")为作者拟断句分行而置的符号。下同。

Zweite Fassung

Mit deiner todüberglänzten
Bettelschale
irrst du von Himmel zu Himmel
und sammelst die klappernden
Groschen des Trostes

Auf halbem Wege
flickst du den Sack der Erinnrung
und schleppst ihn in | den mündigen Traum:
du schüttest ihn aus
inmitten befremdeter Engel

第二稿

带着透出死亡之光的
讨饭碗
你到处乱跑从天国到天国
收集叮当作响的
安慰硬币

半路上
你缝缝补补记忆[1]的布袋
你扛着它在｜成年的梦里回家：
来到惊讶的天使当中
才把它倒出来

---

[1] 记忆：手稿中作 Erinnrung，通书 Erinnerung。疑是笔误。详见《全集》HKA 本，第 11 卷，Suhrkamp 出版社，前揭，第 165 页。

Dritte Fassung

Mit deiner todüberglänzten
Bettelschale in Händen
irrst du von Schwelle zu Schwelle, von Höhe zu Höhe,
von Herbst zu Herbst.
An allen Enden und Orten,
an allen Kehren der Zeit und der [Un-Zeit] Unzeit
weiss man dir Dank, daß du kommst | als Zerlumpter:
<daß du kommst als Zerlumpter>
es regnen herab
in deine unmündigen Hände
die dürren Groschen der Zukunft.

Auf halbem Wege
flickst du den Sack deiner Mühsal
           (   )
und häufst das Erbettelte drin;
du schleppst es hinüber
zu deinem Vor-Mund:
auch er weiss dir Dank
und hilft dir hinab
in mündige Träume:

第三稿

手里拎着

透出死亡之光的讨饭碗

你到处乱跑从门槛到门槛,从天堂到天堂,

从秋天到秋天。

在天涯尽头和村落,

在时间和非时间的所有拐弯处

人人都很感激你,你的光临 | 就像破衣人驾到:

〈你的光临就像破衣人驾到 [1]〉

雨点劈劈啪啪

打在你未成年的手心

天上掉下干枯的未来钱币 [2]。

半路上

你缝补你的苦命袋 [3]

袋里积攒了你讨来的东西;

你使劲把它举起来

凑近你那张前世的嘴:

它也懂得感激你

扶你下来

走进成年的梦:

---

[1] 此句重文。原稿如此。译按:作者打算将上行诗后半句另置一行,然上文未划去。当是斟酌未定的断行处理。参看《全集》HKA 本,第 11 卷,前揭,第 165 页。
[2] 此稿下方另有一行相关异文:Der (dürre) <···> Groschen rollt vor dir her. [那(干枯的)……格罗申滚到你跟前。] 依文意,应是稿本第 10-11 行的改动。又句中置于圆括弧内的词以及紧接其后的省略号,当是作者考虑另择词语而留空之处。
[3] 句中"苦命"(deiner Mühsal)词组下有作者标的一个括号。括弧中阙文。疑是留待词语替换而置的符号。参看《全集》HKA 本,第 11 卷,前揭,第 166 页。

hier

schüttest du aus deine Habe

inmitten befremdeter Engel.

到了这里
在惊讶的天使中间
你才倒出你的家当。

Vierte Fassung

Mit deiner todüberglänzten
Bettelschale in Händen,
irrst du von Schwelle zu Schwelle, von Höhe zu Höhe,
von Herbst zu Herbst.
An allen Enden und Orten,
an allen Kehren der Zeit
weiss man dir Dank, daß du kommst

第四稿

手里拎着
透出死亡之光的讨饭碗,
你到处乱跑从门槛到门槛,从天堂到天堂,
从秋天到秋天。
在天涯尽头和村落,
在时间的所有弯道口
人人感激你,因为你的到来 [1]

---

1 第四稿(AC2,48)仅见前半节七行诗。疑阙文,或手稿轶失。详见《全集》HKA 本,第 11 卷,Suhrkamp 出版社,前揭,第 166 页。

Mit der tödlichen Distel

Mit der tödlichen Distel,
um die du die Nacht hier beraubt hast,
treibst du nun heimlich dein Spiel,
als wär deine Stube das Feld
und das Feld ein vom Schweigen gepflügter Acker
und der Himmel darüber ein Himmel
und die Fremde, die neben dir wacht,
eine Schwester, die dir vergibt,
dass du nicht neben ihr liegst.

Mit der tödlichen Distel,
zu deren Silber die helle
Träne der Wachenden hinrollt <hinmuss>,
spielst du ums Leben und weisst,
was dir verlieren hilft.

这根致命的飞廉草

这根致命的飞廉草,
你曾在它的周围打劫黑夜,
如今又用它来玩你神秘的游戏,
好像你的房间就是田野
而田野是一块被寂静耕耘的土地[1]
天在一片天之上
那异乡女,在你身边守夜,
有个姐妹[2],原谅了你,
你没有躺在她的身旁。

这根致命的飞廉草,
守夜人明亮的泪珠
簌簌落进它的银光[3],
而你用它弹奏生命之歌并且知道,
什么东西会把你断送[4]。

---

* 策兰 1950 年代未竟之作。今存打字稿 1 份,藏马尔巴赫德意志文学档案馆。原稿无标题。HKA 本仅录原始手稿。中译据手稿提供校勘整理稿,同时给出手稿异文。
1 此句手稿中曾拟作 und das Feld ein Acker des Schweigens [而田野是一片寂静的土地]。参看《全集》HKA 本,第 11 卷,前揭,第 168 页。
2 原稿中曾作 die gemordete Schwester [被杀害的姐妹]。同上。
3 句中"落进"一词,手稿中复改作"只能落进":zu deren Silber die helle / Träne der Wachenden hinrollt <hinmuss> [守夜人的晶莹泪珠 /〈只能〉落进它的银光]。译按:改动后,手稿中两词并置,当属斟酌的未定稿。同上。
4 结尾两行,手稿中曾拟作 spelst du ums Leben und weisst nicht, / [daß hier ein Dritter verliert] [你(用它)弹奏生命之歌,殊不知 /〖那第三种东西会把你葬送〗]。同上。

Alternativvariante:

A 1   Mit einer der tödlichen Disteln,
A 2   die diese Nacht hier dir feilhielt

A 12 spielst du ums Leben, als wärst
A 13 du es, der gerne verliert.

手稿异文：

1 （以）一根致命的飞廉草[1]，
2 那是黑夜拿来送给你的

12 你（用它）弹奏生命之歌，仿佛
13 你是个乐于失败的人。

---

1 此句以下四行异文写在手稿下方，分别为原稿第 1-2 行和第 12-13 行的文字改动，未说明是否取代前文，故仍属掛酌未定的诗行。同上。

Im März unsres Nachtjahrs

Im März unsres Nachtjahrs
stieß ich mein sterngrünes Horn in dein Zelt:
du bettetest es
in die Regenmulde des Abschieds.

Dein Schuh, ich sah's, war gegürtet,
dein Blick
flog mit dem Schnee um die Kuppen der Berge,
und drunten im Brunnen
labte dein Herz schon der Wein, zu dem man kein Brot bricht.

Verteilt
warst du auf Höhen und Tiefen, –

在我们的夜年三月

在我们的夜年三月
我曾用我绿如星星的犄角戳入你的帐篷[1]：
你安顿它
让它睡在"永别"那细雨濛濛的洼地。

你的鞋，我看见了，已系好鞋带，
你的目光[2]
随雪花绕着圆圆的山顶飞翔，
而在下面的井里
酒已提振你的心，可是无人为它掰开面包[3]。

你一身二用
既在山巅又在深谷，——

---

* 策兰1950年代作品。今存打字稿和副本4份，见于马巴赫德意志文学档案馆藏策兰手稿，亦见于德慕斯（Klaus Demus）和李希奈等私人藏稿，均未标注日期。原稿无标题。KG本和《策兰遗作集》录有此诗，勘定稿与HKA本同。
1 初稿（D90.1,206）此句以下三行作 stieß mich ein grünendes Wort ins Zelt deines Schweigens: / du hießt mich willkommen / wie einen, des Namen auf Reisen erst tönt. [有个绿色的词把我打入你的寂静之篷：/ 你欢迎我 / 就像欢迎一个旅途上名字响亮的人。] 第二稿（AC3,4）改作 stieß ich mein schwarzgrünes Horn in dein | Zelt: // du hießt [mich] es willkommen / [und] du bettetest es in die Regenmulde des Ab- / schieds. [我曾用我深绿色的犄角戳入你的｜帐篷：// 你欢迎〖我〗它 / 〖并〗把它安顿在"永／别"那细雨濛濛的洼地。] 详见《全集》HKA本，第11卷，前揭，第171–172页；《策兰遗作集》，前揭，第353页。
2 目光：初稿作"头发"（Haar）。下句"圆圆的山顶"，第二稿曾拟作"远方的山顶"（die Kuppen der Ferne）。同上。
3 初稿此句作 schöpfte dein Herz schon den Wein, zu dem man am Wegkreuz das Brot | bricht. [你的心已舀起美酒，有人在路边的十字架上为它掰开了 | 面包。] 同上。

im Sand
lag ich und grub
das verfallene Pfand unsres Sommers hervor.

而我
躺在沙里挖掘
通向我们夏天的崎岖小路 [1]。

---

1 初稿尾声一节曾拟作 Verteilt / warst du auf Höhen und Tiefen, / dein Aug [zog mit den Sternen dahin] / zog mit den Sternen dahin, / lief auf der Radspur hinunter zur Träne – // im Sande / lag ich und grub nach der Wolke. [你一身二用／既在山巅又在深谷，／你的目光／随星辰移动，／顺着车辙跑下来寻找泪花——//而我／躺在沙里向着浮云挖掘而去]。参看《全集》HKA 本，第 11 卷，前揭，第 171–172 页。

Nicht immer

Nicht immer
tritt dir das Sonnenwort auf die Stirn,
das im Blut (Stein)
die brennende Rose weckt   <die Brandrose | weckt>
und sie gross sein lässt
unter den Feuern der Wüste.

Manchmal
schwimmt durch den Sand ein Auge heran
und flößt dir ein eine zweite,
feuchtere Seele.

并非总是

并非总是
来到你的额上,那太阳词,
它在血(石头)里¹
唤醒燃烧的玫瑰　〈唤醒｜那火一样的玫瑰²〉
让它高大
在荒原的火中。

有时候
一只眼睛穿过沙地游了过来
于是另一个灵魂注入你,
更湿润的魂。

---

* 策兰 1950 年代未竟之作。今存打字稿和副本各 1 份,见于马尔巴赫德意志文学档案馆藏策兰手稿,均未标注日期。两稿实为同一稿本;第一稿完成后曾将一份抄件寄给吉赛尔(参看 *PC/GCL* 通信集,卷 I,前揭,第 38-39 页),附有作者本人另笔给出的法文释词(信件邮寄日期大致为 1952 年秋);第二稿(打字正本)有作者另笔修改痕迹,然改动处前稿文字未删,故仍属未定稿;稿件下方有作者用法语标注 "à revoir!" [待修改!] 字样。此诗虽未写定,但已大致完成。KG 本(2018 年修订版)收录此诗(据第一稿厘定);《策兰遗作集》未录。HKA 本仅录原始手稿,未出校勘整理稿。中译本循 HKA 本。原稿无标题,今本以首句为题。

1 第二稿(修改稿)一度考虑用"石头"(Stein)一词取代原句中的"血",但只是留待斟酌,未作取舍。参看《全集》HKA 本,第 11 卷,前揭,第 174 页。
2 尖括弧内文字为第二稿改动的句子,另笔写在原稿 die brennende Rose weckt [唤醒燃烧的玫瑰]句右侧,未说明是否取代前文,故两句并存,皆属斟酌未定诗句。同上。

AUF DER KLIPPE

Leicht willst du sein und ein Schwimmer
im dunklen, im trunkenen Meer:
so gib ihm den Tropfen zu trinken,
darin du dich nächtens gespiegelt,
den Wein deiner Seele im Aug.

Dunkler das Meer nun, trunken:
dunkler und schwerer – Gestein!
Schwer willst auch du sein und rollen,
im Aug den versteinten, den Wein.

礁石上

你希望变轻，成为泳者
在黑暗的、陶醉的海中：
那就给他水珠喝，
等夜里你从中照见了自己，
你灵魂的酒就在眼里。

此刻大海[1]更暗了，醉了：
更暗更沉重——山石！
你也希望自己变重并翻腾起来，
就像眼中化成石头的酒。

---

* 1954 年 11 月 20 日作于巴黎。今存手稿 2 份，打字稿 3 份，藏马尔巴赫德意志文学档案馆。手稿本为铅笔手迹；打字稿本有另笔修改痕迹。第三稿（AC2,10）寄妻子吉赛尔（详见 PC/GCL 通信集，卷 I，前揭，页 62），无标题，稿件下方附有此诗基本词语的法文解释。刊本据最终打字稿厘订。KG 本和《策兰遗作集》均收录此诗，勘定稿与 HKA 本同。

1 大海：第二稿（-i-11,18/-i-11,22）和第三稿（AC2,10）作 "你的海"（dein Meer）。又尾声三行，第三稿曾拟作 [menschengleich Tümmler und Hai! / Leicht willst du sein und [ein Vogel] fliegen – / [oben] [auch] <doch> oben ist Erde wie hier.] [〚像人一样的海豚和鲨鱼！〛/ 你希望自己变轻并且〚像一只鸟〛飞起来——/ 因为，高处也是大地，就像在这里。] 参看《全集》HKA 本，第 11 卷，前揭，第 178-179 页。

O der zerklüftete Brocken

Erste Fassung (Ms)

O der zerklüftete Brocken,
(o Brot und Gestein)
der als einzige Blume
deinen versiegelten Namen hervortreibt
O meine blinde Hand:
das Fächerblatt über dir
ägyptisch, palmenverwandt
O diese Sonne,
rot den Gefäßen entstiegen,
darin noch muschelverliebt,
das Weltmeer zögert.

啊，裂开的残片

第一稿

啊，裂开的残片[1]，
（面包和石）
今如稀世之花
把你密封的名字推了出来
啊，我盲瞽的手：
你头顶上的扇叶
埃及的，变成了棕榈树
啊，这太阳，
鲜红地从血管升起，
而蚌贝眷恋的人世之海，
还在迟疑。

---

* 策兰 1950 年代作品。今存手稿和打字稿（含副本）共 3 份，无标题；现藏马尔巴赫德意志文学档案馆。按，此作大体成篇（尤其第二稿），惟稍后的打字稿有另笔修改痕迹，若干诗行推敲未定，致此诗无定稿。KG 本和《策兰遗作集》未录；HKA 本仅录原始手稿，未出校勘整理稿，中译本循例。

1 残片：德文 Brocken（名词）是个多义词，中古高地德语作 Brocke，拉丁文释义 frustum；通释"破片"、"碎块"；引申为小块的东西（如面包屑等碎块）；口语中借指身材矮小但粗壮的人（五短三粗之谓）；转义指只言片语或文章片段。

Zweite Fassung (Ts)

O der zerklüftete Brocken
— Brot zugleich und Gestein —
der nun als einzige Blume
deinen versiegelten Namen
ins Blaue hervortreibt

O meine blinde Hand,
— das Fächerblatt über dir, Namen —:
ägyptisch,
palmenverwandt.

O diese Sonne,
rot den Gefäßen entstiegen,
darin noch Nächte
schollern.

Alternativvariante:

A 3   wo nun als einzige Blume
A 4   dein versiegelter Name
A 5   ins Blaue emporsteht.

第二稿

啊,裂开的残片
——像面包又像石头——
今如稀世之花
把你密封的名字推出
绽入一片蓝

啊,我盲瞽的手,
——你头顶上的扇叶,名字——:
埃及的,
变成了棕榈树。

啊,这太阳,
鲜红地从血管升起,
而夜还在那里[1]
隆隆坍塌。

手稿异文:

3　那里面,今犹稀世之花[2]
4　你密封的名字
5　屹立蔚蓝中。

---

[1] 打字稿(-i-11,14a/b)此句曾拟作 darin noch [muschelverliebt] die Nächte / [schollern [而『海蚌依恋的』夜还在那里 / 隆隆坍塌]。又"隆隆坍塌",同一稿本曾拟作 sausen [呼啸]。详见《全集》HKA 本,第 11 卷,前揭,第 182 页。
[2] 此三行异文另笔写在打字稿第 3—5 行右侧边页,未说明是否取代前文。同上。

Dem das Gehörte quillt aus Ohr

Dem das Gehörte quillt aus Ohr
und die Nächte durchströmt:
ihm
erzähl, was du abgelauscht hast
deinen Händen.

Deinen Wanderhänden.
Griffen sie nicht
nach dem Schnee, dem die Berge
entgegenwuchsen?
Stiegen sie nicht
in das herzendurchpochte Schweigen des Abgrunds?
Deine Hände, die Wandrer.
Deine Wanderhände.

这人听到的从耳里溅出

这人听到的从耳里溅出
而夜经他穿流而过:
请给他
讲讲,你暗中听到了什么
出自你的手。

你那双飘逸的手。
难道抓不住
从高山迎面飞来的
大雪?
难道不能
进入心灵叩击的深渊之静穆?
手啊,漂泊者。
你飘逸的手。

---

* 策兰1950年代作品。仅存手稿1份,铅笔写稿,字迹飘逸,无改动痕迹,似一气呵成。手稿现藏马尔巴赫德意志文学档案馆。原作无标题,亦未标注日期。HKA本推定为1950年代初期作品,KG本和《策兰遗作集》将其列为"难以确定年代的作品"。

HAFENGESANG

Erste Fassung

Der Hafen von La Ciotat
Hafengesang

Von Nächten, unendlichen Nächten besamt
sind die Auen des Mers

Aber davor:
die Werft, die Kräne und Helgen
geisterweiß Vorbau vor Blühendem <nächtlich Bestimmtem>

Lauscherin Muschel
löst sich vom Klippengrund, tiefher, empfängt
schwärmendes 'Es werde'

码头之歌

第一稿

拉西奥塔港[1]
码头之歌

夜,无边的夜,海湾湿地被它
播下了种子

而在这之前:
造船厂,吊车和船台
白如鬼影的游廊对着开花之物[2]〈夜的基调〉

静听的海蚌
从礁石脱出,自深处而来,迎接
蜂拥而至的"天成"

---

* 此诗具体写作年代不详,当作于1954年秋作者应邀访问法国南部滨海城市拉西奥塔(La Ciotat)艺术村期间,与编入诗集《从门槛到门槛》中的《布列塔尼海滩》、《今晚》、《山坡》等篇为同期作品。今存手稿和打字稿各1份,藏马尔巴赫德意志文学档案馆。此诗为未竟之作。HKA本仅录原始手稿,未出校勘整理稿。中译本循例。
1 译按:此句与下行"码头之歌"疑是待定诗题。
2 据HKA本校勘者注,手稿中"开花之物"(Blühendem)字迹模糊,亦可能作Blähendem [膨胀之物]。又句末添加的"夜的基调"一语,置于"开花之物"下方,应为取代"开花之物"而拟,然手稿中未作取舍。此稿下方另有作者随手写下的一组词语:verholzen [木化]、Speichen [轮辐]、Zeitglas [时光玻璃]、Sonnenspeichen [太阳轮辐],当是留待参酌或为拓展思路而备的词语。参看《全集》HKA本,第11卷,前揭,第186页校注。

Zweite Fassung

Von Nächten, unendlichen Nächten besamt
sind <nun> die Auen des Mers
Seltsam schießt hier ins Kraut,
Worum ich gebettelt im Hafen

HAFENGESANG

Von Nächten, unendlichen Nächten besamt
sind die Auen des Mers –
Glitt nicht ein Schiff von der Helling?
Braucht es nicht Fracht?
Komm, wir füllen's mit Sensen.

Alternativvariante:

A 3   Glitt nicht ein blankes
A 4   Schiff von der Helling?
A 5   Komm, wir [steigen] klettern an Bord
A 6   beim Schein unsrer Sensen.

第二稿

夜，无边的夜，海湾湿地被它
〈现在〉播下了种子
神奇地在荒草里疯长，
我为此而来，在港口乞讨[1]

码头之歌

夜，无边的夜，海湾湿地被它
播下了种子——
不是有艘船正从船台下水吗？
需不需要装载？
来吧，给它装满一船镰刀。

手稿异文：

3　不是有一艘白晃晃的[2]
4　轮船正从船台下水吗？
5　来吧，让我们〖登上〗爬到船上
6　站到我们镰刀的光影下。

---

1 译按：这节手稿无标题，应是第二稿的初拟片段，拟出后搁置，未划去。参看《全集》HKA 本，第 11 卷，前揭，第 185 页。
2 此四行异文见于打字稿下方，系第二稿"码头之歌"（第二片断）第 3-5 行的改写，未说明是否取代前文，故仍属未定稿。参看《全集》HKA 本，第 11 卷，前揭，第 186 页。

Wir sahen den Schatten von Händen

Fassung I

Wir sahen den Schatten von Händen
vorüberziehn an der Wand
Wir sahn, wie die Wand zurückwich
Und die Schatten von Händen
zogen und zogen vorüber.
Wir sahen die Luft
flimmern dazwischen
Und wälzten uns dorthin
und atmeten dort –

我们看见手的影子

第一稿

我们看见手的影子
从壁¹ 上移过
我们看见,壁如何后退
而手的影子
一再划过²。
我们看见空气
在其间颤动
于是我们翻滚到那边
在那里呼吸——

---

* 1954 年 9 月作于法国布列塔尼港市布雷斯特(Brest)。今存手稿 1 份(实为两稿),铅笔字迹,草于一页信笺的正反两面,反面为第一稿,正面为第二稿。第一稿注有写作日期。修改后的第二稿,未注明定稿,故两稿并存,属未定之作。HKA 本出于慎重,仅录原始手稿;KG 本(2018 年修订版)据第二稿出校勘整理稿。中译本据 HKA 本给出前后两稿校勘本,保留原稿中作者拟分割诗行的竖线"丨"符号。

1 手稿中作者在此句边页注明:Wand = Felswand [壁 = 岩壁];句下另有一行拟出的诗句 Fels trrit ins Meer zurück [岩石退入海中]。参看《全集》HKA 本,第 11 卷,前揭,第 188 页校注。按:德文中 Wand [墙] 一词亦用指"岩壁"。策兰在此将 Felswand 一词拆解,似有意突显诗中蕴含"墙壁"(居室)和"岩壁"双重意象。关于"岩壁",参看策兰散文遗稿:"岩壁,——被汪洋大海的喧嚣举起;汪洋,被无限性的暴风雨犁开;无限性,被孤独者的窃窃私语卷起。"详见《全集》HKA 本第 16 卷《散文卷下:前卷相关资料及散文遗稿》(Prosa II. Materialien zu Band 15 / Prosa im Nachlaß),Suhrkamp 出版社,法兰克福,2017 年第 1 版,第 335 页。

2 划过:原文为复合动词 vorüberziehen;词干动词 ziehen 为多义词,有"划出(线条)","绘(图)","行进","迁移"等释义。诗中似暗喻"写作"。

Fassung II

Wir sahen die Schatten von Händen
wandern und wandern
über die Felswand
Wir sahn, wie der Felsen zurücktrat | ins Meer.

Wir sahn, wie die Luft dort flirrte
Und wälzten uns hin
und atmeten dort.

第二稿

我们看见手的影子
在岩壁上
一次次迁徙
我们看见,岩石如何退入｜海中 [1]。

我们看见,空气嗡嗡作响
于是我们翻滚过去
在那里呼吸。

---

[1] 据 HKA 本校勘,手稿中 Meer［海］一词字迹模糊难辨,不排除原文为 Helle［光亮］。若果,则此句又当读作"岩石如何退回｜光亮里"。然据第一稿下方有作者标注的"岩石退入海中"字样,此处似仍读作"退入海中"为宜。参《全集》HKA 本第 11 卷《已刊未结集散作 /1963 年以前遗稿》,2006 年第 1 版,第 188 页校注。

Umwütet von Feuern

Umwütet von Feuern
schattet die Nacht, und du selber,
seelenbehangen wie einer, der Rehe gesucht
unter <bei den> Menschen,
liegst im Herzen der Dickichts,
inmitten der Schäfte der heimatentstiegenen | Buchen,
geräuschlos
fallen die Kronen herab
ein aschenbeschneites Gevögel,

被火光四面围住

被火光四面围住
夜投下影子，而你一人，
灵魂高悬，像个曾经寻找 [1] 狍子的人
在人类中间 [2]，
躺在灌木林 [3] 的心事里，
在家园四弃的山毛榉树干 | 丛中 [4]，
无声无息
王冠尽已跌落
一只被灰烬覆盖的鸟，

---

* 此诗具体写作年代难以确定。今存手稿1份，见于作者1957-1960年日记本中的一张档案卡片；铅笔字迹，写在卡片正反两面，未标日期。据HKA本编者推断，这篇手稿虽然夹在年代稍晚的日记本里，但行文风格与诗集《从门槛到门槛》中的作品相近，题旨亦接近收于诗集中的《弄斧》一诗，故将其归入同期遗稿。译按：此诗虽为未竟之作，但已接近完成，仅个别诗句存有斟酌未定之处。KG本和《策兰遗作集》未录此稿；HKA本仅录原始手稿，未出校勘整理稿。中译本据HKA本出于慎重作者手迹给出校勘整理稿，保留原稿中作者拟分割诗行的竖线" | "符号。

1 寻找：手稿中一度拟作 gesehn［看见］。参看《全集》HKA本，第11卷，Suhrkamp出版社，法兰克福，2006年，第191页。
2 手稿中此句斟酌未定：或作 unter Menschen，或作 bei den Menschen；两句式相近，皆意为"在人类中间"。同上。
3 灌木林（Dickichts）：手稿中一度拟作 Wälder［森林］。同上。
4 此诗多有指涉故乡的词语和典故，有自述性质。策兰的故乡布科维纳，德文名称 Bukowina，又称 Buchenland（意为"山毛榉之乡"）；诗中言及"王冠"（Kronen），盖诗人的故乡亦被称作"王冠领地"（Kronland），因为布科维纳在第一次世界大战前曾是奥匈帝国属地。又句中 Schäfte［树干，花草等的主茎，复数］一词，其同形异义词 Schäfte（复数）在南德方言里指书架（与 Bücherregal 同义）；而 Buche［山毛榉］与 Buch［书籍］一词写法相近，故1958年策兰在《不来梅文学奖受奖词》中称故乡布科维纳是"一个曾经生活着人和书籍的地方"（参看《全集》HKA本，卷15/1，Suhrkamp出版社，2014年，第23页）。

das flügge ward durch den Tod

So sammelt, denkst du, die Erde
die Toten des Himmels,
so knüpft sie aus Leichen den Laich

穿越死亡而学会了飞翔[1]

就这样,你想,大地收集
天上的死者,
将他们从尸体托付给卵子

---

[1] 手稿中此句以下有三个并列的圆括弧,未见文字,疑是留待增补诗句,或标示空行。

In den Fernen

In den Fernen, die sie mir ließen
stieg ich hinab und hinan.

Ich fand zuerst
einen zinnernen Teller,
draus wurden geatzt
die Toten, die du vergessen
Sie wuchsen und wuchsen
Ein jeglicher trug deinen Namen
Er klang sehr schön
wenn der Wind ihn vorbeiließ

在远方

在远方,他们留给我的远方
我爬下又爬上。

最初找到
一只锡制的盘子,
想是死者用来
喂食的,你把他们忘记了
他们一直成长再成长
每一个都曾携带你的名字
听起来格外的响亮
当风允许它从这儿过路

---

* 此诗写作年代不详。今存手稿1份,铅笔字迹,写在作者所藏法国作家让·普雷沃(Jean Prévost, 1901–1944)所著《诗歌爱好者》(*L'amateur de Poèmes*)一书(1952年版)封底前空白页。该书衬页写有"吉赛尔·德·莱特朗奇/1952年9月16日"字样,应是藏书人签名和日期。《策兰遗作集》未收录此诗;HKA刊本据上述手稿厘订,KG本(2018年修订版)勘定稿与HKA本同,惟补添了标点符号。

Stern oder Wolke

Stern oder Wolke
machten dich mündig, weiße
Hand mit dem schmalen
Reif, dem du Trauer gelobst:
ein Sprühn, wie das am Regen entbrannte,
bindet und löst, was dich rief zu entscheiden,
wem es gehört <gehorcht>, wenn sein Schweigen
die Spiegel ihm vorhält
Ein Sprühn
verweist in den Schatten, Regen
breitet das Zeit über uns

Alternativvariante:

A 2   sprachen das Wort, das dich mündig macht, | weiße

星或云

星或云
使你成年,苍白的
手携着薄薄的
霜,你许愿给它伤逝:
一种迷濛,像在雨中燃烧,
束起又松开那呼唤你的一切,要你决定,
该服从谁〈听谁的¹〉,当沉默
把镜子递到他面前
一种迷濛
于是被打发到影子中间,烟雨
为我们铺开头顶的帐篷

手稿异文:

2 道出了那个使你成年的词,| 苍白的²

---

* 策兰1950年代未竟之作。今存手稿1份,铅笔字迹,写在作者所藏法国诗人、散文家罗兰·德·勒内维尔(Rolland de Renéville, 1903–1962)所著《话语的世界》(*Univers de la Parole*)一书(1944年版)封底衬页。原稿无标题。KG本和《策兰遗作集》未录此诗。HKA本仅录原始手稿,未出校勘整理稿;中译本循例。

1 译按:句中原用 gehören(归属,服从)一词,随后又拟改用的 <gehorchen>(听从,服从)一词。两词义相近,然手稿中未作取舍,故仍属斟酌未定的诗句。参看《全集》HKA本,第11卷,前揭,第195页。

2 这行异文系原稿第2行的改写,草在手稿边页右侧,未说明是否取代前文,故仍属斟酌未定稿。同上。

A 6　die du streifst, | wenn wir | fragen
A 7　wem wir gehorchen, wenn | Schweigen
A 8　die Spiegel uns vorhält

6 束起又松开你所抚摸者，| 当我们 | 问 [1]
7 我们该听谁的，当 | 沉默
8 把镜子递到我们面前

---

[1] 此句以下三行异文写在原稿第 6-8 行右侧边页。所标衔接处不清晰，HKA 本校勘者推定衔接于原稿第 6 行 bindet und löst［束起又松开］句后。译按：异文首句中的"所抚摸者"所指不明；die（代词，第四格）引出的关系从句无被限定名词，疑阙文，或泛指所抚摸的物或人。参看《全集》HKA 本，第 11 卷，前揭，第 195 页以下。

吉赛尔·策兰-莱特朗奇铜版画《诞生》,1957年。

Naissance - Geburt © Eric Celan

保罗·策兰著作版本缩写

保罗·策兰生前编定及发表的诗集

SU *Der Sand aus den Urnen*《骨灰瓮之沙》，A. Sexl 出版社，维也纳，1948年。

MG *Mohn und Gedächtnis*《罂粟与记忆》，德意志出版社（Deutsche Verlags-Anstalt，简称DVA），斯图加特，1952–1953年。

VS *Von Schwelle zu Schwelle*《从门槛到门槛》，德意志出版社（Deutsche Verlags-Anstalt，简称DVA），斯图加特，1955年。

SG *Sprachgitter*《语之栅》，S. Fischer出版社，法兰克福，1959年。

Schulausgabe *Paul Celan: Gedichte. Eine Auswahl*《保罗·策兰诗选》（学生文库版），S. Fischer出版社，法兰克福，1962年。

NR *Die Niemandsrose*《无人的玫瑰》，S. Fischer出版社，法兰克福，1963年。

AK *Atemkristall*《呼吸的结晶》（收录诗集《光明之迫》中列为第一辑的21首诗，配吉赛尔·策兰–莱特朗奇八幅铜版画插图），珍藏版，初版仅印85册，列兹敦士登Brunidor出版社，瓦杜兹/巴黎，1965年9月。

AW *Atemwende*《换气集》，Suhrkamp出版社，法兰克福，1967年。

AG *Ausgewählte Gedichte*，*Paul Celan*《保罗·策兰自选集》，Suhrkamp出版社，法兰克福，1968年。

FS *Fadensonnen*《棉线太阳》，Suhrkamp出版社，法兰克福，1968年。

ED *Eingedunkelt*《暗蚀》组诗（11首），载多人诗选合集《来自荒废的工作室》（*Aus aufgegebenen Werken*），西格弗里德·翁赛特（Siegfried Unseld）主编，Suhrkamp出版社，法兰克福，1968年。

Todtnauberg《托特瑙山》，珍藏版，初版仅印50册，列兹敦士登Brunidor出版社，瓦杜茨，1968年1月。

SM *Schwarzmaut*《黑关税》（收录诗集《光明之迫》中列为第一辑的14首诗，配吉赛尔·策兰–莱特朗奇十五幅铜版画插图），珍藏版，初版仅印85册，列兹敦士登Brunidor出版社，巴黎，1969年3月。

LZ *Lichtzwang*《光明之迫》，Suhrkamp出版社，法兰克福，1970年。

SP *Schneepart*《雪之部》（遗作），Suhrkamp出版社，法兰克福，1971年。

ZG *Zeitgehöft*《时间山园》（遗作），Suhrkamp出版社，法兰克福，1976年。

后人编辑出版的保罗·策兰全集及遗作

GW *Gesammelte Werke in funf Bänden*《保罗·策兰作品全集》（五卷本），贝达·阿勒曼（Beda Allemann）、施特凡·赖歇特（Stefan Reichert）主编，Suhrkamp出版社，法兰克福，1983年。

Gedichte 1938-1944, Paul Celan. Faksimile – Transkription der Handschrift. Mit einem Vorwort von Ruth Kraft.《保罗·策兰1938-1944 诗稿》（手稿影印本和铅字印刷本），露特·克拉夫特序，Suhrkamp出版社，法兰克福，1985年。

MuP *Der Meridian und andere Prosa*《〈子午线〉及其他散文》，Suhrkamp 出版社，法兰克福，1988年。

EDU *Eingedunkelt und andere Gedichte aus dem Umkreis von »Einge-dunkelt«*《〈暗蚀〉组诗及相关诗稿》，贝特朗·巴迪欧（Bertrand Badiou）、让-克洛德·兰巴赫（Jean-Claude Rambach）编，Suhrkamp出版社，法兰克福，1991年。

TCA *Werke*, Tubinger Celan-Ausgabe. Vorstufen – Textgenese – Endfassung《保罗·策兰作品集》图宾根校勘本（九卷），于根·韦特海默尔（Jurgen Wertheimer）主编，Suhrkamp出版社，法兰克福，1996-2004年。

– TCA/MG 《罂粟与记忆》图宾根校勘本，2004年；

– TCA/VS 《从门槛到门槛》图宾根校勘本，2002年；

– TCA/SG 《语之栅》图宾根校勘本，1996年；

– TCA/NR 《无人的玫瑰》图宾根校勘本，1996年；

– TCA/Meridian 《子午线》图宾根校勘本，1999年；

– TCA/AW 《换气集》图宾根校勘本，2000年；

– TCA/FS 《棉线太阳》图宾根校勘本，2000年；

– TCA/LZ 《光明之迫》图宾根校勘本，2001年；

– TCA/SP 《雪之部》图宾根校勘本，2002年。

HKA Paul Celan Werke, Historisch-kritische Ausgabe. I. Abteilung: Lyrik und Prosa《保罗·策兰全集》历史考订本（又称波恩本BCA），由波恩大学日耳曼文学教授毕歇尔（Rolf Bucher）和亚琛理工大学日耳曼文学研究所教授葛豪斯（Axel Gellhaus，1950-2013）领导的编辑组负责编辑，Suhrkamp出版社出版。全书第一编（诗歌与散文）分十六卷，前十四卷为诗歌卷（其中第二、三合为一卷），后两卷为散文卷。

第一卷 *Fruhe Gedichte*《早期诗歌》，2003 年；

第二、三卷（合集）*Der Sand aus den Urnen / Mohn und Gedächtnis* 《骨灰瓮之沙》/《罂粟与记忆》，2003年；

第四卷 *Von Schwelle zu Schwelle*《从门槛到门槛》，2004年；

第五卷 *Sprachgitter*《语之栅》，2002 年；

第六卷 *Die Niemandsrose*《无人的玫瑰》，2001年；

第七卷 *Atemwende*《换气集》，1990年；

第八卷 *Fadensonnen*《棉线太阳》，1991年；

第九卷 *Lichtzwang*《光明之迫》，1997 年；

第十卷 *Schneepart*《雪之部》，1994 年；

第十一卷 *Verstreut gedruckte Gedichte. Nachgelassene Gedichte bis* 1963《已刊未结集散作 / 1963年以前诗歌遗稿》，2006年；

第十二卷 *Eingedunkelt*《暗蚀》，2006年；

第十三卷 *Nachgelassene Gedichte* 1963–1968《1963–1968 年诗歌遗稿》，2011年；

第十四卷 *Nachgelassene Gedichte* 1968–1970《1968–1970 年诗歌遗稿》，2012年；

第十五卷 *Prosa I. Zu Lebzeiten publizierte Prosa und Reden*《散文卷上：生前已刊散文及讲演稿》，2014年；

第十六卷 *Prosa II. Materialien zu Band 15. Prosa im Nachlaß* (散文卷下：前卷相关资料及散文遗稿)，2017 年；

KG   *Paul Celan, Die Gedichte. Kommentierte Gesamtausgabe ineinem Band*《保罗·策兰诗全编》全一卷注释本，芭芭拉·魏德曼编，Suhrkamp 出版社，法兰克福，第一版，2003年；修订版，2018年。

GN   *Die Gedichte aus dem Nachlaß*《策兰遗作集》，贝特朗·巴迪欧、让－克洛德·兰巴赫、芭芭拉·魏德曼编，Suhrkamp 出版社，法兰克福，1997年。

RB   *»Kyrillisches, Freunde, auch das...«.Die russische Bibliothek Paul Celans im Deutschen Literaturarchiv Marbach*《朋友，这也是西里尔文字……（德意志文学档案馆藏保罗·策兰俄文藏书）》，克莉丝汀·伊凡诺维奇（Christine Ivanović）编，德国席勒学会（Deutsche Schillergesellschaft）出版，马尔巴赫，1996年。

PhB   *Paul Celan La Bibliothèque philosophique, Catalogue raisonné des annotations*《保

罗·策兰的哲学书架》（眉批，旁批，摘录，读书笔记），亚历山德拉·李希特（Alexandra Richter）、帕特里克·阿拉克（Patrick Alac）、贝特朗·巴迪欧编，乌尔姆街出版社（Éditions Rue d'Ulm）／巴黎高等师范学校出版社联合出版，2004年。

PN　　*Paul Celan:Mikrolithen sinds*, *Steinchen. Die Prosa aus dem Nachlaß*《细晶石，小石头（保罗·策兰散文遗稿）》，芭芭拉·魏德曼、贝特朗·巴迪欧编，Suhrkamp出版社，法兰克福，2005年。

保罗·策兰通信集

PC/Sachs　　*Paul Celan – Nelly Sachs : Briefwechsel*《保罗·策兰与内莉·萨克斯通信集》，芭芭拉·魏德曼编，Suhrkamp出版社，法兰克福，1993年。

PC/FW　　*Paul Celan – Franz Wurm : Briefwechsel*《保罗·策兰与弗兰茨·武尔姆通信集》，芭芭拉·魏德曼编，Suhrkamp出版社，法兰克福，1995年。

PC/EE　　*Paul Celan – Erich Einhorn : »Einhorn : du weißt um die Steine…«. Briefwechsel*《"独角兽：你知道石头……"（保罗·策兰与埃里希·艾因霍恩通信集）》，马琳娜·季米特里耶娃－艾因霍恩（Marina Dmitrieva–Einhorn）编，弗里德瑙出版社（Friedenauer Presse），柏林，1999年。

PC/HHL　　*Paul Celan – Hanne und Hermann Lenz : Briefwechsel*《保罗·策兰与汉娜和赫尔曼·伦茨通信集》，芭芭拉·魏德曼编，Suhrkamp出版社，法兰克福，2001年。

PC/GCL　　*Paul Celan – Gisèle Celan–Lestrange : Correspondance (1951-1970) Avec un choix de lettres de Paul Celan à son fils Eric*《保罗·策兰与吉赛尔·策兰-莱特朗奇通信集》，贝特朗·巴迪欧主编，埃里克·策兰协编，Seuil 出版社，巴黎，2001年。

PC/GCL　　*Paul Celan – Gisèle Celan-Lestrange : Briefwechsel: Mit einer Auswahl von Briefen Paul Celans an seinen Sohn Eric*《保罗·策兰与吉赛尔·策兰-莱特朗奇通信集》（德文版），贝特朗·巴迪欧主编，埃里克·策兰协编，欧根·赫尔姆勒译，Suhrkamp出版社，法兰克福，2001年。

PC/DKB　　*Paul Celan*，*»Du mußt versuchen, auch den Schweigenden zuhören«*，*Briefe an Diet Kloos-Barendregt*《"你也要试着听一听寂静者"——保罗·策兰致荻特·克鲁斯-巴伦德尔格特书信集》，保罗·萨尔斯（Paul Sars）编，Suhrkamp出版社，法兰克福，2002年。

PC/ISh　　*Paul Celan – Ilana Shmueli: Briefwechsel*《保罗·策兰与伊兰娜·施缪丽通信

集》，伊兰娜·施缪丽与托马斯·施帕尔合编，Suhrkamp出版社，法兰克福，2004年。

PC/RH　*Paul Celan – Rudolf Hirsch : Briefwechsel*《保罗·策兰与鲁道夫·希尔施通信集》，约阿希姆·申格（Joachim Seng）编，Suhrkamp出版社，法兰克福，2004年。

PC/PSz　*Paul Celan – Peter Szondi : Briefwechsel*《保罗·策兰与彼得·斯丛狄通信集》，克里斯托弗·柯尼希编，Suhrkamp出版社，法兰克福，2005年。

PC/IB　*Herzzeit. Ingeborg Bachmann – Paul Celan Der Briefwechsel*《心灵的时间。英格褒·巴赫曼与保罗·策兰通信集》，贝特朗·巴迪欧、汉斯·赫勒、安德雷亚·施托尔、芭芭拉·魏德曼编，Suhrkamp出版社，法兰克福，2008年。

PC/KND　*Paul Celan – Klaus und Nani Demus : Briefwechsel*《保罗·策兰与克劳斯和娜尼·德慕斯通信集》，约阿希姆·申格编，Suhrkamp出版社，法兰克福，2009年。

PC/GCH　*»Ich brauche Deine Briefe«*《我需要你的来信》（保罗·策兰与古斯塔夫·肖梅特通信集），芭芭拉·魏德曼、于根·柯切尔合编，Suhrkamp出版社，法兰克福，2010年。

PC/ES　*Paul Celan – Edith Silbermann. Zeugnisse einer Freundschaft / Gedichte, Briefwechsel, Erinnerungen*《保罗·策兰与艾迪特·希伯尔曼：一段友谊的见证／诗歌，书信，回忆》，艾迪特·希伯尔曼、艾米-黛安娜·柯琳（Amy-Diana Colin）合编，Wilhelm Fink出版社，帕德博恩，2010年。

PC/SSB　*Paul Celan, Briefwechsel mit den rheinschen Freunden Heinrich Böll, Paul Schallück und Rolf Schroers*《保罗·策兰与莱茵地区友人通信集》，芭芭拉·魏德曼编，Suhrkamp出版社，法兰克福，2011年。

PC/GD　*Paul Celan – Gisela Dischner, Wie aus weiter Ferne zu Dir: Briefwechsel*《如同从远方抵达你。保罗·策兰与吉塞拉·狄施奈通信集》，芭芭拉·魏德曼编，Suhrkamp出版社，法兰克福，2012年。

PC/Die Briefe　*Paul Celan, »etwas ganz und gar Persöliches« : Die Briefe 1934-1970*《"某种完全个人的东西"：保罗·策兰书信集（1934-1970）》，芭芭拉·魏德曼主编，Suhrkamp 出版社，柏林，2019 年。

本卷策兰诗德文索引

Abend der Worte / 182

Andenken / 192

Argumentum e silentio / 238

Assisi / 150

Auch heute Abend / 154

Auf Auge gepfropft / 146

Auf der Klippe / 284

Auge der Zeit / 202

Aus dem Meer / 114

Bretonischer Strand / 132

Das Schwere / 102

Dem das Gehörte quillt aus dem Ohr / 290

Der Andere / 254

Der Gast / 140

Der uns die Stunden zählte / 148

Die Felder / 190

Die Halde / 186

Die Winzer / 244

Ein Körnchen Sands / 106

Fernen / 118

Flügelnacht / 204

Gemeinsam / 94

Grabschrift für François / 144

Gut / 136

Hafengesang / 292

Heimkehr / 256

Hier / 170

Ich hörte sagen / 86

Ich weiß / 188

Im März unsres Nachtjahrs / 278

Im Spätrot / 90

In den Fernen / 304

In Gestalt eines Ebers / 128

In memoriam Paul Eluard / 210

Inselhin / 248

Kenotaph / 224

Leuchten / 92

Mit Äxten spielend / 100

Mit deiner Kelle / 258

Mit deiner todüberglänzten / 264

Mit der tödlichen Distel / 274

Mit wechselndem Schlüssel / 166

Mit zeitroten Lippen / 230

Nächtlich geschürzt / 198

Nicht immer / 282

O der zerklüftete Brocken / 286

Schibboleth / 216

Sprich auch du / 226

Stern oder Wolke / 306

Stilleben / 174

Strähne / 110

Umwütet von Feuern / 300

Und das schöne / 176

Verglasten Auges und von untenher / 262

Von Dunkel zu Dunkel / 126

Vor einer Kerze / 158

Waldig / 178

Welchen der Steine du hebst / 208

Wir sehen den Schatten von Händen / 296

Wir sehen dich / 222

Wo Eis ist / 120

Zu zweien / 138

Zwiegestalt / 116

图书在版编目(CIP)数据

保罗·策兰诗全集.第三卷,从门槛到门槛
(德)保罗·策兰著;孟明译.
--上海:华东师范大学出版社,2022

ISBN 978-7-5760-2832-4

Ⅰ.①保… Ⅱ.①保… ②孟… Ⅲ.①诗集—德国—现代
Ⅳ.①I516.25

中国版本图书馆 CIP 数据核字(2022)第 098705 号

华东师范大学出版社六点分社
企划人 倪为国

本书著作权、版式和装帧设计受世界版权公约和中华人民共和国著作权法保护

保罗·策兰诗全集 第三卷 从门槛到门槛

著　　者　[德]保罗·策兰
译　　者　孟　明
责任编辑　倪为国
责任校对　彭文曼
封面设计　卢晓红

出版发行　华东师范大学出版社
社　　址　上海市中山北路3663号　邮编　200062
网　　址　www.ecnupress.com.cn
电　　话　021-60821666　行政传真　021-62572105
客服电话　021-62865537　门市(邮购)电话　021-62869887
地　　址　上海市中山北路3663号华东师范大学校内先锋路口
网　　店　http://hdsdcbs.tmall.com

印 刷 者　上海盛隆印务有限公司
开　　本　890×1240　1/32
插　　页　2
印　　张　10.5
版　　次　2022年9月第1版
印　　次　2022年9月第1次
书　　号　ISBN 978-7-5760-2832-4
定　　价　88.00元

出版人　王　焰

(如发现本版图书有印订质量问题,请寄回本社客服中心调换或电话021-62865537联系)